我的眼泪为谁飞

李迪◎著

SPM 南方出版传媒 广东人民出版社

·广州·

图书在版编目（CIP）数据

我的眼泪为谁飞 / 李迪著 . — 广州：广东人民出版社，
2019.9

ISBN 978-7-218-13256-3

Ⅰ. ①我… Ⅱ. ①李… Ⅲ. ①长篇小说－中国－当代
Ⅳ. ① I247.5

中国版本图书馆 CIP 数据核字（2018）第 272772 号

WO DE YANLEI WEI SHUI FEI

我的眼泪为谁飞

李迪 著

出 版 人：肖风华

责任编辑：刘 宇　马妮璐
责任技编：周 杰　易志华
装帧设计：MM末末美书 QQ:974364105

出版发行：广东人民出版社
地　　址：广东省广州市海珠区新港西路 204 号 2 号楼（邮政编码：510300）
电　　话：（020）85716809（总编室）
传　　真：（020）85716872
网　　址：http://www.gdpph.com
印　　刷：三河市荣展印务有限公司
开　　本：787mm×1092mm　1/16
印　　张：19　**字　数：**317 千
版　　次：2019 年 9 月第 1 版　2019 年 9 月第 1 次印刷
定　　价：42.00 元

如发现印装质量问题，影响阅读，请与出版社（020－85716808）联系调换。
售书热线：（020）85716826

因为认识了他，老天注定要折磨我！

飞进湖中的野鸭溅起一颗水珠儿，落在荷叶上。

风儿吹过来，荷叶摇啊摇。

我是水珠儿。

他是荷叶。

{第一章}

01

黄毛丫头去赶集，买个苹果当鸭梨。

十四岁，我就离开了爸妈。

那一年，是 1969 年。除了太阳月亮没疯，一切都疯了。

文化怎么了？干吗要革它的命？我不懂。

就知道不上课了，好玩，跟着高年级的哥哥姐姐满大街疯跑。

有一天，他们要给胡同改名。一个东厢房胡同，一个西厢房胡同，两边的老头儿老太太都抱着锣鼓出来欢迎。一个猪脸大哥踩在板凳上，跷着脚，用红纸把东厢房的路标盖住，大笔一挥，改成了东风盛胡同。墨汁还往下滴答哪，东边就美起来。咚咚锵！咚咚锵！锣鼓敲得山响，没牙大嘴咧成瓢。

可西边不高兴了，个个脸拉得像河马。为什么？猪脸大哥给他们改成了西风衰胡同。

凭什么我们西风衰呀？衰到哪儿去呀？于是，乱叫起来，不干！不干！

这时，有个明白人跳出来，小将们，红卫兵小将们，伟大领袖毛主席教导我们说，西风烈，长空雁叫霜、霜、霜……

这位"霜"了半天，想不起来了。

有人赶紧接上，霜晨月！

又有人说，不对，是双飞燕。长空雁叫双飞燕！

两个人就争起来。龇嘴獠牙，舞拳弄爪。

明白人说，都是革命群众，别争了，有西风烈就行。红卫兵小将们，你们给改个西风烈，好不好？

西边的人齐声叫好。结果，又改成西风烈胡同。

于是，皆大欢喜。胡同两边赛着敲锣打鼓咧大嘴。

这时，又有个更明白的人跳出来：不行，不行，两边不对称！再说，一个东风盛，一个西风烈，到底哪边风大啊？都分不清敌我了……

话还没说完，就被西风烈的人围住，叫你不对称！叫你不对称！几拳打肿了嘴。

这样的热闹没看多久，局面就乱了。批斗，游街，抄家，跳楼。

哪儿是革文化的命，是革人命啊！

天要塌了。我家所在的部机关大院惊恐不安。

终于，有一天，大字报贴到我家门口。爸妈也被革了命。

我从小就知道，我家是干部家庭。我爸在中南海上班，我妈是领导人的秘书。家里有两个阿姨。照妈的话说，我为什么长得白净，就因为从小没受过罪。三年自然灾害，我正长身体，爸一个月去一趟上海，买鸡蛋，买苹果，家里没断吃的。我爱梳小辫儿，爸就从广州带来一堆皮筋儿，红的、黄的、绿的，我今儿扎黄的，明儿扎红的。爸还老出国，给我买稀罕东西。小皮鞋是日本买来的，嘎嘎响。手风琴是苏联买来的，没有键盘，全是小黑钮。一拉一按就出声。我在家里乱拉，呜哇！呜哇！把房顶都掀了。妈嫌吵，出来进去捂着耳朵。后来，我慢慢拉出调儿了，东方红，太阳升。妈就乐了。下班回家就叫，菊儿，拉一个！我就拉一个。我不爱跟女同学跳皮筋儿，边跳还边唱"小皮球，香蕉梨，马莲开花二十一"，没劲！家里的香蕉梨吃都吃不完。我爱拉手风琴，爱唱歌跳舞。后来，学校提倡艰苦朴素，新三年旧三年，缝缝补补又三年。同学们就说我，小皮鞋嘎嘎响，资产阶级臭思想。我吓得再也不敢穿好的了。一天，舅妈来看我，给我买了新衣服，我赶紧叫阿姨先拿补丁补上。舅妈不明白，说好好的衣服干吗补啊，这不是皮裤套棉裤吗？我说，舅妈您不知道，同学都穿带补丁的衣服，我要是直接穿新衣服上学，他们就围上来跟看猴儿一样。舅妈笑起来，又拿出一双漂亮的花袜子，袜子穿在鞋里，谁也看不见，就不要补了吧？我说，要补！我拿过来学着自己补。咔咔咔！剪一小块儿破布，补在新袜子上。一到学校，我就主动脱下鞋对同学说，你们看我的袜子多破！有心细的同学就叫起来，我们的袜子都补在脚后跟，你的怎么补在脚面上啊？

想不到，幸福的日子说没就没了。

文化一革命，走资派，苏修特务，大字报把我家都糊严了。我爸妈被人揪走，挂牌批斗满街游。最后，宣布从北京赶走。先赶到北大荒，冰天雪地冻成木乃伊。后来，又押到河南沈丘五七干校，下砖窑，烧板砖。

我的大脚奶奶带着我弟我妹被一起赶走，落户在干校旁的村子里。

不知为什么，从旧社会过来，奶奶没裹小脚儿，而且脚特别大，42码鞋穿着都紧。她总跟我念叨，说当年的生活特别苦，一件破棉大褂，白天爷爷出去干活儿穿，晚上回家就当被子盖。屋里堆一堆稻草，白天堆在墙角，晚上扒开就是床。她给爷爷做了一双鞋，爷爷舍不得穿，怕穿坏了，出门提在手里光脚走。奶奶说，爷爷哪儿都好，就是嫌她脚大。在我爸五岁的时候，爷爷就跑了，不要她这个老伴儿了。奶奶年轻轻就守寡，带着我爸没有再嫁。天上下雨淋雨，地下刮风喝风。想不到我爸刚长得锄头高，就跑去当了兵。奶奶的眼睛都哭瞎了。奶奶一讲这些老话就掉泪，脸上的褶子淌成河。那时候我小，不理解她，一听她又要讲了，就说，我知道了，爷爷嫌您脚大，吓跑了。奶奶您脚是大！那是过去的事了，别老说了，您现在不是挺好的吗。

奶奶听我这样说，就不念叨了。她一个人坐在那儿，一会儿又掉泪了。

我看她又掉泪了，就走开。不想劝，劝了也没用。

现在，我经历了，理解她了，知道做女人有多难了。

可是，奶奶早就没了。她要是还在，她再讲，我会好好听，会跟她一起流泪。

我苦命的大脚奶奶！

因为"文化革命"革得收不住了，中央就派部队接管各个部委。我们大院跟部机关连着，所以也来了部队，叫解放军毛泽东思想宣传队，简称军宣队。

他们开进大院的时候，排着队，唱着歌，革命军人个个有脑筋……

我还笑呢，心里说这叫什么歌啊。后来才知道，这叫《三大纪律八项注意》歌。唱的是，革命军人个个要牢记……

军宣队一进大院，就挨家挨户对户口，赶人下乡。

队长姓鲁，他瞪着两眼对我说，你，收拾收拾，跟你爸妈一起去河南！

可是，进驻学校的军宣队袁队长就不同意我走。因为我能唱会跳，是文艺骨干。

袁队长叫袁江，四十来岁，长得很帅，高鼻梁大眼睛。身条特好，站在那儿像一根葱，青是青白是白。他不但能歌善舞，手风琴还拉得倍儿棒。他一进学校就要组织文艺宣传队。

不行，这孩子不能走。必须留！

不行，这孩子不能留。必须走！

为了我的走留，大水冲了龙王庙。袁队长跟鲁队长顶起了牛。

一边东风盛，一边西风烈，两个队长谁也不让谁。

最后，袁队长急了，你非要她走，往后大院里所有的孩子，我们一概不收！

那会儿上学不用考试，划片儿上。鲁队长所管的孩子，按片儿划都归我们学校。

他没辙了，只好特批我留下。

就这样，大院里所有要赶走的大孩子，唯独我留了下来，进了宣传队。

那会儿，我刚满十四岁。

我爸被人从东北直接押送河南，我妈回北京来接奶奶。

在兵荒马乱的火车站，在失魂落魄的人群里，我跟妈见了面。

身后是哭成泪人的奶奶、弟弟、妹妹，和打好的一堆破行李。

这才几个月啊！妈一脸褶子，满头白发。

我抱住妈，闻着她的味儿，哭花了脸。

押送的人叫起来，快点儿！

我说，妈，我要跟你走。死也跟你死在一起！

妈给我抹抹泪，菊儿，坚强。别说死，好好活着！看好房子看好家！

妈，我不死。我看好房子看好家，谁也抢不走！

妈和奶奶就这样带着弟妹离开了，连头也没回。

起风了。她们的白发飞起来，缠在一起。

我不知道站了多久，也不知道是怎么回的家。

说是家，就是四间空屋子。好东西，抄走了。破东西，带走了。

空空的，静如死。喘气都有回音。

一只小壁虎，不慌不忙，从桌脚扭到床下，没注意到屋里还有个我。

从此后，一个十四岁的小女孩儿，自个儿跟自个儿过。

一张桌子，一张床。

怎么过呀！

02

:

不久，恢复上学了。叫复课闹革命。

一下学，回到家，一个人也没有。关起门，像进了山洞。

晚上怕鬼来，拉桌子顶住门。钻进被窝里，蒙起头。半夜，鬼化成烟，从门缝儿飘进来，站在床边喘气。我吓醒了，不敢看，不敢哭，更不敢开灯。

爸妈的工资被没收了，只给我留二十八块钱。那会儿，钱值钱，够买一个月的饭票。

我每天端着碗到部机关食堂打饭。叔叔阿姨看我可怜，不让我排队，让我先打。

院里有个从小一起长大的男孩儿，叫丛林。他妈是后勤人员，在食堂小窗口负责打饭。看见我来了，就多给一勺。给完了，叹口气。唉，造孽噢！

我知道，她在骂坏人，骂那些欺负我们家的人。

我端着碗，吃不下。

想爸妈，想弟妹，想大脚奶奶。听说他们在乡下苦死了，真想把饭寄给他们吃。

好不容易盼到七月，放假了，我要去河南看亲人。

把家门锁好，说一声，再见！

跟谁呢？

小壁虎。

家里只有它。

有时候，我会放一点儿菜饭在床底下。过两天猫腰一看，全干巴了，它也没吃。

屋里空空的，靠什么活呢？

那会儿，火车票很便宜，好像是七块钱。

世道乱，路上谁也不能理，当没看见，当自己是个哑巴。

一个人的车站。一个人的火车。一个人。

每年，我看亲人一次，哭一次。

他们住在河南沈丘。爸妈每天烧砖，窑里进，窑里出，是活动的机器。脸上手上身上全是黑的，只有眼珠儿是白的。累了靠在窑上，要不是眼珠儿转，跟死人一样。

大脚奶奶带着我弟妹住在农村，靠种地活着。她在前面刨土，弟弟妹妹在后面下种。下完了，拿脚踩实。歪七扭八，种了一路小脚丫儿。

祖孙三口，住一间土坯房。门洞特矮，进出得弯腰。

因为盗贼多，为了防着，只留一个小窗。猫都难钻。

沈丘穷，喝的是沙河水。水是浑的，挑到缸里，放明矾沉了才能喝。

妹比我小一岁，每天扛着大水桶去挑水。桶打脚后跟儿。咚！咚！

我追上去帮她挑。一挑，根本挑不动。

水质不好，我一喝身上就起包。第一天喝，第二天准起，灯泡似的浑身都是，痒得抓心。一挠就破，一破就流黄水，几天不收口。只好抹紫药水。到处抹，抹成会走路的烂葡萄。

弟弟妹妹说，他们刚来时也起包，日子长了，适应了。

我心疼他们，更佩服他们。

奶奶不再忆苦思甜了，眼下比过去还苦。她说，过去到了春节，地主还给白面包饺子。弟弟妹妹说，地主真好。奶奶吓得忙去捂他们的嘴，两眼直往门口看，生怕门外有耳。

那会儿很紧张，人整人，整到骨头里。

奶奶说，有一次开批斗会，在台上写大标语的人不注意，把墨汁掉台下了，可巧台下正在粘毛主席像，墨汁掉到毛主席两个眼睛中间，伟大领袖就成了二郎神。这个人马上就被揪到台中间，正式大会没开始，先把他臭揍一顿，还用墨汁把他也画成三只眼。

从大脚奶奶住的那儿到我爸妈那儿，还要走很远一段路。

我走到的时候，窑里正出砖。爸在窑里，妈在窑外。

一见到妈，我就哭了。

看见妈勾着腰搬砖，整个人又黑又干，像烤煳的窝头片。叫她，她都听不见，跟砖一样。我难过得恨不得想杀人！

我妈家里有四个孩子，她最小。她的三个哥哥从小就呵护她。她高挑，白净，写一手娟秀的字，会四国语言。她本来肩不能挑，手不能提，却要在这儿受罪！

我发誓，一定要为妈申冤，让妈过上好日子！

从河南回来，我就卖命读书。那会儿，高中改为两年，毕了业直接上大学。我妈就想让我上大学，让我当翻译。我学的是俄语，班主任郑老师就是教俄语的。她是北京外国语学院毕业的大学生，长得很漂亮，有点儿像电影演员谢芳。她老公是装甲兵的师长。郑老师说我语言天分好，选我当课代表。我家对面住的叔叔在苏联大使馆工作，也老给我看俄文报纸。所以，我俄文特好，到现在还记得毛主席万岁怎么说。

郑老师知道我家的事，对我特别好。

有一天，上课的时候，郑老师在黑板上出了题，叫愿意答题的同学到讲台前，用板书方式直接答在黑板上。我把手举得像根旗杆，郑老师微笑着点点头，让我答题。我走上前去，用粉笔在黑板上起劲儿写。写着，写着，身后忽然传来怪声，叽叽喳喳，咕咕嘎嘎。起先我还以为自己答错了，一下子紧张起来，手都发抖了，直着两眼看自己的答案。很快，怪声变成骚动。郑老师走到我身后一看，马上把我拉到讲台后，紧跟着把我带到她的办公室。

这时候我才知道，我的裤子上渗出了血。郑老师说，你来例假了。

啊？我不懂。我吓坏了。没人告诉我这些。我妈要是在，可以跟妈说。妈不在，跟谁说？我吓得直哭，还以为自己得病了，要死了。

郑老师说，你不要怕，这很正常。说着，她从柜子里取出一些东西，纸啊，月经带啊什么的，一边帮我弄，一边说，孩子，你长大了！

我不敢看，也不敢听，脸上像着了火。

在这个时候，小女孩儿最需要母亲的关怀和指导。

可是，没有。过后，我又不敢跟妈说，怕她着急。

后来，我觉得自己懂事了。就像郑老师说的，我长大了。

我有了秘密。下面长了毛儿，乳房也开始发胀。我躲着男生，总感到他们看我的眼神不对，好像要看穿我的衣裳，看到我的秘密。

就在这时候，有一个男人突然从后面抱住了我，抱得紧紧的。跟着，把嘴贴在我脸上，手伸进我怀里。我听到他颤抖地喘气，感到他绷直的身体，闻到他奇怪的味道。

我吓坏了。叫又叫不出，抓又不敢抓。因为，他是——

袁队长！

03

那是一天放学后，袁队长把我叫住，说到他办公室去排练节目。

因为学校要组织野营拉练，为鼓舞同学，宣传队就编了歌舞、快板等节目，准备到拉练路上去演。每天放学，我们都到袁队长办公室去排练。他的办公室很大，原来是数学教研室。

当我推门进去的时候，屋里就他一人。他说，你把门关上。我刚关上门，他突然从后面抱住了我。他很熟练，两手从我胳膊下穿过，一下子就捂住我的乳房。这几天我正为乳房突起感到难堪，现在被他两手一抓，羞得像脱光了一样。他又扭过我的身子，跟我脸贴脸，把嘴对到我嘴上……

我没想到会发生这样的事。我那会儿才多大啊！

我吓哭了。

嘴是吃饭用的，他这是干什么啊？

看见我哭了，他放手了。脸涨得像画儿。

别哭，他说，我就是喜欢你。我不会坏了你。

我还是哭，说不清是害怕，还是委屈。

他完全变了一个人。

我一直觉得他是个好叔叔。人长得精神，歌唱得好，舞跳得好，还会拉手风琴。我崇拜他。他对我也好，像父亲一样。最最关键的，是他把我留下的，没让我下乡。

可是，想不到他会这样。

我怎么反抗？没法反抗。

一个小女孩儿，爸妈又不在身边。怎么办？只有忍着。

后来，我知道了，这叫吻。

这就是我的初吻。被迫的，突然的，可怕的。

不过，他到底没对我下手。就是搂搂，抱抱。最可怕的一次，是把手伸进我的裤子里。我拼命挣扎，又窝着腰哭起来，他才住手了。

他老是这样，我心里特害怕，找不到人说。后来，还是跟郑老师说了。

只有跟她说。

我说，他摸我。

郑老师问，谁？

我吓得不敢说了。

郑老师说，告诉我，别怕。

袁队长。

郑老师一听，不说话了。一个是老师，一个是军代表，她能不怕吗？

过了一会儿，她好像又不怕了。

她跟我说，你这样会怀孕的！你不要跟男人接触，这是你一辈子清白的事！

郑老师没说那么深，我也没听懂。

我就觉得，噢，男的摸我了，他身上的虫子爬到我身上，我就会怀孕；男的坐过的凳子必须擦干净才能坐，不然上面的虫子钻进我衣服里，我就会怀孕；跟男的说话不能太近，如果近了，他的虫子就会飞过来，我就会怀孕。

那会儿，我就是这么想的。

所以，我对男的，包括班里的男生，都特别害怕。我从来不跟男生说话，也不跟男生一起走。我跟男生坐一个课桌，要用铅笔刀在中间划一道。别过我这边来！别让我怀孕！

郑老师对我说，菊儿，你是个女孩儿，你爸妈不在，我就是你的家长，是你妈。你有什么事必须跟我说，千万别瞒着我。

我点点头。

可是，袁队长是军宣队领导，又是宣传队队长，我能把他怎么样？

只能小心他身上的虫子。

打这以后，每次要排练节目，我都等人多了再去，绝不自己先去。我觉得袁队长看出来了，因为他的眼神怪怪的。但是，他没跟我生气，照样对我好，常常表扬我。我呢，也争气，拉练去密云，去延庆，我永远走在第一个。脚走烂了也不怕，照样跳舞唱歌。

那会儿，常有部队到学校来招演员，总政的，海政的。一来，袁队长就推荐我。我不但跳舞跳得好，还会编舞，来招人的都挑上我了。可是，一政审，不行，爸妈都是反革命，他们担心我跳着跳着舞，会往台下扔个手榴弹。

后来，地方上又来招空姐，那会儿叫空中服务员。袁队长还是推荐我去试。招空姐的人说，你跳个舞吧。我就跳了个藏族舞——《毛主席派人来》。跳完了他们就鼓掌。学校去了十个女孩儿，当时就选了三个，其中就有我。结果，也要政审。一听我爸妈是反革命，不要。怕我上天把飞机炸了。

我又落选了，袁队长直摇头。看得出来，他从心里为我难过。

真的，如果没有搂我那些事，我一直就觉得他是世界上最好的叔叔。

可是，他干吗要对我那样儿呢？

难道男人都那样儿吗？

我心里有一种说不出来的感觉。很害怕，也很好奇。

郑老师看我又害怕又好奇，就跟我说得深一点儿了，女人的身体怎么怎么样，男人的身体怎么怎么样，男人和女人怎么样就会怀孕生孩子。如果怀了孕，例假就不会来了。

我似懂非懂，开始按日子算例假。上个月十四号来的，就记上。这个月过了十四号还没来，就害怕了。哎哟，我是不是怀孕了？赶紧去找郑老师。那会儿，我们管例假叫倒霉。

郑老师，我怎么还没倒霉呀？是不是怀孕了？

郑老师说，他碰你了吗？

我摇摇头。

那你再等两天吧。

我就提心吊胆地等。过了两天，来了。谢天谢地！

那会儿，郑老师就是我妈。

她到哪儿都带着我。拉练的时候，我俩就睡一被窝儿。我有什么话都跟她说。

终于，事情发生了变化。我发现袁队长突然不理我了，一见着我就躲。我心里特别扭。

没过两天，他老婆从东北来了。

我偷偷一看，哎哟，老得能当他妈。

他这么帅，怎么会找这样的老婆？

再以后，袁队长消失了。说是调走了。

起初，听他调走了，我特高兴，精神上再也不会受折磨了。以前，他一跟我说到办公室排练，我就紧张。去也不是，不去也不是。

可是，当他真的走了，真的消失了，再也听不到他唱歌，再也听不到他拉琴，再也听不到他喊排练，我心里的滋味儿又说不出来。很难过，很失落。

有一天放学，我路过他的办公室，忽然听见他喊，菊儿，菊儿，排练了！

我高兴极了，大声叫，袁队长，你回来了？

可是，他没有回答。

办公室的门关着。

办公室的窗户也关着。

紧紧地，关着。

我走在回家的路上，一个人，失魂落魄。

他要是真的回来了多好啊！哪怕搂我亲我。

回想起他搂我亲我，那个动作，那个味道……

唉！——

后来，我听说，袁队长挨了处分，转业回农村了。

再后来，传来更坏的消息，说他下地干活时被马车撞死了。那马受惊了，带着车疯跑，眼看要撞着他老婆，袁队长冲上去把老婆推开，自己却被车撞了。脑浆都撞出来了。

我不相信这是真的，接连几个晚上梦见他。

他叫我，菊儿，菊儿，排练了！

声音清楚极了。

我也答应他，哎，来了，来了！

他向我走来，张开双手。

只有脖子，没有脑袋。

我吓得尖叫一声。

我醒了。我哭了。我病了。

一连病了好几天。

04

我病好以后，没过几天，很多同学就分配工作了。那会儿，分的工作真好，首钢啊，七机部啊，还有当兵。我当不了兵，招工的人也不要，干着急。郑老师劝我别急。她说，你爸妈不可能老关着，你等着吧，说不定以后你还有机会上大学呢。

没想到，这时候突然出了黄帅的事件。一个叫黄帅的女生要造学校的反。得，一粒耗子屎，坏了一锅饭。

学校接到上级通知，让没分配的学生集体去郊区插队当知青。我流着眼泪跟郑老师告别。郑老师说，去吧，劳动劳动也好，有时间我一定去看你。

插队的学生打着红旗出发了。红旗上写着"广阔天地大有作为"。

去哪儿啊？昌平。长陵公社。

说是昌平，其实一点儿都不平。全是山，一片山。

可当地老百姓却美滋滋的，说这儿是风水宝地。为什么？有十三个皇陵，埋了十三个皇上。还有皇后、妃子、太子、太监什么的，一大堆。

当年，是谁选这儿当风水宝地的？

老百姓说，是一个姓姚的和尚。当年，明成祖朱棣身着便装，带一帮人到处选风水宝地，选来选去都不中意。路过昌平进村讨口水喝，刚好碰上村里娶媳妇。朱棣爱管闲事，一掐算，不对啊，今儿个也不是黄道吉日，娶什么媳妇啊？是谁给人家选的日子？村里人说是姚和尚。朱棣说把他给我叫来！就把姚和尚叫来了。朱棣指着他鼻子说，今儿个也不是黄道吉日，你凭什么让人家办喜事？姚和尚说，我知道今儿个不是黄道吉日，可我掐算出有一位贵人会路过本村，龙虎相冲，逢凶化吉。朱棣一听，吓了一跳，心说这和尚厉害啊，居然点破了我的身份。何不请他为我选陵？就亮明身份，说我是朱棣，请你帮我选陵地如何？姚和尚说，善哉！您还跑哪儿去选啊，昌平这地界群山环抱，聚气藏风，正是皇陵圣地。可以安葬皇上的万子重孙！朱棣闻之大喜，下令圈地修陵，圈得比北京城还大。可是，他脑水不足，没想到姚和尚一语双关，不但说了昌平是皇陵圣地，还同时点出，大明朝到了万历皇帝的孙子崇祯就会灭亡。万子，就是万历的孙子。重孙，谐音就是崇祯。你看，神不神？

甭管神不神，昌平有十三个皇陵是真的。什么长陵、献陵、景陵、裕陵、茂陵、泰陵，背都背不过来。

长陵公社就管着这十三个陵。一个陵一个大队，共十三个大队。

学校安排一个大队安插十个知青，四个高中生带六个初中生。

我去的裕陵大队，也就是裕陵所在地，陵里埋的皇上叫朱祁镇。

朱祁镇的传说多极了，他当过皇上坐过牢，轻信奸臣，乱杀忠良，直到临终才良心发现，遗诏废除活人殉葬，救了千百无辜性命。当地人说，这是他一生唯一的功德。

我们乍一进裕陵，吓了一大跳，地里干活的农民个个都光着大膀子。男的光，女的也光，晃悠着两个大乳房，抱着孩子就在我们面前咔咔咔地喂奶。

男生都低下头不敢看，我们女生也不敢看。

劳动中间休息，几个女社员闹着笑着，突然一拥而上，把一个男社员的大裤裆扯下来。那男的双手捂着要害，光着屁股乱跑。

哎哟，怎么跟野人一样啊！

我们这些学生，从城里来，从机关大院来，哪儿见过这个阵势，全吓傻了。本来上学下学好好的，啪的一家伙给甩到这么个地方来，谁受得了啊！

不过，该怎么说就怎么说，这个地方的确比城里好。看哪儿都新鲜。山青得耀眼，水净得见底，河里的鱼儿都是透明的。

我们知青单住一大排房子，男生住左边，女生住右边。到现在，我还留着当年的照片呢。

来到农村，当了农民，第一天就让我去耪地。耪什么？白薯秧。

地里的白薯秧一眼看不见边，人家农民就蹲在地里，手拿小耪子，咔咔咔，耪松了土，耪掉了杂草。看上去，又轻快，又好玩。

可是，我呢，跳舞的大长腿蹲下去，没耪几下，腿就酸了。我一看，不行，蹲不住，干脆就跪在地上，一边往前爬，一边耪。白薯秧是一溜一溜的，秧子两边长着杂草，两样都是绿的。我累得汗珠子都滚到眼睛里了，一会儿就分不清了。咔咔咔，把白薯秧都耪掉了。

生产队长看见了，就跟我嚷嚷，你是怎么干的？看看人家！

我抬头一看，人家农民都耪到头了，我才耪了一点儿。

队长又说，你把秧子都给我耪了，草还留着呢。笨死你啦！

我说，我干不了。

队长说，你干不了？你是来劳动改造的，干不了也得干！

我一听就火了，我也没犯罪，凭什么要劳动改造啊？

队长一看我这样儿，就乐了。好，不叫劳动改造，叫劳动锻炼，中不？你照镜子看看，有你这样锻炼的嘛？

那会儿，我特爱美，下地怕晒黑了，不但戴了一顶大草帽，还戴了一双白手套。脖子上还系了一条围巾。

队长说，你看你这样儿，像来劳动锻炼的吗？又怕晒黑了，又怕扎着手！

我说，队长，我腿长，蹲不下去。

说着，就蹲下去给他看。一蹲，我就瘫在地上了。

队长看我挺滑稽，就笑了，得啦得啦，蹲不了，那你放猪去吧，中不？

我说，好啊，放猪就放猪，放猪不用蹲着！

旁边有个农民听见了，大嘴一咧，唱起来：

哎呀嘿，刀子嘴呀嗮豆腐心，咱队长他是个怜香惜玉的人儿，我的舅娘亲——

我还认为他唱的是流氓小调哪。

队长听他唱，就说，怜香惜玉，怜香惜玉，她是莲花镶着稀罕玉！

那个农民又唱起来：

哎呀嘿，莲花镶着稀罕玉，嫩豆腐掉进灰堆里，吹也不得呀嗮，打也打不得，我的舅娘亲——

05

第二天，我就去放猪了。

一共三十二头猪。五头小猪，剩下全是大猪。

队长给我配了个小姑娘，是当地农民的孩子，比我小一岁，叫秀秀。人跟名儿一样，土秀土秀的。杏核眼儿弯月眉，细鼻子小嘴儿。她一说话，俩酒窝儿，挺招人喜欢。

我俩一人举着一根鞭子，赶着猪出了庄。浩浩荡荡！

当地管放猪叫放青，从裕陵放青到长陵，要走好几个小时。

猪沿着土路走，边走边吃路两旁的草。大猪走前，小猪随后。

人呢，正好相反。秀秀在前边带路，我跟在后边迈台步。

行走在青山绿树间，可把我美坏了。这真是，活儿也干了，景儿也看了。

心里一高兴，唱起电影《青松岭》里的插曲。

原来人家的词儿是：

长鞭哎那个一甩哎，嘎嘎地响哎，一队大车出了庄哎——

要问大车哪里去哎，沿着社会主义大道奔前方，嗨哎嘿哟——

我给改了：

长鞭哎那个一甩哎，嘎嘎地响哎，一队大猪出了庄哎——

要问大猪哪里去哎，沿着社会主义大道奔前方，嗨哎嘿哟——

唱完了，觉得有点儿反动。

到处看看，没外人，又乐了。哈哈哈！

秀秀也乐了，你唱的放猪歌真好听，教我唱一个！

我就教她唱。我一句，她一句。真是诲人不倦。

我俩边走边唱，山里的回音也跟着唱。

猪是忠实听众。它们越听越高兴，撒着欢儿，直奔社会主义前方。

路两边站着一长溜石人石马，他们没工夫听我们唱歌，个个拉着脸儿，认真守护着皇陵。

每个皇陵前都有一个龟驮碑，碑上刻满皇上的功德。就是表扬信，表扬皇上是好人。

秀秀管它叫王八驮石碑。

我俩路过石碑，就停下来，仰起脸儿读碑文。

很多字都不认识。不认识的就跳过去，这叫什么破字啊！

当然，我比秀秀认字多，读得也快。一骄傲，我就出了怪声。

秀秀听出来了，说你别气我啊。我问你，你知道王八是谁吗？

啊？我被问住了。王八就是王八，王八还能是谁？

哈哈，你傻了吧。王八是龙王爷的儿子！龙王爷一共有九个儿子，有会吐火的，有会下雨的，就属王八没本事。大伙儿老欺负他，一出去玩就让他驮着。驮来驮去，把他练出来了，比谁都能驮，所以皇上就让他驮石碑。皇上是真龙天子，跟龙王爷是一家子，王八就答应了。一驮，就驮到现在。

哎哟，你听谁说的？

我爷！

秀秀又问我，石碑这么重，你知道是怎么驮到王八身上的吗？

我说，老吊吊的呗！

哈哈哈！秀秀笑得坐地上了。

我赶紧改口，对对，那会儿还没老吊呢。

哈哈，你又傻了吧。我爷说，头一个想起王八驮石碑的，是明成祖朱棣。他爸死了，他想给立个碑，先让工匠刻了王八，又刻了石碑。可是石碑又高又重，驮不上去。朱棣急得半夜睡不着。鲁班爷看他有孝心，就托梦给他，说要想驮上去，王八不见碑。第二天，朱棣爬起来就想，王八不见碑，这话是什么意思呀？想了三天三夜，忽然想明白了。他叫人先把王八摆正，然后用土埋起来，埋成一个大土山，再把碑顺着山坡往上拉，一直拉到山顶，比准了立起来，又把土一点点儿挖走。土没了，碑就落下来，正好骑在王八身上。

哎哟，秀秀你知道的可真多！

都是我爷说的。

你再讲一个！

行！……

就这样，秀秀边走边讲，都快成我爷了。

不知走了多远，我俩走累了，猪也走累了。

秀秀说，咱们别老走了，把猪圈起来，找个地方坐会儿吧！

我说，圈哪儿呀？

她说，我带你去！

她就带我去了。是茂陵还是景陵，我忘了。

好像是定陵。对，就是定陵。

秀秀说，你看，这儿早年着过火。

我一看，可不是，定陵到处都是被火烧过的样子，好多大门烧得只剩下石墩了。

我想起课文里写的，就抢着说，我知道，这是八国联军烧的！

说完了，又想，好像八国联军烧的不是这儿。可是，说都说出来了，也不好意思改。八国联军就八国联军吧，反正他们烧过。

秀秀看了我一眼，看得我脸都红了。

不是什么军烧的，我爷说，是老天爷烧的。埋在这儿的皇上是朱翊钧和他老婆孝瑞。孝瑞生前干了坏事，老天爷要放火烧她，又怕烧着好人，就派个神仙下来言语一声。神仙也分不清谁好谁坏，就装成卖东西的下了凡，还穿着破衣服。卖什么呀？木头筷子、野酸枣、京白梨，还有一兜儿芝麻火烧。他一进村就喊，筷子枣儿梨，芝麻火烧！筷子枣儿梨，芝麻火烧！富人不稀罕，都不买。穷人没有钱，买不起。喊了半天，没生意，神仙口渴了，就跟人讨水喝。富人嫌他脏，假装没听见。穷人可怜他，就舀水给他喝。谁给他舀水，他就给谁个枣呀梨的，边给边说，筷子枣儿梨，芝麻火烧！穷人听明白了，噢，他是叫大家快早离，这儿马上要遭火烧！穷人们就你告给我，我告给他，全都离开了。结果，火一烧下来，不但把定陵给烧了，也把坏心眼儿的富人给烧死了。

秀秀，我真服你了！

我也服你！

你服我什么？

你会唱放猪歌，碑文念得好。

嗨，你就别提那个放猪歌了。

我又急着问，秀秀，孝瑞到底干了什么坏事？

秀秀说，等会儿再给你讲，咱们先把猪圈起来吧。

圈哪儿啊？

你跟我来吧！

秀秀领我绕着定陵的围墙走。那围墙跟天安门的围墙一样，红红的，高高的。

走着走着，就看到墙上有个大洞。

秀秀说，咱们钻进去吧。

我有点儿害怕。

秀秀说，没事，我们老来这里玩，逮蚂蚱，捉蛐蛐儿。还有，装吊死鬼儿！

说完，她眼睛一瞪，舌头一伸，啊，吊死鬼儿来了！

吓得我尖叫一声，差点儿坐地上。

我俩把猪从洞口赶进围墙。哎哟，里面真大，有的是草。我很高兴，猪比我还高兴。为什么，有的是草，咔咔咔，抬嘴就能吃，用不着再走路了。

按说，放青不许这样围着，一定要让猪走着吃。猪走着吃才壮，拉到城里才能卖个好价钱。那会儿，城里人没肉吃，吃肉要凭肉票，一人一个月半斤。不像现在，肉多得吃不完，不爱吃了，开车跑到乡下来，专找猪食吃。什么猪食呀？就是野菜。村里人叫猪草。

猪们高兴地在围墙里吃草，咔咔咔，咔咔咔！

我俩走累了，就在墙外歇着。怕猪乱跑，就堵在洞口外边，一头一个，给猪当哨兵。

人也歇歇，猪也歇歇，这也犯不了多大法。

当地农民说话口音很重，管歇歇叫歇星儿，管我们叫晚们，管太阳叫老烟儿。老烟儿起了，就是太阳升起来了。老烟儿落了，就是太阳下山了。

我俩一边歇星儿，一边掏出贴饼子吃。

贴饼子是用玉米面做的，农民叫棒子面。用水和好，挤成巴掌大，咔！往铁锅里一贴。铁锅底下烧着柴，滋滋滋，烙熟了，结糊疙巴了，就能吃了。那会儿，知青就吃这个。队里一年给几袋棒子面，每天晚上我们就自己学做贴饼子。咔，贴一个。咔，再贴一个。把贴饼子当人喊，贴一个，喊一个同学的名。刘忆嘉，咔！贴一个。孙正新，咔！又贴一个。

全班来插队的同学，挨个都被喊过来，都当成饼子贴锅里了。

吃的时候还喊哪。这个说，来，我吃秦胖子！拿起个贴饼子咔的一嘴，嗨，秦胖子太肥了，一咬一口油。那个叫，我吃王雷，拿起个贴饼子咔的一嘴，哎哟，还生着呢！

我说，王雷哪儿是没熟啊，是一嘴的大鼻涕！

上学的时候，王雷总是流着大鼻涕，特脏。郑老师特意把他编到我们学习小组，让我帮助他。他比我小半岁，那时候就叫我姐。

姐，王雷叫起来，大鼻涕带咸味儿，就贴饼子吃还省咸菜呢！

大家都笑起来，说王雷你吃了多少大鼻涕啊，要不怎么知道是咸的呢？

哈哈哈！咕咕咕！

贴饼子，吃饼子，要多热闹有多热闹。穷欢乐。

队里为了照顾我们，还派了一个朱大妈帮我们做饭。朱大妈黑黑的，胖胖的，笑笑的。没事儿就爱跟我们说话，闺女，多大啦，家里几口人，来了惯不惯？她想办法给我们做好吃的，贴饼子、蒸白薯、熬棒子面粥。用大白萝卜腌咸菜，切成一条一条的，就贴饼子可好吃了。

山里头冷，头天晚上贴的饼子，第二天就冻成冰碴了，吃起来像石头蛋儿，那也特高兴。能吃饱得了呗，带冰碴算什么？

朱大妈知道我爸妈都关在农场里，特别心疼我。她总爱摸我的脸说，哎哟，这闺女，这脸儿，咋长的，滑溜得跟小孩儿屁股似的。

那会儿，知青的伙食是定量的，不能放开了吃。朱大妈怕我放猪肚子饿，每天都偷偷多给我两个贴饼子，这边兜儿塞一个，那边兜儿塞一个，鼓鼓囊囊的。

放猪就是饿得快，走一路，肚子叫一路。好不容易停下脚了，急忙掏出来吃。

我有贴饼子，秀秀没有，我就分给她一个。共产主义。

猪吃草，我俩吃贴饼子。比肉还香，比皇上还美。

我又问起孝瑞的事。

秀秀就讲起来——

有一回，皇上朱翊钧微服私访，看到小镇上有恶人欺负民女齐氏，他就出手相救，结果被打伤了。齐氏冒死把他背回家养伤，两人就好上了。江湖郎中说朱翊钧被打伤了腰子，得用人腰子当药引子才能治好。齐氏就要开刀取自己的腰子。朱翊钧万分感动，连忙拦住她。这时，皇宫的八抬大轿来了，轿上绣着大龙。来人对朱翊钧说，请皇上回城养伤。齐氏没想到，自己的心上人竟然是皇上，眼泪当时就掉下来了。她知道自己不可能随皇上进宫，两个人的姻缘眼看就要断了。想不到皇上说，你别哭了，我要娶你。齐氏摇摇头，泪流不止。皇上说，你等着我。皇上回城后，他的老婆孝瑞听说了这件事，心生嫉恨，私下动员宫里的人们反对这门亲事。皇上很生气，说我就是不当皇上了也要娶齐氏。齐氏怕耽误皇上的千秋大业，就上吊自杀了。想不到，又被好心人救活。孝瑞拿皇上没办法，只好同意了。齐氏终于入宫当了贵妃娘娘。皇上跟她说，咱俩从此不分离，将来死了也要埋一起。可是，孝瑞没有死心，趁皇上南巡，偷偷下药毒死了齐贵妃。皇上闻讯赶来，抱着齐贵妃哭了三天三夜。他传旨厚葬，还说，以后他驾崩了，就把齐贵妃移过来跟他合葬。这个愿望，最后也没实现。皇上死了以后，宫里还是按规矩把他跟孝瑞合葬了。唉——

秀秀讲到这儿，长叹一声。

这一声长叹，我到现在还清楚记得。

因为，那实在不像一个十来岁孩子发出的。

一只灰喜鹊飞过来。它没有叫，无声地钻入树丛。一片被撞落的黄叶，鹅毛一样，轻轻地，轻轻地，飘下来，落在秀秀的头上。

我小声问，秀秀，你知道齐贵妃埋哪儿了吗？

听我爷说，皇上死后，齐贵妃的坟就叫人给扒了。尸骨扔进荒山，成了孤魂野鬼。每到清明，天上下雨，就听到山里有叫声，翊钧，翊钧！声音特别凄惨。那是齐贵妃在叫皇上……

这样说着，秀秀的嗓音变了。

她掉泪了。

我也掉泪了。

我们都不说话了。

我真不该追问秀秀。

过了好半天，还是秀秀先出了声——

以后我要是能碰上皇上这么好的人就好了。

想不到，她会说出这样的话！

06

老烟儿落了。

大块大块的云，铅垛似的，压得山头喘不过气。

我说，秀秀，天晚了，回去吗？

秀秀说，再待会儿。

我俩又待了一会儿。

谁都不想走。

草里的蛐蛐儿叫起来。嘟儿！嘟儿！

定陵的草真深。

只见草在风中摇，有谁知道草的心事。

天，眼看黑了，还有好远的路。只好走了。

我俩赶上猪，一路无话。

快到家了，秀秀说，别跟队长说圈了猪。

我说，知道。反正队长也没看见，反正猪也吃饱了。

后来，我就天天跟秀秀放猪。

早上九点出工，晚上五点收工。

老烟儿起，老烟儿落。

影子长，影子短。

一个陵走完，又一个陵。秀秀的故事讲不完。

快乐的，难过的，也有她自己的。

除了放猪，我俩每天还要清猪圈。这个活儿特脏，特臭。谁过来谁捂鼻子。

这叫起圈。就是把猪屎堆一堆，拉走。浇地，上肥。

那会儿，哪有雨鞋呀，就光脚丫儿进去，踩在猪屎里。

脚臭得永远洗不干净。洗掉一层皮，闻闻，还臭！

想想吧，那么一个爱美的北京女孩儿，叽叽叽叽，踩在猪屎里。咔咔咔！抡大锹。

那也得干，那是你的工作。

再有，就是给小猪打预防针。秀秀拽后腿，我拽前腿。小猪叫的最高音能捅破天。

这都是我俩的活儿。干好这个活儿，就有工分。

工分就是钱。多少钱？不怕笑话，一个工两毛六分。

但是，我爱上了养猪，特心疼猪。

跟它们说话，跟它们玩，跟它们比傻。才一个多月，就把猪养得又白又胖。

那会儿，我看见一张报纸，上面表扬一个养猪女模范，说她胸怀祖国放眼世界。

题目是：身在猪圈，心向亚非拉。

我乐了，养个猪就亚非拉，那要是养个大象，地球上还放得下不？

我可没她伟大。我是：身在猪圈，心向猪猪。

有一天，我看见一只大公猪骑母猪，还咬它耳朵。我吓坏了，就拿棍子打。

咔咔咔！

你下来！

我不让它骑，怕它咬坏了母猪。

朱大妈在屋子里看见我打公猪，就叫，菊儿，菊儿，你进来！

我说，干吗？

她说，那公猪发情呢！

什么叫发情啊？

就是有喜了。

什么叫有喜了？有喜了也不能咬人啊！

朱大妈笑了，没咬人，咬的是猪！

我说，在我眼里那就是人，咬着我心疼。再说，咬坏了就是我的事儿，我一年的工分就没了，吃什么喝什么呀？

说着，我还追着公猪打。

我在那儿追公猪，叫着喊着，大汗珠子乱甩。好多农民就围上来看热闹。

那位爱唱的农民又唱了——

哎呀嘿，猪圈里开运动会可是头一遭，大闺女追着公猪跑。两条腿咋跑得过四条腿，当心猪屎滑一跤，摔掉那个门牙哎，不好找，我的舅娘亲——

他这么一唱，看热闹的农民个个笑得抽筋儿。有人把下巴都笑脱了。

朱大妈看我犯傻，就出来拽我，菊儿，你进来，我跟你说话。

我说，不进，把它打开了再说！

朱大妈硬是给我拽进屋里，你别打了，这是好事儿。

怎么是好事儿，把母猪咬坏了还是好事儿？

咬不坏，它们发情配对儿呢。

配什么对儿啊？

就是母猪跟那个公猪要生孩子。

啊？生孩子？咬它耳朵就能生孩子？

朱大妈急了，哎哟，你怎么这么傻呀，你再出去好好看看！

我出去一看，哎哟，不得了，公猪趴在母猪身上，把它那尿尿的东西直往母猪屁股里捅。那东西比平时大了很多，红白红白的，特别吓人。

我还是有点儿不明白。

……朱大妈，这样……就能生孩子？

朱大妈说，可不是！你爸你妈也这样。人都是这样！

啊？听朱大妈这样一说，我爸在我心中的形象一下子就没了。

原来，爸在我心中多高大啊，威武雄壮，气宇轩昂，就是我们家的天。他在中南海上班，每天出门，都是一身中山装，笔挺笔挺。大红旗一坐，呜！走了，海里边去了。

在我心中，他就是神。真的。

可是，自从朱大妈跟我说完以后，我天天做噩梦。

哎哟，人都是这样吗？

我的老师，我们大院里的大人们，都是这样的吗？

我爸我妈这样了，才有的我吗？

郑老师没有跟我说明白的事情，猪都告诉我了。

这就是一个懵懂的女孩儿所受的性教育。

——来自猪的教育！

后来，那母猪真的怀孕了，生了五个小猪崽儿。白白的，胖胖的，跟动画片儿似的，个个可爱。

我信服了朱大妈。她再看我的时候，笑眯眯的眼里也好像多了东西。

我抱起小猪崽儿，亲它们，爱它们，跟它们有了感情。

出去放青，五个小猪崽儿永远跟在我脚边，绊来绊去。我到哪儿它们就跟到哪儿。

我给我妈写信说，妈，我养的猪生小猪了。

我妈来信说，好啊，有成绩，你要好好对它们。还说，妈想你。

看到这儿，我哭了。也不知道我妈怎样了，是不是还在烧砖。

我捡起一块儿土坷垃，在猪圈上写：

身在猪圈，心想我妈。

07

裕陵大队是山区，很少有大块地，到处都是梯田。不是大梯田，是一小点儿一小点儿的，种不了多少东西。农民靠这点儿东西活着，土里刨食，真是太苦了。

我这才懂了什么叫，锄禾日当午，汗滴禾下土。

以前上学不明白，死记硬背，还问老师禾下土是什么土。想起来真傻。我还记得，那会儿上学，老师教了"偶尔"这个词，过几天就想不起是什么了，还以为是木耳。造句的时候，就这样造：有一天我放学回家，看见树上结了一个"大偶尔"。

现在，来到了农村，真正看到树上结了大木耳，打死也不会说这是偶尔了。来到农村，看到农民，跟他们一起生活，一起干活，才知道农民有多苦。

你掉桌上一粒米，他都拈上来吃了。

为什么？那粒米是他的汗！

山区没好地，种粮食太难。好在，这里还产柿子。

到处都是柿子树，队里的收成就以柿子为主。

一到柿子熟了的时候，漫山遍野，红叶子，黄柿子，一层又一层，美得像做梦。

要收柿子了，全大队的人都行动起来。

我也先不放猪了，跟着一起上山摘柿子。

柿子怎么摘啊？男的上树，手里拿一根竿，竿上面绑一个钩子，咔！勾住一个柿子。女的就在树下接。拿什么接？也是用一根竿，竿上绑一个布兜，撑开了，对准那个被勾住的柿子，男的用劲儿一拧，咔吧，柿子离了树杈，掉进撑开的布兜里。女的就顺下竿子，从布兜里掏出来放进筐里。

得，一个柿子收获成功。圆圆的，黄黄的，金光灿烂，笑容满面。

你看吧，一到早上，老烟儿起了，社员们就出动了。一家一户，谁也不落后。男的一人举着那么一个带钩子的玩意，女的一人夹着那么一个带布兜的玩意，咔咔咔！咔咔咔！走得特带劲。我跟秀秀紧赶慢赶都撵不上。

到了山上，男的都上树了，女的就站在树下，支着脖子喊，红柿子，红柿子！

什么叫红柿子？就是长在树顶上的那个柿子。它照太阳最多，照红了，照亮了，照得自己在树上熟透了。

那个红柿子，永远是我的。

男社员爬到最高的树杈上，亲手把它摘下来递给我。因为熟透了，不能拿钩子勾，一勾，叭叭！就碎了，就流汤了。所以，只能爬上去用手摘。再高也要爬。摘着了，再爬下来，亲手递给我。他在柿子上捅一个洞——

菊儿，你吃！

我急忙拿嘴接住，一嘬，滋溜！柿子汤灌满嗓子眼儿。

哎哟，甜！真甜！

一直甜到心里头。

朱大妈说，要搁早年间，这红柿子可轮不着你吃。

我问，那轮着谁呀？

朱大妈说，武则天呗！

啊？武则天？那不是女皇上吗？

可不是嘛！朱大妈笑了，早年间，武则天没当皇上的时候，是天上的女神仙，专门管地下的花草树木，跟公社绿化办公室的主任一样。有一天，武则天往地下一看，昌平这地界到处秃山薄土的，没一块儿好地。冬天天冷，春天缺水，山里人苦得没法过。她看着特心疼，就从天上撒下一把种子。种子落到地下，就长成了树。什么树？柿子树！柿子树不怕天寒地干，也不怕山高土薄，到时候就挂果，滴哩嘟噜，滴哩嘟噜，个个甜赛蜜！山里人从此有了指望。后来，武则天下凡当了皇上，乡亲们为了报答她，每年收柿子了，就把树顶上的红柿子摘下来，送进宫里贡给她吃！

哎哟，这故事太水灵了！

朱大妈刚讲完，又有人叫起来，菊儿，你吃！

又递我一个红柿子。

我赶紧拿嘴接住，滋溜！

又当了一回武则天。

再给我，我就递给秀秀。

秀秀说，你吃！

我抹抹嘴说，我该干活了，不能当起皇上没够呀！

举起布兜扬起头，咔！接住一个。

哎哟，这个柿子又大又圆，我要小心放好，留给郑老师。

后来，郑老师真的来看我了。她美美地滋溜着柿子，说菊儿你真的长大了。当天晚上，郑老师跟我睡一被窝，我俩说了一夜的话。说着说着，就说起袁队长。郑老师说，是她把袁队长搂我的事告诉了在部队当师长的老公，她老公听了很生气，就向军宣队的上级领导反映了。袁队长因此受处分提前转业了。回到乡里没多久，为了救他的老婆，被受惊的马踢死了。听郑老师这样一说，我心里很难过，说袁队长不是被马害死的，是被我害死的，说完就哭起来。郑老师搂着我说，不能这样讲，这都是命。过了一会儿，她又叹了一口气说，女人啊，被人害，也害人。

咔！咔！咔！

咔！咔！咔！

柿子接了一个又一个。

筐里满了，脖子断了，脑袋也不是自己的了。

08

柿子丰收了。地里、场里、院子里，金山似的，一堆又一堆。

社员们赶着马车，把柿子拉到城里去卖。

我们知青也跟着凑热闹。来到农村，我不但学会了放猪，还学会了赶马车，骑毛驴。

骑毛驴干吗？送粪。女生骑母驴，男生骑公驴。

上山的时候，毛驴一边驮着一垛粪，赶着走。下山的时候，毛驴空了，我们就骑上。驴往山下走的时候，脑袋老低着。我怕掉下来，吓得直叫。哎哟，特好玩！

运柿子走的是马路，上了路，马就自己走。路平，好走，就是远。从昌平到城里，得走一夜。赶累了，就换人。

车上的柿子堆成山，拿苫布一苫，我们就躺在柿子山上睡觉。叫花子似的，一人穿个大破棉袄。脖子往里一缩，两手往袖口一揣，一会儿就睡了。

不管车颠。不管风凉。

太累了。太困了。

队里对知青很照顾，分给我们每人一堆柿子，留着慢慢吃。

有的知青没钱回家探亲，就提一筐柿子，站在马路中间等顺风车。一来车，就伸手截住。专截大卡车。司机停下来问，干什么？叔叔，我们是知识青年，没有钱，给您一筐柿子，带我们进城回家吧！得，司机就收下柿子，拉着进城。也有不要柿子的，看知青可怜，白拉进城。当然，也有不停车的，呜！一加油开过去。真狠，小心掉沟里！

那会儿，我们过的就是这种日子。

不知道苦，不知道愁。兜里什么也没有，但是很快乐。

上山送粪，进城送柿子，我都干过。还去山里烧过石灰，把手都烧坏了。

不过那都是兼职，主业还是放猪。

有一天，又去放猪。秀秀没来，我到处找。

朱大妈拦住我，别找了，她家带她去外边相亲了。

啊？她才多大啊！比我还小呢！我叫起来。

朱大妈叹口气，谁说不是呢。可是，她家穷，她命苦。人家才给了五十块钱，她爸就同意了，死活拽着她就走。走出多老远，我还听见她哭。听说那男的大她十多岁，是个独眼儿，腿还瘸。

啊？怎么会这样啊！

想起秀秀说过的话，以后我要是能碰上皇上这么好的人就好了。

我哇的一声哭起来。

朱大妈抱住我，劝我别哭了。

我挣脱开，蹲在地上放声大哭。好像被拽走的是我。

秀秀啊，秀秀，你真可怜！

朱大妈也跟着我哭起来。

哭了一阵，朱大妈抹抹泪，给我装了两个贴饼子，去吧，菊儿，放猪去吧！

我赶着猪，上路了。

两脚迈不开。泪水止不住。

忽然，听见秀秀喊，菊儿姐！菊儿姐！

我抬头一看，她就在前边呢。

哎，哎，我赶紧答应。

你教我唱放猪歌吧！

好！好！

可是，我刚要唱，她又没了。

放猪路上，只有我一个人。

路过王八驮石碑，我不敢停。

路过定陵红墙，我更不敢停。

09
:

我赶猪正走着，突然，嘀的一声喇叭响，后面来了一辆汽车。

喇叭惊了猪，猪撒腿就跑。

路边是玉米地，几个小猪崽儿尖叫着跑进地里去了。

我急了，赶紧钻进去抓。越抓，它们越跑。

这时，车上下来两个警察，一个老的，一个年轻的。

那会儿，警察穿着白衣服，特招眼。我可不怕，在城里见警察见多了。看见他们下了车，我就叫起来，嗨，你们按什么喇叭呀，把我的猪都吓跑了！

老警察就看着我乐。

我说，猪都跑了你还乐！

他说，我帮你抓还不行？

说完，就钻进玉米地里，帽子都挂掉了。

年轻警察也跟着钻进地里，脸都叫玉米叶子划破了。

那会儿的警察，才真叫人民警察呢。

他们费了好大劲儿，总算把五个小猪崽儿全都找回来了。

我挨个儿抱，挨个儿亲。

老警察就看着我乐，你是不是知青啊？

你怎么知道？

看你就不像本地人。

对，我是知青，怎么了？

哪个队的？

裕陵的。

噢，你挺神啊！

什么神不神的，猪挡道了，你不会下车好好说呀，按什么喇叭呀！你今天要是把这五个小猪崽儿给弄没了，我就跟你玩命！

你怎么跟我玩命啊？

怎么玩命？一命抵一命呗！五个小猪崽儿加起来还抵不了你一命啊？

老警察又乐了，我这不是给你找回来了吗？

我说，你还乐呢，找不回来你就得赔。这是我们全大队社员的命！我们往后就指着这个卖钱，指着这个拿工分，你知道吗？

他还是乐，你知道我是哪儿的吗？

不知道。你不就是一警察吗？

我是长陵公社的，是派出所的。

我还是天安门城楼子底下的呢！我认识毛主席，毛主席不认识我！

这时，年轻警察走上来说，我告诉你，他是咱们长陵公社派出所所长。

我拿眼看那老警察，爱谁谁，我就这样！所长不吃饭也得喊饿！

年轻警察叫起来，嘿，你这小姑娘还挺个性！

我说，什么叫挺个性啊，他是派出所所长跟我有什么关系？我又不犯法，对不对？你们把我的猪吓跑了，还拿派出所压我……

说着说着，我感到很委屈，就哭了。

老警察看我哭了，赶紧掏出手绢递给我，别哭了，别哭了。你把名字写下来好不好？

我还以为要抓我呢，就说，干吗呀，写名字干吗呀？不写！

老警察又乐了，忽然问我，你想当警察吗？

我一听，傻了。啊？你问我？

是啊。你想当警察吗？

想！想！

你对集体的事这么认真，那我就给你个机会。你把名字写下来吧。

真的假的呀？

真的。

我接过纸笔，认认真真写下自己的名字——

陆菊儿。

老警察一看，你字写得真漂亮！你是什么毕业呀？

我说，高中刚要毕业，就来这儿了。就算高中毕业吧。

老警察又乐了。

他真爱乐，一乐，两眼眯成豆芽儿，再配上马长脸，特像电影《今天我休息》里的马天民。那是个好警察，一来就傻乐，是仲星火演的。仲星火还演过《李双双》里的喜旺，也是一张嘴就傻乐，所以我印象特深。

老警察收起我的名字，说，今天对不起了啊，姑娘，让你哭了。我知道你心疼小猪。

我说，那当然了，我看着它们生下来的。

他冲我摆摆手，好了，我们走了，你等信儿吧！

我傻傻地看着他们走远了，小猪在脚下一个劲儿拱我。

等信儿？真的假的呀？

哪儿那么好就能当警察了？

想不到，没过一个礼拜，队里就收到公函，真的调我去公社了。

队长舍不得我走，说我人好，猪也养得好。

朱大妈更是舍不得，一个劲儿哭。

你想啊，平时一没事儿，大妈就说，菊儿，咱们跳个舞！我就跳个舞。菊儿，给咱们唱个歌！我就唱个歌。我是大妈的开心果。再愁的事，有我就不愁。别说大妈了，队上的农民个个都喜欢我，都对我好。我长得最胖的也是这时候。为什么？吃得饱喝得足。这家熬个高粱粥，那家熬个八宝粥，都是拿最好的粮食，一大碗，稠稠的，热热的，给我端来。我可爱喝了，喝得那叫一个胖。原来不到九十斤，现在，上称猪的秤一称，哎哟，一百三，该宰了！

那个爱唱的农民又唱了——

哎呀嘿，石板上栽葱扎不下根儿，隔玻璃亲嘴急死个人，听说你要走消息可当真，想坏了父老乡亲还有那一窝小猪儿，我的舅娘亲——

他还没唱完，我就哭了。

我流着泪告别了裕陵大队的乡亲。

从把他们看成野人，到离不开他们！

10

:

来到公社，没让我当警察。甭问，还是政审的事。

可是，政审没过吧，却给我分到了政工组，管政治宣传。都干什么呀？写稿，办报，广播。战三秋，战三夏！

做梦也没想到，就这么拿了工资上了班。一个月三十三块钱，一下子就翻了身。

我高兴地跑到派出所去感谢大恩人，跑到半路，才发现两手空空。刚上班，还没发工资，什么东西也买不起。怎么办？只好硬着头皮去。嗨，哪怕带几个大柿子呢！

到了派出所，正碰上那个年轻警察，哦，小猪倌儿，你来啦？

老所长呢？

老所长调县公安局了。他让我转告你，到了公社好好干，小猪倌儿本色不能丢。

放心吧！你要是碰上他，千万替我带个好，就说小猪倌儿永远忘不了他！

说着，我的眼窝就热了。

我又想起那五个小猪崽儿，没有它们，我也认识不了这些好警察，也来不了公社。

我感谢好警察，也感谢小猪崽儿。

来到公社，坐了办公室。我心里总惦着那五个小猪崽儿，经常拿起办公桌上的电话，打到队里去问队长——

队长，我那五个猪崽儿没事吧？

没事。

队长，我那五个猪崽儿长大了吧？

长大了。

队长，我那五个猪崽儿乖不乖？

乖，乖！

有一天，队长接我电话，半天也不出声。

我急了，队长，我那五个小猪崽儿怎么了？

……

队长，我那五个小猪崽儿怎么了？

还是不出声。

问了好几次，他才说，卖了。

我当时就哭起来。可怜啊，它们还没长大，你们就给卖了，我的小猪崽儿唉！

队长说，唉，不卖不行啊，队里就指这个给社员分钱哪。

说起小猪崽儿被卖，我又想起了秀秀。她还是个孩子，也给卖了。

我问队长，秀秀有消息吗？我想她。

队长又不说话了。

喂，喂！听得见吗？

我叫起来，还以为电话不通了。

过了好一会儿，队长说，唉，你也别想她了……

为什么？她怎么了？

她喝了药，没了……

啊？！

我叫了一声，哇地大哭起来。

秀秀啊，秀秀，齐贵妃喝了药，你也喝了药。你的命好苦啊！

我难过了一整天，都没缓过来，两眼肿成桃儿。

公社赵书记问我，菊儿，你这是怎么了？想家了？

嗯，我点点头。

啊哈，这好办，星期天我让司机开车送你回家去看看。

那，那……那就送我回大队去看看，行吗？

啊？赵书记愣了，你不是想回家吗？行，行，听你的，你说回哪儿就回哪儿！

谢谢您！赵书记，您真是大好人！

赵书记是本地人，从小就在地里干农活，脸晒得像包公。别看他脸黑，心里可亮堂了。顶着个书记的帽子，帽子底下还是庄稼人。公社上下，没人说他个不字。

我在公社当宣传员的那些日子可真叫美，墙上挂着一大排箱子，里面装的全是好吃的。栗子、李子、大鸭梨，当月有什么好果子，箱子里就有什么。全公社有十三个大队，队长们一来开会，就大兜小兜的给我带。为什么呀？为感谢我呀！

公社的有线广播站，大喇叭一到中午就响。

公社喇叭一响，各大队都跟着响。

谁广播的？我呀！广播什么？表扬啊！

哪个大队盖新房了，哪个大队夺高产了，哪个大队女的都上环，男的都结扎了！

队里得了表扬，全村老少爷们儿都光芒万丈。

广播是我广播的，表扬稿也是我写的。所以，栗子、李子、大鸭梨……

产桃儿的时候，还给我切好了，泡在瓶子里，做成罐头。

队长们说，菊儿，没别的，全是树上自己结的。

我只能收下，人家大老远拿来的。

哎哟，谢谢队长，谢谢队长！

我连饭都不吃了，咔咔咔！光吃水果。一照镜子，脸儿又粉又白，跟大桃儿似的。

三秋三夏，我跟赵书记下到各队去，他察看，我写稿，哪个队都把我当领导对待，我算哪庙的和尚呀！但是，人家对我好，我更要对人家好。因为我是从队里来的，知道农民特苦特不容易。

当然，我也会偏心眼儿，老是给我们裕陵大队上稿，夸裕陵大队粮食丰收，猪养得好。

有一回，把猪的分量跟粮食的混了，多写好几个零。

人家一听，啊？一头猪八千斤，那是猪嘛！

甭管是不是猪，反正我们队长乐得金光灿烂。他来公社开会，总要先来找我，看看我，说说队里的大事小情。我说，那个会唱山歌的大叔呢？我可想他了，什么时候让他来公社唱一个，我给他广播出去。队长乐得大嘴咧成瓢，好好，下回我就带他来。你要是给广播了，咱们队一出名，来听的人多了，还得搭个戏台子呢！

朱大妈也老远的来看我，背上背着一个大口袋。装的什么？一口袋炒杏仁儿！

杏儿熟的时候，树上就会掉下熟透了的杏儿。大妈一个一个捡起来，剥了，取出核儿，拿小锤一个一个砸了，取出里头的仁儿，拿小火儿炒香了。炒的时候，还分三份，一份原味儿的，一份咸味儿的，还有一份放了糖。三份装成一口袋，老远的走山路背来，一脑门子全是汗。

我抱住她就哭，哭得什么话也说不出来。

大队的乡亲们，认为队里出了我这么一个人，是他们的骄傲。

可不，队里那么多知青，就我一个人调到公社了。

我每月领了工资，自己只留三块钱，剩下的全都寄给我妈。

妈回信说，钱收到了。妈不花，爸不花，你弟妹也不花，全给你存着。

妈的信，字不多。我看了好几遍。

看一遍，哭一遍。

11

⋮

说话来公社两年了，我跟上上下下的人都混熟了，特别是跟我坐对桌的小张。

小张是分管知青的。他爱看书，趁文革乱腾，从县图书馆里偷了不少书，上班没事就背着人看。因为那些书在当时还戴着毒草的帽子。

他坐我对桌，当然瞒不了我。所以，我也近水楼台先得月了。

《红楼梦》《三言二拍》，还有《红与黑》《复活》，好多好多，都是他给我看的。看着看着，就着了迷，把自己想成书中的一个人。而且，总是命运最悲惨的那个人。有时是女的，有时是男的，一看就看到半夜，边看边流泪。碰到断电了，还打起手电看。有的书，我翻来覆去看了好几遍，比如，《复活》。托尔斯泰写在书中的故事让我难忘，在一个下雨的晚上，青年贵族聂赫留朵夫以爱的名义占有了玛丝洛娃。玛丝洛娃怀孕了，聂赫留朵夫却抛弃了她。可怜的玛丝洛娃因此被养父母赶出家门，沦为妓女。后来又被人诬陷谋财害命而入狱。想不到在法庭上遇到了当陪审员的聂赫留朵夫。法庭判处玛丝洛娃流放西伯利亚做苦役。聂赫留朵夫受到良心谴责，为了赎罪，他丢下身份与她同行。在苦难的流放路上，聂赫留朵夫向玛丝洛娃求婚。他问玛丝洛娃，你还爱我吗？玛丝洛娃说，我还爱你！

看到这里，我心想，他们要是能结婚该多好啊！

可是，玛丝洛娃为了聂赫留朵夫的前途，最终拒绝了他的求婚。

我为她流泪，也为聂赫留朵夫流泪。

我实在舍不得这本书，真不想还给小张了。

小张一瞪眼，你要哪本都行，这本，不行！

唉，没辙。

一天，小张偷偷跟我说，公社要给你转干了！

我问，转干干吗？

他一听，眼瞪成猪，啊，转干干吗？你再傻也不能傻成这样吧？

他那样看着我，好像看妖怪。

你知道吗？要招大学生了，工农兵上大学！区里规定只有农村干部才能推荐上大学，所以赵书记安排给你转干。美去吧你！

我说，我不转，我不上大学。

啊？小张一听，嘴都合不上了。

我没成妖怪，他成妖怪了。

真的，我当时就是这么回答他的。

我说，大学我不上，坚决不上。当初我上高中就是奔着大学去的，黄帅一出来，咔！让我到山里插队来了。我要是上了大学，赶明儿又出个黄帅，咔！说不定连山里都来不了了，直接弄到大沙漠成楼兰古尸了，到时候你去考我的古呀！

听我这么说，小张都没话了。

我又说，上大学读几年书又怎么啦？不如我这些年在社会里懂得多。

小张说，大学你不去，赶明儿知青分配，你说你想去哪儿？

我说，去工厂，当工人！工人阶级必须领导一切。这是毛主席说的，你忘啦？

小张抓抓脑壳，哎，毛主席说的话里有"必须"这两个字吗？

我说，谁说没有？工人阶级必须领导一切。我就是想当工人，有个铁饭碗，能养活我爸妈就行。

得，小张彻底瞪眼了。

赵书记知道了，说我目光短浅。

我说，短不短浅，反正我就这样了。

他说，不行，你一定要上大学，不然以后没出路。

我说，我爸妈太苦了，我想早点儿工作，挣了钱给他们寄去，让他们过上好日子。

赵书记笑了，这就是你的理想？

我说，对，我没再大的理想了。

赵书记没能说动我。但是，他说我讲真话，有个性，坚持要给我转干。

转干就必须先入党。政工组组长老段管入党，他让我写申请，我说不写。

为什么？

你说说，我爸妈都是党员，下场怎么样？

老段噎住了，噎得直瞪眼。脸上安静了一会儿，又转成笑眯眯的大阿福，咱们不讨论这个。太深！菊儿，你就写吧。你够条件了，写了就批你。

我说，我够条件的地方多了，一政审，就来个烧鸡大窝脖。

老段说，现在有了新政策，对出身有问题的人也不能一刀切，要给可以教育好的子女出路。你呢，就是可以教育好的子女。嗨，就这么说吧，你已经教育好了，都可以拿出来教育别人了。你写了申请书，组织就批你入党。

我拉长声音说，可惜呀，我不写。

小张在一旁听不下去了，说你真是茅坑儿里的石头！

我说，茅坑儿里没石头，你踩哪儿拉屎呀？踩屎里？

小张说，我哪儿也不踩，飞着拉！

老段叫起来，哎哟喂，咱俩就别讨论拉屎啦，离题太远啦！

他又转脸问我，菊儿，今个儿就要你一句话，你写是不写？

我说，不写，不写，就不写。

老段说，都说有死不改悔的走资派，我就不信。这回我信了。

他摇摇头，找赵书记汇报去了。

我这人就是这个德行，我认准的理，谁想扳倒都难。还有，谁得势我不羡慕，谁倒霉我不取笑。谁比我强我不巴结，谁比我弱我不欺负。我觉得，人要活得真实一点，别装。你再牛，还不是俩肩膀扛一脑袋，一样的吃饭、拉屎、放屁。

赵书记听了老段的汇报，亲自来找我，菊儿，你大学不上，干也不转，到时候可哭鼻子！

我说，您放心，哭也不当您面哭。

赵书记冲我一瞪眼，神经病！

就这样，我党没入，干也没转，大学也没上。

没过几天，上面发了话，让知青分批返城。不少单位也来公社招知青，师范中学，市图书馆，人民医院。

小张对我说，嘿哟，都是好地方。菊儿，你是孙悟空进了蟠桃园，想吃哪个，随你挑！

我说，除了工厂，哪儿也不去。

小张叫起来，你王八吃秤砣啦！

我说，吃秤砣怎么啦，吃秤砣，拉秤砣！

小张气得脸都歪了，你真是，打着手电进茅房——找死（照屎）！

终于，有一天，京纺来招工人。京纺，就是北京纺织制衣厂。

我一听就喊起来，我去，我去！

小张说，偏不让你去。

赵书记说，就让她去吧。唉，菊儿，可惜你了！

当时，我只顾美了，没有好好琢磨他的话。

现在回想起来，赵书记，真是个打着灯笼难找的大好人。

我要去京纺了。临走，我对小张说，小张，我要向你认个错。

小张问，什么错？

我说，反动的错。

小张吓了一跳，四下看看没人，这才收回贼眼，你说吧，你反动什么了？

我说，我查了，毛主席说的是工人阶级领导一切，没有必须两个字。

小张笑起来，嗨，这叫什么反动。这说明你学习领会毛主席的教导特别深刻！

我也笑了，真的？

小张说，可不是真的么，你不光是口头深刻，还溶化在血液里，落实在骨头上。

我瞪大眼睛纠正他，不是落实在骨头上，是落实在行动上。

小张说，没骨头你能行动吗？没石头你踩哪儿拉屎呀？

啊？你还记着哪，还生我的气哪？

小张说，咱哪能生工人老大哥的气？

我说，我是工人老大姐好不好？

小张说，不好，把你叫老了。公社就你年轻，留不住啊。

听他这样一说，我鼻子都酸了。

小张说，菊儿，你要走了，我送送你。

他一直把我送了很远，很远。一路上，不知为什么，爱说爱笑的他，不说也不笑。

要分手时，他小声说，我送你一个礼物吧。

说完，给我一个纸包。

打开一看，是《复活》！

我的眼泪当时就下来了。

12
⋮

京纺也在昌平。老段的老婆就是京纺的工人，他听说我要去京纺，挺高兴，说正好跟他老婆做伴儿。还说，京纺待遇好，工资高，全国有名。

的确，那会儿京纺很有名，是全国最大的毛纺织厂。进进出出几千人，像地里的庄稼长了腿。我呢，也成了其中的一棵庄稼，当上了纺织女工。那年，我二十岁。

工人阶级领导一切，那是传说，能端上铁饭碗按月拿工资是真的。

进厂后，厂长带我先去细纱车间参观。哎哟，跟做梦似的，特美！

毛纺工艺要求车间保持二十七八度恒温，所以这里一年四季是春天。大冬天的，女工们穿得特少，小红衣服，小白裙子，戴一个帽子，围一个围裙，推一个"法国"小车，像仙女一样，飞来飞去，好浪漫啊。

我叫起来，我要来这个车间！

厂长说，你也别挑，给你分的就是这个车间。

细纱车间是纺纱的最后一道工序。

羊毛到了厂里先挠，挠完就成了毛团。毛团经过一道道工序，变成粗纱，然后送到细纱车间。细纱车间的机床都是法国的，特别高，车间的女孩儿，都得一米六五以上的个儿。所以，人家说要找对象上细纱。个儿高不说，手指头还得细。纱锭一个挨一个，就留一点儿缝儿。接头儿时，手指要插在两个纱锭中间，一弄，一转，一捻。那个动作特别美，小燕飞似的。想练熟了，得半年。腿脚也跟跳舞一样，笨一点儿都没戏。

细纱车间一天二十四小时连轴转，人歇星儿，机器不歇星儿。三班倒！

不像在公社，工作完了，到点儿就能睡觉。

我一开始，真熬不了那个夜。半夜睡得正香，突然，丁零零！铃响了，轮到上班了。眼睁不开，闭着也得去。提个饭盒，丁零当啷，边走边睡。

咚！脑瓜儿撞在门框上，肿起一个大包。拿手一摸，跟桃儿似的。

这时候，就想起队长们给我送的桃儿了。哎哟，吃都吃不完。

现在，没桃儿吃了。头上撞出个桃，又痛，又不能吃。

最要紧儿的是接线头儿。纱锭一分钟能转好多圈儿，得拿腿把它给顶平了，上面是粗纱，跟手指头那么粗，机器把粗纱分开后，变成细纱，再由人工把细纱拽下来，两头一拧，就纺成了更细的纱。细纱那线头，哎哟，就跟头发丝那么细，断了很难接。

我是学徒工，老师傅手把手教我接线头儿。纱是白的，我手上抹上红色的粉笔粉，一捻纱，捻出一道红，那就是要接头的记号。不是拿手接，而是随机器的转动，啪的一下给接上。接的地方不能有接头，这样织出的料子才平滑。出徒考试的时候，要记录你一分钟能接多少个头儿，接够数了，才能达标，才能出徒，才能涨工资。那会儿，学徒工每月才拿十六块。

可是，别人都接上了，都够数了，就我接不上。特郁闷！

车间里那么多机器咔咔转，每台我都得拿手摸着，看着，哪个头儿掉了都得去接。如果接不了，它就会空转，这样粗纱进来通过吸风口时就被吸进去，通道立马堆起一大堆毛。那就是废品。每天检验员都要称这堆毛，毛多了就算没完成任务。

当然，这些毛都是好毛，还要重新送回工序中再加工。

有一天，我看自己出的毛实在太多了，一着急，把那堆毛卷巴卷巴就给扔了。

结果让人发现了，差点儿挨批斗，说我是破坏分子。

厂长得知情况，就找我谈话，你知道吗？这叫破坏生产！

我说，干吗叫破坏生产啊？

这些毛都是国家财产，你给扔了，就是破坏生产。

那我老完不成任务怎么办呀？

怎么办？努力！

这时候，我就想起山里的蓝天白云，想起放猪的快乐。

长鞭哎那个一甩哎，嘎嘎地响哎，一队大猪出了庄哎——

现在可好，我满车间跑来跑去，被机器赶得像头猪。

我跟厂长说，我还想回农村，哪怕种地都行。

厂长说，你嘴里老是工人阶级、工人阶级的，这像工人阶级说的话吗？我问你，孩子都生出来了，还能塞回你妈肚子里吗？

我一听厂长说妈，就掉泪了。

我给妈写信，妈，接线头儿可难了，我想回农村。

妈回信说，好马不吃回头草。菊儿，你要当好马。妈相信你能行。

妈，你放心，菊儿听你的话，菊儿要当好马。

我给妈回了信，也咬了牙。我就不信，小小线头儿能拿住我！

就在这时候，我认识了他。

从这天起，老天注定要折磨我。

{第二章}

13

:

那个同志，能认识一下吗？

这是他对我说的第一句话。

他对我说这句话的时候，我一个人正走在西单的马路上。

后来，我问过他，咱俩谁也不认识谁。你那天为什么忽然要跟我说话呀？

他说，第一眼看见你就心动，觉得你像天使一样，不追你都不行。

自从我下决心攻克接线头儿的难关，就没日没夜地练，有时候练得忘了吃饭。后来，到底把接线头儿拿下。而且，在细纱车间一干就是好几年，成了先进生产者，还带了徒弟。

记得是我二十四岁那年，京纺组织文艺宣传队，厂长选我当队长。嘿，唱歌跳舞是我的最爱。风儿美，纱儿美，纺织女工心最美。我自编自演的舞蹈在市里获了奖，电视台记者采访的时候，问我从什么时候喜欢唱歌跳舞的？我说，在学校就喜欢，到了生产队更喜欢。我放猪的时候，唱歌给猪听，唱的也是猪。现在改唱人了，听的也是人。记者就笑了，说你真会幽默。我说，不是幽默，是真事。我就大声唱起来——

长鞭哎那个一甩哎，嘎嘎地响哎，一队大猪出了庄哎……

我唱得很投入，想不到电视台播出的时候，把这段儿给掐了。干吗给掐了啊？这是我的真实生活，我就想让裕陵大队的人听听。我想他们，想那些年，想那些事。

我在京纺上班上踏实了，这时，爸妈平反回京了。弟弟妹妹也跟着回来了。

可是，我的大脚奶奶没回来。她不在了。临死前，她说，让我死吧，我受够折磨了。

可怜的大脚奶奶！

我哭了。一家人都哭了。

不管多么伤心，苦难终于过去了。

冰冷的空屋子重新有了温暖，我也重新有了家。

有家，多好！我一下夜班就往家跑。那会儿，开通了远郊车，从昌平进京城很方便，再也不用拿柿子换了。就是时间长点儿，路上要走两个多小时，进了城还要在西单倒车，那我也不怕。因为，一家人有说不完的话。

这天，我下夜班回家，到了西单，正准备倒车，忽听身后有个男人在叫——

那个同志，能认识一下吗？

起初，不知道是叫我。我没回头，接着往前走。

这时，他从后面追上我，同志，能认识一下吗？

我回头一看，叫我的男人是个军人，身穿空军军装，绿上衣蓝裤子，四个兜儿。人长得特精神，一米八九的大个儿，自来卷儿的头发，浓眉大眼。那双眼睛，要多标致有多标致。眉毛黑黑的，更衬出脸的白净。用现在的话说，整个儿一型男。

他看我回头看他，就冲我傻笑。

我没理他，接着往前走。

那会儿，北京流行拍婆子，就是陌生的青年男女在大街上主动说话交朋友。

我上班下班的，碰到过好几回。我从来不理，把上来搭讪的人当臭流氓。

现在，看到一个当兵的也干这个，觉得挺新鲜，也挺恶心。

我不理他，接着走。

他不抛弃不放弃，一直跟着我，同志，能认识一下吗？

我瞪他一眼，脸皮真厚！你还会说别的吗？

会，会！

那你说点儿别的。

同志，能认识一下吗？

我乐了，你是哪儿的呀？

北空的。你呢？

京纺的。

什么叫京纺呀？

嗨，连京纺都不知道！就是北京纺织制衣厂。

噢，明白了，你给我做军装的。

美的你！

我们俩就这样认识了，相互留了名字和电话。

他说他叫苏天明，他爸是将军。他本人既是军干子弟，又是军队干部，双料的。

他傻笑着说，你叫我天明，明天，都行。反正甭管今天明天，我天天都等你电话。

我本来不愿意接近男人，特别是生人。有袁队长的事，有郑老师的话，还有朱大妈说的，还有……公猪咬母猪的耳朵，这些都让我从心里害怕男人。

可是，不知为什么，对突然飞来的苏天明，不但不害怕，还很好奇，很喜欢。

难道是到年纪了吗？

你到年纪了，该找对象了。厂里的老师傅都这么说。

我心动了。天明人帅，家庭条件又好，说起来跟我家门当户对。

年龄呢？他说，我比你大八岁，属猪的。

啊，属猪？又是猪！莫非我真的跟猪有缘？

我说，猪，你比我大，我就叫你哥。

哎！他抢着答应。声音特甜。

我听着，像吸溜了一口红柿子汤儿。

陆菊儿，他这样叫着我的名字，我也跟大家一样，叫你菊儿吧。这名字多浪漫，像诗一样。菊儿！——

真酸！你在空军是腌酸菜的吧。

啊，你怎么知道的？

得啦，跟真事是的。你再装！

饶命，小的下次不敢了。

哈哈哈！看他那个滑稽样儿，我好开心。

我们开始约会了，地点是北海公园。

一切来得这么快，又这么自然。

他特别聪明，是学理工的。一加一等于二，办事认真极了。我的第一个半导体收音机就是他给我攒的。我们约会出去玩，只要旁边没人，他就说，来，我背你走！他身体特好，真的背起我来就走。咔咔咔！一路急行，嘴里还喊着，想要命的靠边啊！可疯着哪。

每次约会，我都晚到。就是到早了也先躲起来，看他急得转腰子，我再突然蹿出来，嗷地叫一声，吓他个半死。

那会儿是夏天，我怕热，特爱吃冰棍儿。他知道了，每回都买一大盒儿，早早就站在公园门口傻等。还没等我来，冰棍儿就晒化了。滴答，滴答，直流汤儿。他扔了，再买一盒儿，两手托着等。一见我来了，嘿嘿嘿，一边傻笑，一边拿出一根冰棍儿，喂进我嘴里。

我说，哥，真凉！

他说，你凉我就凉。菊儿，咱们划船去！

小时候，爸妈没少带我来北海公园。可是，从没感觉到像现在这样美。

让我们荡起双桨，小船儿推开波浪，海面倒映着美丽的白塔，四周环绕着绿树红墙……

我唱，他也唱。

小船儿轻轻，飘荡在水中，迎面吹来了凉爽的风……

我笑，他也笑。

有一天，他在电话里说，他给我写了一封情书，寄到京纺了。

啊？情书？寄到京纺了？我的心咚咚乱跳。

情书，只是在小说里看过，现在轮到我了。

他怎么写的？我急着想看，又害怕被别人给拆了，就天天去厂传达室问。

传达室的杜师傅是厂里的老人儿，以前在车间干，退下来就到了传达室。接来送往，收信收报。他好喝点儿小酒儿，也好跟我们念叨。嗨哟，现如今你们这些个小青年儿，哪如我们那会儿啊！头一年当我徒弟，老远的见了我，就把腔撅得多高，杜师傅长杜师傅短；转过年来出了徒，再见着我，头抬得多高，老杜老杜！现在更要命了，一见着我，离着老远就叫，肚皮朝天！

我说，我可没叫您肚皮朝天啊。

你？他抬眼看看我，老花镜都掉到鼻子底下去了。你又来问信啦？没有！

您再帮着找找。

甭找，没有！来没来信，我明镜儿似的。今儿个只有厂长一封。你是厂长吗？

……不是。

完了不结。你天天来问，是谁来的信啊？

是……不是谁来的……

你还瞒得了我？我是火眼金睛。是对象吧？

我的脸一下子像着了火。

看看，没错吧！菊儿，你也该谈啦。唉，我要是有个俊小子……

我一听，赶紧跑了。

第二天，杜师傅隔老远就喊我，菊儿，菊儿，有你信！

声音大得全世界都能听见。

我吓坏了，赶紧跑过去，您小点儿声，小点儿声！

他高举着信，你看，是这封吧？

我哪儿敢看啊，连连点头，是！是！

管叫我什么？

杜师傅！杜大人！

哎！他笑成个大菊花，把信递给我。

我接过信就狂跑。

边跑边回头喊，肚皮朝天！肚皮朝天！

杜师傅在身后喊起来，好啊，赶明儿你再来信，我直接就给退台湾去！

我跑进夜班宿舍，巧了，一个人也没有，真是天赐良机。

我赶紧关上门，按住心跳，撕开信封，抽出情书，一看——

白纸上画了一头小猪儿，头上长了三根毛儿，站在太阳底下晒得汗珠乱飞。一只小爪儿举着一盒儿冰棍儿，另一只小爪儿拿着一把扇子，使劲儿扇冰棍儿。旁边写着：

噢，可怜吗？

14

这封情书把我给乐死了！

从这封情书开始，我就爱上了他，跟他分不开了。

他约我偷偷去他家。

我特意在工厂旁边的一个美容美发店剪了发，吹了头。开店的小老板叫戴国安，他一边为我做头发，一边说，菊儿姐，看样子不像去演出啊，好像是去约会哟！

我装没听见，心里打翻了一罐蜜。

我如约来到天明家。在那里，在他住的屋子里，在那张大床上，他让我成了女人。

心惊，肉跳，意乱，情迷。

唯一意外的是，他没有咬我的耳朵。

那是一座四层的将军楼。神秘，森严，绿树合围，像电影里显贵们的公馆。

两个警卫员，三个阿姨，还有炊事员、勤务员、司机。

我没有见过他爸妈，也怕见。他自己住的屋子，他爸妈也不过来。

第一次去的时候，是下午。他带着我从前门进，警卫员不让我进，伸手拦住了我。怎么解释也没用，必须要通知他爸同意才行。天明说，那算了，不要打扰老爷子了。就送我回去了。我很郁闷，想不到他晚上又来接我，领着我穿过树丛，从小楼后门溜了进去。敲门声像接头暗号，先三声，后两声。我感到喘不过气来。开门的是一个阿姨，三十来岁，面带微笑，不言不语。她上下打量着我，我脸上红一阵白一阵，慌乱地点头。阿姨递给我一双拖鞋，我换了。换下的鞋她伸手接过去，收进鞋柜最深处。

天明拉着我，轻手轻脚上了二楼，走进了他住的屋子。

才关上门，他就一把抱住了我！

我浑身哆嗦着，像一只受伤的小鸟儿。

他疯狂地吻我，吻得我喘不上气，站不稳脚。

他把我抱上大床，一只手伸进我的上衣，抓住我的乳房，跟着，上了嘴。他的吮吸让我受不了，麻酥酥的像过了电。我叫起来，叫声激起他的勇气。他不顾一切地动手脱我的衣服，也脱他自己的。我软成了泥，任他摆弄。

两个人，脱得光溜溜的，像两条鱼。

我拉过被子遮挡，被他一把掀开。随后，直挺挺地扑上来。

来了！来了！一切该来的全来了！

他成了野兽。

我也成了野兽。

本能战胜恐惧，亢奋替代痛楚。

癫狂，颤抖，尖叫。

淋漓尽致，死去活来。

占有与被占有的极度快感过后，床上，趴着两条水牛。

性的快乐勾魂。有了第一次，就有第二次，第三次。每次，都是阿姨开后门把我接进来，然后又开后门把我放走。她微笑着，一句话也不说，像一个面做的人。

天明牵着我，像牵着盲女。我俩屏住呼吸，踮起脚尖，上了二楼。一关上门，就是动物世界。他不放过我，我也不放过他。有时疯狂过后，他不让我走，我也不愿意走，就偷偷地留在他的屋里过夜。说是过夜，哪儿有夜过啊，干柴烈火，一宿燃到天亮！

第二天一早，他光着脚丫儿下床，给我端来好吃的。牛奶，面包，奶酪，果酱。那会儿，哪吃得着这些啊。吃完了，上床再爱一回，这才放我走。

悄悄走出后门，一辆红旗轿车已经在等我了。呜！一直把我送到京纺。

心情愉快地干了一天活儿，一下班，红旗早就在门口等我了。

每天，红旗接，红旗送，厂里的人都以为是我爸的车。

人家菊儿她爸平反回来了，又进中南海了。

我将错就错，一笑而过，还捎带几个姐妹一起回城里，她们可高兴了。

这件事，瞒谁都瞒不过杜师傅。隔着老远，他就迎出传达室。

菊儿，我说这些日子怎么没你的信了，敢情屁股上冒烟了！

我赶紧把准备好的酒拿出塞给他，辛苦您啦，杜师傅！

酒是我从将军楼里带出来的，肯定错不了。

哎哟嗬，这叫什么酒啊？杜师傅笑得开了花。双手捧着回屋，差点儿让门槛绊一跟斗。

那会儿不像现在，女的没结婚，绝对不能住男的家，双方家长都管得严极了。我们俩只能跟家长说瞎话，偷偷摸摸来往。

妈，我加中班，今天晚上不回家了。

啊？昨天就没回家，今天又不回啊？

这几天厂里忙，明儿是夜班，还回不了。

噢。妈不吭声了。

她也弄不清楚，什么白班，中班，夜班。

我欺骗了妈，这对我来说原本是不可能的事，我太爱她了。

可是，我却做出来了。

而且，不止一次！现在回想起来，真对不起她。

因为，我控制不住对天明的爱。

也因为，天明爱我爱得不顾一切。

15

那会儿，组织家庭舞会是高干子弟的一大乐趣。谁家地方大，谁家老爸老妈不在，就到谁家跳去，一帮一伙，哥们儿姐们儿，有开车去的，也有骑车去的。天明也常常带我去。我本来就爱跳舞，去了几次就疯了，老想去。

有一天，我下班回到家，爸出差不在，妈说她有点儿不舒服，我赶紧送她上医院。一检查，还好，是血压偏低，拿了药就回来了。刚进家，天明就来电话了，说晚上有舞会，在一个部长家。我说，我不去了，想在家陪陪妈。他说，你过来吧，挺近的，就在西单这边儿。今天车不在家，不能去接你了。我犹豫再三，等妈吃药后睡了，还是去了。

天要下雨了，我坐上公车，很快到了西四。按照他说的找到地方，一看，也是一栋小楼。

这时，天明还没到，我就先推门进去。一屋子人都在那儿跳，男男女女的。

好花不常开，

好景不常在。

愁堆解笑眉，

泪洒相思带……

舞曲是《何日君再来》。很美，很忧伤。

我穿着黑色的低领练功服，特显苗条。头发盘起来扎着，与众不同。我一进去，屋里的男人就起哄起来，哪儿来的黑天鹅啊，盘儿真靓！那会儿管漂亮叫盘儿靓。我就笑了。黑暗中看到有的女人投来嫉妒的目光。我才不理呢，爱谁谁。

这时，有个男的挤过来，旁边人叫他大邪虎。他笑着说，姐们儿，我请你跳一个？

我跟着天明见识过这帮人，也不犯怵，跳就跳，不就是一个大邪虎嘛，能邪虎到哪儿去？就跟他跳起来。我是京纺舞蹈队的，一上场，把一屋子的人都镇住了。

妞儿，你跳得真好！

你是哪儿的呀？

你叫什么呀？

我说，刚才你们不都叫了吗，黑天鹅！

噢！噢！几个男的就起哄。

这个说，哪儿是黑天鹅呀，比白面都白！

那个说，比白面白那叫富强粉！

大邪虎喊起来，什么黑的白的，搂到怀里才是真的！他边喊边使上了劲儿，搂得我骨头疼。我就在他胳膊上使劲儿拧了一把，差点拧下一块肉来。

大邪虎嗷的一声，咬死我了！

一屋子的人全笑起来。咬他！咬他！

就在这时，有人拍了大邪虎一下。大邪虎立刻松了手。

我一看，是天明来了。

当然，我是他的。

我甩开大邪虎，扑到天明怀里。

在他的怀里，温馨如梦。曲子是慢三的，我是半睡半醒的。

昏暗中，他吻着我。菊儿，晚上到我家住去。

不行。

为什么？

我妈不舒服，我得回去陪她。这儿离我家很近，跳完我就回家了。

他沉闷了片刻，好吧，你先回家看看，你妈没事儿你就来。好吗？反正，我等你。

你别等我，我真的不去了。

我不管，我等你。死等你！

你死等吧。

他不由分说，当众吻起了我。

没有害羞，我整个人都化了。

我们一直跳到十点半。

我说，我们该走了。

话音还没落，冯艳艳就来了。她是我的一个好姐妹儿，进来就搂住我。

菊儿，想死了，亲亲！

我俩是在一次家庭舞会上认识的。一盘起道来，她爸跟我爸还是老战友呢。她舞跳得好，长得也招人，那帮男的就管她叫埃及妖后。她就叫起来，那谁是埃及皇帝呀？那帮男的就起哄，我！我！艳艳就换个儿指着他们数落，瞧瞧你们这几个人：彪子，你大秃瓢，晚上关不关灯你都亮；二钢，你断奶了吗？连话都讲不清楚，管教育局叫教肉猪；任瘸子你就别提了，听你的名儿都让人站不稳。还有你，大邪虎，你们家倒霉的时候，没钱都挡不住你喝酒，脖子上挂个钉子，喝一口酒，嘬一下钉子，就这样你也能喝半斤。整个一酒腻子！还有谁？来呀！那帮男的嗷的一声抱头鼠窜。艳艳说，也就是天明配得上当皇帝，可人家早就金屋藏娇，还轮不上我了！

艳艳泼辣的性格特随我，所以我们俩一见面就黏上了，总有说不完的话。

天明一看艳艳又把我搂住了，就说，菊儿，我先回去了。

我说，好！

他又说，我走了啊！

我知道他心里惦着我去他家的事，就说，行，你先走吧，我忘不了。

他笑了。走了。

天明走了，艳艳却不放我走，堵着我，一直跳到快十二点了。

我说，艳艳，不行了，没车了，回不了家了。

艳艳说，那就住我家吧，就在旁边，家里没人。

我说，不行不行，哪儿能住你们家。

艳艳一瞪眼，嘿，我家怎么就不能住？来来，我给你妈打个电话。

说着，就拿起电话，拨通了我家。

阿姨，菊儿在我这儿呢。今儿晚上就住我这了，您放心吧！

我抢过电话，妈，你好吗？

妈说，我好。你就住艳艳家吧，这么晚了，你也回不来了。

听见妈的声音，我差点儿哭了。

曾经，我是多么爱她啊。为了她，我能豁出一切。

可是，现在，我好像变了一个人。

这天晚上，我就住在艳艳家了。不光是我，艳艳还把大邪虎那帮男男女女都叫去了。

这一晚上还睡什么觉啊！嘻嘻哈哈，闹闹哄哄，抽烟喝酒吃夜宵，可逮着没人管了。到了后半夜，有人熬不住了，就找屋子睡去了。艳艳家是三层小楼，屋子有的是。我看到还有男女一对一对去睡的。因为都不太熟，谁也管不着谁。

艳艳笑着对我说，这帮哥们儿里，你有看得上的吗？

我问，干吗？

艳艳说，趁天明不在，偷一回吧。

我掐她一下，要偷你去偷吧！

艳艳怪叫起来，哎哟，这么坚贞呀。赶明儿要是让天明甩了，你还活不活了？

我扑上去撕她的嘴，乌鸦嘴！乌鸦嘴！

艳艳叫起来，饶命饶命，撕大了不好缝！

我跟艳艳闹够了，两个人就在沙发上合衣而卧。

我半睡半醒，迷糊中看看墙上的钟，已经快四点了。忽然想起天明说等我的话，天啊，他可别真的等我啊。

想不到，天明真的一直在等我。他让阿姨先睡了，自己枯坐在后门等。左等不来，右等不来，一直等到天亮。早上六点多，他冒充京纺的人给我家打电话，是我妈接的，说菊儿没回来，住在艳艳家了。他一听，肺都气炸了，像关进笼子里的老虎，在屋子里走来走去，转悠了一天。

晚上，天下着雨，他自己开车来京纺接我下班。他的脸，比天还阴。

开了一段，他把车停在路边上，问我，你昨晚儿去哪儿了？

我说，艳艳家。

在她家睡的？

是。

哎，你不是说要回家陪你妈吗？

后来太晚了，回不去了。

还有谁去艳艳家了？

我都不认识。

那你是不是跟他们住一起了？

你说什么呢？

你是不是跟他们住一起了？

没有。

天明突然叫起来，没有？你肯定跟他们住一起了，他们那帮都是流氓！

这是我们相爱以来，天明第一次翻脸。他喘着粗气，像一头猪。

我也叫起来，什么叫流氓啊？你怎么说话哪？

我就这么说话。我问你，你是不是跟大邪虎住一起了？

谁呀？你说谁呢？

说谁？大邪虎那丫儿仗着他爸平反了，一沾酒什么事都做得出来。你就死不承认吧！

谁死不承认了？我没做过的事干吗要承认啊？

天明炸了，你就这样吧，你就这样吧！我要是下部队了，你还不疯了呀！

我也炸了，你把我看成什么了？我疯不疯跟你有什么关系？

天明突然用手握住我的胳膊，你说什么呢？你是我的，怎么没关系？

我挣扎着说，你要干吗？

我掐死你！

来吧，猪！

我使劲儿伸长脖子，两眼冒出了火。

看我发了狠，天明软下来，菊儿，是我不对，是我不对，我太爱你了……

有你这样爱的吗！

我话没说完，眼泪就涌出来，一拉车门，冲了出去。

大雨如瓢泼，从头浇到脚。

菊儿，菊儿！他也冲下来，边叫边拦我。

我推开他，没命往雨里跑。任天黑路烂，任泪水横流。

突然，他从后面抱住了我，脚下一滑，两个人都滚在泥水里。

咔嚓嚓！天裂开一道大口子。紧跟着，轰隆隆！一个炸雷炸得地动山摇。

菊儿，我爱你，我爱你！

我不听，假话，假话！

天明死死抱住我，哭喊着，菊儿，我有半句假话，现在就让雷劈死我！

不用雷劈！我也大哭起来，我要亲手杀了你！

好，你现在就杀了我吧！现在就杀！

不，不！我紧紧地抱住他，把一生的泪都哭了出来。

天漏了。倾泻的雨水，地球的末日。

两个分不开的泥人，抱在雨里，滚在雨里，哭在雨里。疯个透，浇个够。

就这样，我们相爱三年多，爱得要死要活，爱得一个吃了一个。

后来，他转业了，离开了部队，回归到地方生活。

我觉得我的春天来了，我等他谈婚论嫁，可是，想不到等来的消息让我吃了一惊。

菊儿，我要出国了。

你说什么？

我要出国了。

去哪儿？

去澳大利亚。

真的？

真的。

……我说不出话了。

他告诉我，就是因为要出国，他才离开部队的。

原来，一切都是事先安排好的。

他为什么早不告诉我？为什么闷着头做事？他要走了，我怎么办？我们怎么办？

我说，我也要跟你去。

他说，可能不行……

为什么？

他支支吾吾的，没有回答。

两天后的一个下午，阳光灿烂。可我的心里却下起了雨，耳边响起了雷。

因为，他对我说出一句致命的话！

16

：

菊儿，我跟你坦白，我已经结婚了。

他说这句话的时候，眼睛没有看我。看哪儿不知道，目光没焦点。好像也不是在跟我说。跟谁说呢？不知道。我像是听见了，又像是没听见。模模糊糊的，仿佛在梦中。

菊儿，我跟你坦白，我已经结婚了。他又说了一遍。

啊？！

我傻了，像个木头人，一动不动听他往下说。

她跟我一般大，是协和医院的护士长。我们俩是邻居，从小一起长大，一起上学。我们的婚事是两家大人定的，已经结婚五年了，有个女儿，今年四岁……

听他这样说着，泪珠儿无声地爬出我的眼睛。我本来不想哭，更不想让他看到。

可是，忍不住。

怎么也忍不住。

这一天，是 1983 年 4 月 9 日。我永远记着。

中午他在电话里说要见我，约我到北海公园，想跟我谈一件事。我当时就听出他的声音不对。我以为他要说的还是出国的事，可能因为要分手，他心里难过。他要跟我谈什么事呢？我想了很多，想得最多的，是他说他先出去，落下脚再来接我。因为我们闲聊的时候说起过出国，很多朋友都走了。我跟他说我不想走，我十四岁就离开爸妈自己过，好不容易把他们盼回来了，我要跟他们生活在一起。可是，现在，轮到他要出国了，不管他说什么，我都答应他。安慰他，等他，跟他走，我都做好了准备，一切听他安排。

因为，我离不开他。

我想千想万，什么都想过来了，没想到他会说出这样致命的话！

他告诉我，他的爱人叫梅丽，他们另外有一处自己的房子。他跟我相识的两年多，梅丽被公派到澳大利亚学习去了，一直就没回国。他们的女儿一直在梅丽的父母家。这次他能去澳大利亚，也是梅丽给办的。梅丽前些日子回国，把他和女儿的出国手续都带来了。

现在，万事俱备，一家人就要动身了。

噢，难怪他这段时间没有约我。

难怪我有时会感到他的行动特别神秘呢。

难怪艳艳会说出如果天明甩了我的话。

但是，我傻呀，我不明白啊！

菊儿，我都坦白了，我对不起你！天明说着，蹲在地上，两手抱住头。

我没理他，也没看他。

还是我们俩，还是北海公园。

天还有点儿凉，门口没有卖冰棍的，所以就没双手托着冰棍的他。

还是北海公园，还是我们俩。

天还有点儿凉，船儿没有下水，所以水面上就不会有我们的歌声。

一恍惚，眼前的绿树红墙，仿佛把我带回了昌平，带回了那荒草丛生传说凄婉的定陵，我好像又听到秀秀悲凉的声音，以后我要是能碰上皇上这么好的人就好了。

菊儿，求你原谅我，天明乞怜的声音把我拉回现实，我对不起你！

恶心！我叫起来。

你骂吧！是我不对，我结婚了。

那你为什么还对我这样，为什么？啊？

因为我爱你。

你还说这些没用的，不觉得恶心吗？

菊儿，那是没办法。当时结婚是父母之命。现在，我找到你，是我自己真心的。

别跟我说这些！

那我……跟她离婚。

……

我不走了，我跟她离婚。

梅丽又没对不起你，你凭什么跟人家离婚？

要不，你也跟我们一起走？

你胡说什么哪？你算我什么人？我又算你什么人？

……菊儿，我真的爱你！

下辈子吧！说完，我扭头就走。

你到哪儿去？

你管不着！

我管得着！

猪！

我甩开他，走了。一个人。

看着眼前的水，真想跳下去。

水咕嘟咕嘟地翻着浪，向我招手。

这时，有一个人悄悄跟上来，不远不近地盯住我。

我回头一看，不是天明，是公园里的水上安全员。

喂，姑娘，别跳！他叫起来，这水不干净，喝了拉肚子！

我瞪了他一眼。

他傻笑着说，你别不高兴，我说的是实话，划船的人净往里头尿尿。

我哭笑不得，想死也不容易。

临出国的前一天，天明打来电话，菊儿，我真的爱你！你等着我，我会回来找你的。为了你，我早晚要离婚！

我说，打住！你别再提离婚这事。大人可以受伤害，孩子不可以，而且，你对姐要好一点！你知道当个女人有多不容易吗？不管是父母之命也好，还是什么命也好，毕竟你俩合二为一了，毕竟成了一家人，毕竟有了孩子了。如果你不爱她，就不可能有这个孩子，对不对？不管你是一闪念也好，还是怎么也好，你曾经爱过她，所以你们才有了孩子。这就是事实！对吧？所以你就别再提离不离婚的。你好好地走吧，好好地过吧。

菊儿，你真的不爱我吗？

爱不爱，都是过去的事了。爱又怎么样？不爱又怎么样？说这个还有意义吗？过去，我傻，我天真，我盲人摸猪。现在既然已经知道了，咱们就各回各家，各找各妈。就这样吧，我挂了！

菊儿，再见！

别说这个，我永远不想见你！

我想！

我没再理他，狠狠地挂了电话。

万籁寂静。

没有一分钟，我就掉泪了。

就这样，我离开了他。

恨他，一万个恨。他有家，有老婆，有孩子，为什么还要招我？他还说人家大邪虎是流氓，他才是流氓呢。臭流氓！臭猪！

可是，骂归骂，心里又放不下。

有时候，会不知不觉地走向那栋将军楼。远远地站着，发呆。

希望看到他，明知他已不在。

回忆初恋，明知那是一场空。

我不知道今生还能不能再见到他，那浓眉大眼的模样总是在我眼前飘来晃去。

嗨，就算能见到，又有什么用呢，浓眉大眼也不能当饭吃。

晚上，睡不着，打开他的情书——

白纸上画了一头小猪儿，头上长了三根毛儿，站在太阳底下晒得汗珠乱飞。一只小爪儿举着一盒儿冰棍儿，另一只小爪儿拿着一把扇子，使劲儿扇冰棍儿。旁边写着：

噢，可怜吗？

我看着小猪儿，笑了，又哭了。真没出息！

在失魂落魄的日子里，伴随我度过不眠之夜的，除了这封情书，还有《复活》。

我不就是玛丝洛娃吗？可怜的。

他呢？他是聂赫留朵夫吗？可恨的。

他是。他不是！

那他是谁？

不知道。

我折磨着自己。一夜，又一夜。

就这样，不死不活地过了一年多，有一次厂里举行文艺会演，在忙碌的后台，我突然看到人群里有个熟悉的身影一闪。一米八九的大个儿，一头自来卷儿的头发。

啊，那不是天明吗？他回来啦？

我大叫一声，天明！

他真的回过头来。浓眉大眼，英俊过人。那双眼睛，要多标致有多标致。眉毛黑黑的，更衬出脸的白净。这不就是天明吗？

你叫我？他说。

哎哟，声音不对。他不是天明。

噢……没有，没……对不起！我狼狈不堪。

没什么。他说着，冲我一笑，转身走了。

这时，我才发现他手里拎着一大摞饭盒。他是给参演的工人送饭来的。他怎么这么像天明啊，长得像，笑得像，连走路都像。

走出老远，他突然回过头来，冲我叫了一声，菊儿，你跳舞跳得真好！

叫完了，他扭头傻跑。摇头摆尾的，一溜烟没影了。

我脸上麻酥酥的，好像耳机漏了电。

后来，我发现，他不光是来送饭的，还登台唱了歌。唱得倍儿棒，台下鼓掌叫好，又返了两次场。

哎哟，他跟天明长得这么像，要是能成为我的男朋友多好呀。

一天，杜师傅看我屁颠屁颠地走着来上班，打老远就叫，菊儿，菊儿！

我心里一惊，难道是天明从国外来信啦？

赶紧跑过去，嘴里甜甜地应着，哎，杜师傅！

杜师傅说，叫什么都不好使，没你的信！

我一听，像气球扎了眼儿，那您叫我干吗？

杜师傅一撇嘴，这丫头，就不能把你对那帅哥儿的温柔给我一点儿？

他当然指的是天明。我脸上多云转阴。

菊儿，我多半年也没看见你坐大红旗了。怎么的？吹了？

杜师傅是个善良的老头儿，我不想隐瞒他，就说，吹了。

得，我这酒也断了。

赶明儿我给您买。好的买不起，小二还行。

菊儿，我是跟你说笑呢。你听我说啊，吹了就吹了。两条腿儿的蛤蟆不好找，两条腿儿的男人满街跑。咱们菊儿是百里挑一，人见人爱，那位爱写信的可真瞎了眼。这个社会，大红旗不可靠，还是坐公交车稳当！

杜师傅的话又让我脸上阴转晴了。

菊儿，我跟你说个正事儿，那天工会葛主席找我，说我看大门眼观六路耳听八方，把大门都看活了，让我留意厂里哪个女工还没对象，他打算给介绍介绍。我呢，就猜你对象是不是吹了？还真没猜错。那就让葛主席给你介绍一个，都是厂里的小青年，知根知底儿，有好几个呢，随你挑！

杜师傅说完，拿眼勾着我。

我不忍心伤了好老头儿，就点点头。

想不到当天晚上，葛主席就找我，说杜师傅传话给他了，让他给我介绍对象。

我一听，这是哪儿跟哪儿啊。我说，葛主席，我可不急。

葛主席说，你不急，我急啊，谁让我是吃这碗饭的呢。婚，哎，婚……嫁娶，我都得管。

本来是婚丧嫁娶，他觉得丧字说出来不吉利，就给去了。真够哏的。

我说，葛主席，谢谢您，婚……嫁娶，我真的不急。

对，对，说得对，不能急，千万不能急。菊儿，来，来，坐下来。

葛主席拉我坐下，大口马牙地说，今儿个咱们一个个过堂，细着点儿挑，不能急。好的，你就点头。不好的，你就摇头。先挑出十个八个的，再过二堂。不行，叫他们比武打擂，看谁能把谁打趴下了。

哈哈哈，我笑得直不起腰，心里的郁闷也消了不少。

葛主席冲门口一招手，一号，进来！

好家伙，他都给编了号了。有多少人啊？

喊声刚落，第一个人就推门进来了。天冷，他戴着一个大口罩。

葛主席说，你进医院哪，把口罩摘了亮亮嘴脸！

来人把口罩一摘，我差点儿叫起来，不是别人，正是那个又送饭又唱歌的。

面对面，灯又贼亮，这回我看得更清楚了。天啊，活脱脱一个苏天明！

我说，得，就他了。

葛主席都傻了，啊，就他了？你也太着急了！

{第三章}

17
⋮

这个像极了天明的小伙儿叫田民，怪不得我叫天明他回头呢。

田民大我五岁，是厂里机修车间的工人。他家呢，说起来怪惨的。他爸是火车站的司机，新中国成立前当过国民党兵，"文革"中被打得半死。他妈是杭州人，大他爸好几岁，早年是有钱人家的闺秀，琴棋书画样样行，人长得又漂亮，由家里做主嫁给一个资本家当了三姨太。新中国成立后，资本家丢下她跑台湾去了。她要寻死，人都吊绳子上了，被家里开车的司机从下头给抱住了。这个司机后来就成了田民他爸。儿子长相多随妈，所以田民就生得俊。"文革"中，田民他妈被当成资本家，剃了阴阳头，送去劳改。干什么？拆棉花包。棉花包上勒着铁片，拆起来很费劲儿。有一次，铁片蹦起来，啪，打着她的一只眼，眼水当时就流出来了。她用手接着，跟鸡蛋清儿似的往下流。她说，求求你们送我上医院吧，留住我的眼睛，我好干活儿赎罪啊。看管的人说，你个臭资本家，事还不少！你等着吧，等流干了就好了。就这样，眼水流干了，眼睛也瞎了，真可怜。田民还有个妹妹，叫小青，在印刷厂当工人。

一家四口，两间平房，挤在一个大杂院里。

要上厕所去公厕，出门得走二里地。急了能拉裤子里。

田民的家庭条件这么差，我也没动摇。

因为，他长得太像天明。

还因为，他和他家人对我太好了。

我破碎的心，让他们给缝上了。

当然，这些感觉是后来才找到的，起初也很纠结。

那天在葛主席办公室里，我们俩聊得挺好，又说唱歌，又说跳舞。可聊完以后，我就不太愿意了。第一，他有点儿结巴，葛半天也葛不出个主席来。不过，时好时坏。好的时候听不出来，吃葡萄不吐葡萄皮，吃葡萄倒吐葡萄皮，说得很溜；坏的时候上句在中国，听下句要到美国去。第二，他没有天明身上的文化底蕴和儒雅气质。天明毕竟是高干子弟，又经过部队熏陶，而他只是一般平民家的孩子。

我跟葛主席回话说，田民不行，谢谢您。

葛主席说，我就说你太急了吗，你还说你不急。这不是买白菜，来一棵就得了，帮子大点儿就大点儿，撕下来扔了就得了。这是要上床造人过日子，歪锅配歪灶，讲究的是门当户对。要说，你们之间差距的确不小，你爸在海里边上班，是坐车的。田民他爸在马路上上班，嘀嘀嘀！我之所以让他来，还排一号，就是看他人长得不赖，歌又唱得好，你俩能有共同爱好。菊儿，没关系，田民不行，咱们再给你介绍别的。我当了一辈子月下老人，还没有一见面就成的。月亮倒是有，转眼人没啦！

我说，葛主席，我不急。

葛主席说，看看，又来啦。说不急，门帘一掀，得，就他了！气死磨刀的。

我又笑弯了腰。要不他姓葛呢！

跟葛主席回了话，我认为这事就船到码头车到站了。想不到，田民那头反倒上紧了弦，咔咔咔！一路狂追。

那会儿，田民上正常班，我是三班倒。我上夜班时，半夜要吃加班饭，他永远都是夜里一点半提了个饭盒赶回厂里，给我送到车间。馒头、粥、咸菜。那咸菜还是用芝麻酱和的，上面还有一个荷包蛋。起初我不要，他就提着饭盒跟着我，我到哪儿他到哪儿。我躲厕所里，他就站在外面当木乃伊。

车间的姐妹都羡慕我，哎哟，菊儿你真有口福，馒头、粥、咸菜！

我呢，没辙，只好接过来吃了。

看我吃了，他就咧着嘴乐，嘿嘿嘿。大傻帽！

我要回宿舍了，他就送我，一直送到楼梯口。

我上楼了，他永远是站在楼梯底下，直到我进屋关了灯。

有时候，我关了灯，偷偷掀窗帘看看，他还在楼梯口傻站着哪。整个一花痴。

他的正常班，是早上八点来，晚上五点走。每天半夜都起来给我做饭，做完了再送到车间，看我吃完了再回去。一天行，两天行，天天这样谁能做到？他就能做到。

冬天天倍儿冷，他冻得跟冻柿子似的，鼻子直吸溜。手里提的饭盒，里三层外三层的裹得个严严实实。送到了，一打开，跟火车头冒气似的，热乎乎的看不清人。

他说，快吃吧，趁热！

说完了，就傻笑。嘿嘿嘿。

夏天天倍儿热，到了晚上还跟蒸笼似的。有一天夜里，我一出车间，看见他站在门口，满脑瓜子全是汗，手里捧着一个西瓜。

我说，你这是干吗呀？

他说，你忘啦，今儿是什么日子？

我说，礼拜二呀。

他说，错。

我说，不是礼拜二是礼拜几？

他说，是你生日。

啊？我一愣。可不，7月5日，正是我的生日，连我自己都忘了！

一摸那西瓜，冰凉！

再一看，他脚下放着一桶凉水，水里还放了几块儿冰。

冰镇西瓜！

他知道我爱吃凉的，也不知道从哪儿找到的这几块儿冰。

我的眼泪当时就下来了。

想起了天明，想起他手捧着冰棍，想起扇扇子的小猪。

快吃吧，趁凉！田民说。

说完，把瓜切好，递到我手里。

我和着泪吃了一口，说，真凉！

他说，你凉我就凉。

哎哟，跟天明说的一样！

我吃不下去了，抬起头看着他。

他也看着我，一边抓着脑门儿上的汗。嘿嘿嘿。

我问，你看什么？

他说，菊儿，你真漂亮，像……

像什么？

像……西瓜瓢儿。

你真会形容。我吃什么你就说像什么啊？

对啊。

我要是吃鸡爪子呢？

嘿嘿嘿。

你笑什么？快说呀。

……你比鸡爪子漂亮。

我笑了。他还是挺可爱的。

我说，田民，咱俩一块儿吃吧。

他说，不，你吃，我怕凉。

我说，我就恨怕凉的。

他赶紧说，好，我吃，再凉我都不怕。

我俩就吃起西瓜来。吃完了，我要上楼。

他突然叫住我，菊儿。

干吗？

让我亲一口。

不行。

就一口！

那也不行。

你都是我女朋友了，亲一口不行吗？

不行，不行。

说完，我就上楼了。上到四楼女工宿舍，往下一看，他还站在那儿。

我忽然觉得他怪可怜的。

我想，我必须跟他说实话。

我又下楼了。我说，田民，咱俩不合适。

他什么也没说。哭了。

田民，你别哭，你听我说……

我，我没哭。菊儿，你说，我听。

田民，我以前交过男朋友。

我知道。

我……我已经不是姑娘了。

……我不在意，我就是喜欢你。不管你过去怎么了，我都喜欢你。

听他这样说，我又掉泪了。

其实，那会儿挺在意这些的。我特别怕人知道我不是姑娘了。

可是，田民却说出这样让人心软的话。

我不知不觉对他有了想法，有了好感。

尽管在接触中，发觉他跟我不太合拍。比如，一块儿出去他总想搂着我，我不喜欢。再比如，他会突然说让我亲一口，我就不高兴，一口也不让。有时他说的让我烦，不像我跟天明，说什么都能说到一块儿。我想，这就是家庭背景不同吧。

但是，他的老实、本分，又是天明缺乏的。

他对我的爱，没有一点儿假。这正是我所追求的。他那么穷，可是只要我说，今天看见西单有一双高跟鞋特好看。他就问是什么样子，在哪儿摆着？我其实根本没想买，女孩子嘛，谁都爱美，说说而已。但是，他准会给我买回来。他妈就说，菊儿，你整个儿就是宝葫芦的秘密，想什么就能来什么。真的，后来我都不敢想，不敢说了。我呢，发了工资也给他买好吃的。他的毛裤裂了裆，我问你冷不冷啊？他说没事。我发了工资买了线，给他织了两条毛裤。他舍不得穿，装在破布包里背到厂里，逮谁就掏出来给谁看，说这是我女朋友菊儿给我织的，这是我女朋友菊儿给我织的。有的人看了好几遍了，他还让人家看，跟人家说。人家一瞪眼，你还没穿哪，你不穿卖给我得了！

我跟田民谈对象，爸妈坚决不同意，说他家成分不好，他又是工人，怕我以后有吃不完的苦。我这人就是轴，认准的道儿非要走到黑。你越不同意，我越要干，九头牛也拉不回。为这事，我跟爸妈顶了嘴。我说，成分不好怎么啦？成分好，运动来了照样关牛棚。吃苦怕什么？多少苦我都吃过来了。大冬天的光脚丫儿跳进猪圈里，抡起大锹咔咔咔！不怵！工人就工人。我不也是京纺的工人吗？我当过农民，又当了工人，说实话，我心里早就没有等级观念了。什么门当户对，什么干部家庭，什么干部子弟！

爸妈看说不动我，就生气了。爸说，你要真跟他，就回别家了，我没你这么个闺女。妈说，菊儿，你长这么大，妈没强迫过你，你就听妈一回，不能跟他谈。你没经历过，不懂，后悔就晚了。

我鬼迷心窍，怎么也听不进爸妈的劝，而且还委屈得不行。我哭着说，你们不要我就不要我，我自己照样能过。那么多年，我都是自己过来的，你们管过我吗？我自己的婚事我自己做主，穷死饿死也不后悔！

说完，扭头就走了。

妈在后面喊我，我也不回头。

很像电影里演的，资本家的女儿爱上了志同道合的穷工人，跟家里决裂都不怕。

现在想想，我错了。对不起老爸老妈。

田民跟我谈上恋爱了，厂里那帮铁哥们儿就跟他说，民哥，你可不能跟菊儿结婚。当朋友可以，但是绝对不能结婚。她家是"高级饼干"！你看她穿的衣服，你看她那样儿，你降不住她，娶上她会倒霉的。

田民说，我撞南墙我认了。你们说她不好，干吗葛主席给她介绍对象，你们还去排队？

我们那是给葛主席面子！

我们是婆媳妇打幡凑热闹。

田民说，得得，你们都不了解菊儿，她看着花红柳绿的，心里特善良。她当过知青下过乡，不是娇小姐，什么"高级饼干"啊，她从不说她家怎么的。她穿的衣裳，都是她花几块钱买的布，自个儿剪巴剪巴缝的。

听田民这一说，那帮哥们儿直吐舌头。

有一哥们儿说，哎哟，这可真没想到，嗑瓜子嗑出个臭虫来！

田民叫起来，你才是臭虫呢！

那哥们儿说，还四六不着呢，就护上啦。我想说嗑出个七仙女来，瓜子里也搁不下呀。

又一哥们儿问，哎，光织衣算什么？我问你，亲上嘴儿没有？

田民明明没亲上，还要逞能，亲上啦。

肉头儿不肉头儿？

肉头儿！

嘻嘻嘻！哈哈哈！

还有更闹腾的，别说亲嘴儿啦，奶都嘬上啦，啧啧啧！

18
⋮

我第一次跟田民到他家去的时候，那个破破烂烂的大杂院，真的吓了我一跳，想不到北京城里还有这样破的地方，让我想起大脚奶奶住过的河南乡下的小土屋。

院里说不清住了多少家人，还养着鸡。家家门口摆着煤球炉子，做饭取暖全靠它。

我看见一个老太太正用一根长铁条在捅炉子，觉得挺新鲜。

田民告诉我，那不叫长铁条，叫火龙筷子。用它捅一捅炉子里的煤球儿，火就旺。

我手袖一挽，抄起眼前的火龙筷子就去捅炉子，咔咔咔！

呼！一炉子的灰都冲出来，扑了我一鼻子一脸，跟炼钢工人似的。

田民他妈听见了，慌忙迎出来，看我正在咔咔咔地捅炉子，笑得像牡丹花儿一样。

哎哟，这姑娘真仁义！她说。又忙着往屋里让，快进来，别弄脏了衣裳！

屋里跟屋外一样，堆得乱麻麻的，找不到地方坐。

乱是乱，但是，很干净。

而且，不论是田民，还是他妈，都没有因为让我看到了他们蜗居而感到难为情。平静、平常、随遇而安。他们脸上的表情告诉我，这不是他们的错。

这就更让我觉得他们太可怜了。

为什么部长家是牛奶、面包、果酱，工人家就是这样子？

我心里说，我他妈的就嫁他了！

我开始跟田民讨论结婚的事。

他问我，婚礼怎么办？

我说，不用办，我已经不是姑娘了。

啊？他叫起来，你小声点儿。

我说，这怕什么。

田民说，咱俩知道就行了，别广播。

我说，行。

田民又说，你为什么说不办婚礼了？你是我的新娘呀！

我差点儿掉了泪，说，新娘不新娘的，我已经不在意了。我在意的是实质。就是，你能不能好好对我，我也好好对你。

他拍着心口说，菊儿，你放心，我会一辈子对你好！

我笑了，行，有这话就行了。

他想了想，又说，办事那天，我爸要雇车接你。

不用。我摇摇头。

想起跟天明在一起的时候，上下班都坐大红旗，我心里突然升起说不出的滋味。

田民说，你就答应了吧。这还是我妈提出来的。她说，你是大户人家的小姐，不能委屈了你。按过去讲，要上花轿抬着来，还要吹吹打打。现在，不兴花轿了，也要用车接。

不用。我仍旧摇摇头。

他不吭气了。慢慢地，慢慢地，低下了头。

我怕伤他的自尊心，拉着他的手说，田民，你们家是工人，车不是你们家的，我坐就没有意义。坐上去又能怎么着啊？你是爸妈养的，我也是爸妈养的，都不容易，对吧？咱俩既然要一块儿过了，就要自立。你别靠我爸妈，我也不靠你爸妈。我知道爸妈都疼儿女，我也靠爸妈享过福。但是，一场"文革"教育了我，拥有的会失去，一夜之间，能从天上掉到地下。所以，靠谁都不如靠自己。咱实事求是，我就戴一朵红花，骑自行车上你家，其他的都没用！谁叫我铁了心要跟你呢？

他说，对。

说完，他就哭了。哭得很伤心。

我搂住他，像搂住一个孩子。田民，别哭了，你哭我也难受。你听我说，既然要结婚，从现在开始，咱俩就攒钱，攒多少钱就办多少事。

好，我听你的。

从那天以后，我俩就开始攒钱。

那会儿，我们的工资都是三十六块，能不花就不花，少花一分是一分。攒来攒去，一共攒了七百八十块。

我说，七百八，发发发，咱俩该结婚了。

他说，好，怎么结，听你的。

我说，虽然钱不多，咱也来个时髦的，旅行结婚！

他一听都傻了，啊，旅行结婚？旅到哪儿去啊？

我说，旅到南京去，找我舅去！我舅在南京，是拍电影的。

南京？去南京？他美得找不到北，整个晕菜了。

就这样，我俩揣着钱，谁都没通知就到了南京。

舅舅喜出望外，不但带我们看拍电影，还让我们化了装，混在里边演群众角色。

那天拍的是外景，田民演卖包子的，我演买包子的。台词特简单，就是我冲他喊一句，哎，卖包子的，买包子！田民就答应，来啦！可就这么一句，还让我给演砸了。

拍的时候，我看着田民就想笑。化妆师说他太白了，不像旧社会的人，给他脸上抹了锅灰，抹得像大狒狒似的。那边叫开拍了，我一紧张，就冲田民喊，哎，卖包子的，你要包子吗？田民傻了。旁边的人都乐啦，连我舅舅也乐了，说人家就是卖包子的，要你包子干吗？

哈哈哈，拍电影真好玩。

我俩在南京玩了一大圈儿，中山陵，上了。玄武湖，下了。总统府，观光了。

在夫子庙的地摊上，算命的瞎子给了我四句话——

六朝古都美如画，

金陵一梦多变化。

命里没有莫强求，

枉费心血浪冲沙。

我听了这四句话头皮直发麻。田民拉着我就走，小声说，别听瞎子放屁！

南京归来，带了喜糖，发给车间的人。

啊，你俩结婚了？

妈呀，婚就这么结了！

是谁拿的主意啊！

般配，般配！你俩真是，鲜花插在，插在……鲜花上！

只有杜师傅撇嘴，我说公交车比大红旗稳当，你也别着急呀，眨巴眼儿就办了大事！

我把喜糖塞给他。他说，我吃不了，再把假牙粘掉了，撒气漏风。

接下来，就是去田民家。过门儿。

我俩是骑自行车去的，一人一辆。他爸和他妹妹老远就迎出来。

田民他妈站在门口挡着，手里端着一碗水。不说话，光看着我乐。

老太太虽然没了一只眼，仍看得出年轻时的漂亮。肤色白白的，戴着金丝边小眼镜。一头银发往后背着，梳成一圈一圈的香蕉片。这是旧社会上海女人最爱梳的那种发型。

我看她挡在门口乐，不知道该怎么办。

田民说，等你叫妈呢！

可是，我就叫不出这个妈字。

老太太说，菊儿，你先把这碗水喝了。

我接过来，一喝，是甜的。忽地一下，想起了山里的红柿子。

哎哟，我的红柿子，我的乡亲们唉，你们的菊儿嫁人了。

这样想着，泪在眼窝里就存不住了。

老太太问，菊儿，水咋样？

是甜的。

对呀，你就得嘴甜，你吃不了亏！

我就叫了声，妈。

哎！她答应得特别脆，像唱歌一样。

答应完，就挽着我进他们家了。

我的泪到底没忍住。

想起妈，想起爸。他们不同意我的婚事，说我有后悔的那天。我到底没听他们的。

都说女大十八变，难道连心都跟着变吗？

就这样，我进了田家门。

一家人拿我当掌上明珠，特别是他妈，成天看着我乐，好像回到了她年轻的时候，又好像因为得到了我，使她吃的苦、受的罪都得到了回报。她比谁都心满意足。只要我回家，永远都是她给开门。她开了门，就看着我笑。我叫一声妈，她才让我进门。

她就爱听这一声叫。

我奇怪她为什么不是小脚，她告诉我，从前裹的是小脚，新中国成立后响应政府号召放的。脚不放了，什么也干不了，吃什么喝什么呀。

她到底是大家闺秀，特别明事理，明明大田民他爸好几岁，可跟他说话永远是老爷子长老爷子短，吃饭时也总是说老爷子您坐上头。老爷子不来，家里人都不能先动筷子。老爷子先上桌了，大家才能坐。这都是她给立的规矩。

老爷子吃完一碗，我问，爸您还要饭吗？

她就摆摆手，菊儿，咱要这么说，您还用饭吗？不能说要饭，让人瞧不起。

瞧瞧！太模范了，没见过这样的女人。

老爷子半夜三更起来，要喝棒子面粥，她不管白天多累，也爬起来给熬。边熬边说，老爷子您等着啊！

老爷子从外边回家，一躺下，她就给他掏耳朵眼儿，抠脚丫子。

我看她抠脚丫子抠得豪情万丈，看老爷子哼哼哼美得像猪，就忍不住要乐。

她说，菊儿啊，你别乐，从小我妈就这样说，女子无才便是德。男人是天，女人是地；男人是山，女人是水。水要围着山转。不管你多牛气，你嫁给他了，你就是他的人。嫁鸡随鸡，嫁狗随狗，嫁个扁担挑着走。

她在对我言传身教呢。我可做不到给田民抠脚丫子。他长那个脚了吗？

我对她当三姨太的身世特别好奇，总是缠着问。

她告诉我，还是大姨太得宠，我在家里没有地位。夏天佣人往各家发西瓜，到我这儿，永远都是最小的。

我说，佣人也真够坏的。

她笑了，嗨，不怪佣人。西瓜从大到小，皮儿上都刻着章呢！这个是谁的，那个是谁的。

啊？西瓜皮儿上还刻章？谁刻的呀，这么多事。

谁刻的？老爷刻的。最大的给大姨太，二大的给二姨太，我家永远都是最小的。

哈哈哈，真好玩！

我笑，她也笑。

很少见她有难过的时候。她真要是难过了，就偷偷跟我哭。

我问，妈，您哭什么呀？

她说，没事。说完了，又哭。我不知道该怎么劝。

听着她哭泣，让我想起大脚奶奶。

一个是穷人家的苦命女人。

一个是富人家的苦命女人。

唉，为什么女人都这样受折磨？

我跟田民婚后的日子过得简朴又简单。他家的两间平房腾出一间给我们住。白天我们俩都上班，在厂里吃。为了省钱，每顿从食堂打回馒头，自己做菜。我弄来一个小煤油炉，把白菜切好，菜帮做醋熘白菜，菜叶做汤。做汤也不放油，菜叶在水里一煮，白白的，搁点儿盐就得，我们管它叫奶油白菜汤。菜根舍不得扔，洗洗，切成丝，放点儿盐，腌成咸菜。这些都是我当年在乡下跟朱大妈学的。只不过，朱大妈腌的是白萝卜，我腌的是白菜根。

田民他妈没事老爱拉着我的手说，闺女，你不是我亲生的，但是我疼你。你一个干部子弟下嫁到我们家，上孝敬父母，下对小妹好，没挑理的地方。早晨起来捅炉子，晚上给我沏茶。你还知道我出门不吃外面的东西，就用小火烧点儿牛肉搁饭盒里，让我带好了，出去找个地方热热。对我真比对你亲妈还好。我是哪辈子修的福啊，得了这么个好闺女！

那会儿，我不知道自己存钱，发了工资把钱都交给他妈。想穿新衣服了，就说，妈，今儿给我买块布吧。老太太就上商场去买布。有时候，我都没说，她自己就去买了，菊儿，我给你买了两块布头儿，一共八块钱。晚上，我们娘儿俩把桌子一摆，布头一铺，她就裁。我说，我要八片裙，老太太就裁个八片裙。我说要四片裙，老太太就裁个四片裙。我说要转圈儿都能转起来的十六片。老太太就裁十六片。裁完了，她指导我，咔咔咔用缝纫机扎，第二天就穿上了。臭美着哪！那会儿身材也好看，要哪儿有哪儿。他妈就说，我们菊儿就是好看，是水做的，水灵灵的，穿什么都好看。我喜欢带点儿的花布，她今儿买一块白地黑点儿，明儿买一块红地黑点儿，后儿又买一块蓝地白点儿。一开抽屉，所有的衣服都带点儿。

她说，你就是七豆花大姐。

我问，什么叫七豆花大姐？

她笑了，就是瓢虫！

田民他爸是个不爱说话的老头儿，一天到晚一句话都不说。他牛肉炖得好，我只要说想吃炖牛肉了，他不出声，就去炖。楼底下有个煤厂，他买好煤，提溜着回来，生炉子，把牛肉搁到瓦罐里，咕嘟咕嘟能咕嘟一天，夜里再用特小的火煨上。第二天，香喷喷的装满一饭盒，让我带着。因为没钱，炖的牛肉只够我一个人吃。

很苦，很穷。

但是，很温馨，很快乐。

我不求什么，就希望这个男人爱我，家里人都把我当回事。

日子如磨，边推边过。时间一长，问题就来了——

我发现田民一天到晚没别的，就是想上床。《复活》放在枕边，连看都不看一眼，开口闭口就是床上这点儿事。开始，我觉得这是疼我爱我，后来发觉他是有瘾，精力也旺盛，天天都要干，我就有点儿受不了。有时他一边干，我一边看书。看累了，把书往脸上一盖，睡了。等我再睁开眼，他还没完事呢！

我就跟他说，田民，人穷没关系，但是不能俗。没钱可以，不能没志气。所有的男人都是从没钱到有钱，从没事业到有事业。咱一无所有，就得奋斗，不能天天把眼盯在媳妇身上。

他听了，边笑边点头，嘀嘀嘀，对对对！

可是，天刚一黑，他就把被窝铺好，把暖水袋也搁进去了。

我跟他妈在外屋聊天，他就在里屋瞎嗯嗯。嗯！嗯！还乱咳嗽。

他妈听见了，菊儿，叫你呢，叫你呢。

我大声说，刚八点半，急什么呀，明天又不上班。

他不嗯嗯了。

我就跟他妈瞎聊，故意不进去。

过一会儿，他等不住了，腾地蹿出来，瞪圆了两眼，这么晚了，干吗还不睡觉？

他妈就说，快进去，快进去！

我只好进去了。他的两眼又眯成了一条线，宝贝儿，你怎么这么不理解我呀？

听他说这话，我身上直起鸡皮疙瘩。

我说，你真是太腻歪了。

他说，哎哟，不是我腻歪，是我媳妇长得太漂亮啦，跟维纳斯似的。瞧这小细腰儿，瞧这胸脯，瞧这皮肤白的！

你给我闭嘴，恶心！

我开始讨厌他了。他嘴里呼出的气都不能闻，闻了直想吐。我就忍着。可是，这要忍到哪儿算一站啊！我就跟他好好说，田民，我求求你，你要想跟我好好过日子，就别强迫我行吗？你老这么对我，我真害怕看见你了。

我这样求他，一点儿事也不管。

只要一到晚上，他就来了。真的，我特喜欢白天。到了晚上，只要灯绳一拉，灯一灭，他就像大王八一样爬过来，呼呼地喘着臭气。我的心一下子就提溜到嗓子眼，不知道今儿晚怎么过。本来两口子上床，是件高兴的事，却弄得我都快神经了。有一天，大冬天的，半夜三更，我被他翻来覆去地折磨得实在受不了，穿着背心裤衩就跑出来了。他妈听见了，跟着追出来了，菊儿，你光着呢，快回屋去！回到屋里，她赶紧找衣服给我穿上。我就哭起来。

有时候，我受不了了，就躲回自己家去。我妈问，你们怎么啦？我也不好意思说。这样三天两头地往家跑，连我妈都烦了，说，妈早就劝你，你听吗？

那时候工会组织跳交谊舞，当然少不了让我教。田民打心里不想让我去，我要去，他就说，今天你不去行吗？我说不行，大家等我教呢。他又说我能去吗？我说你不能去。你去了，我没法跳。我走了，他就在家等我。拿个椅子，坐在门口那儿等，一直等到我摸黑回来。

一听到我的脚步声，他马上站起来，哎哟，老婆回来了，饿吗？吃饭吗？

他知道我爱吃鸡蛋西红柿面，就赶紧煮一碗，热腾腾地端过来。

我还真饿了，接过面就吃。一低头，一缕头发垂下来。

哎哟，你头发都掉碗里了。你吃，我给你撩着。

他就帮我撩着头发，一直撩到我吃完。

到了晚上，他又端来洗脚水。菊儿，洗脚！

我说我自己洗。他说我给你洗。他手一碰我，我就哆嗦。

你别弄，我自己洗。

你是我老婆，我想给你洗。

我不想让你洗！

我就要给你洗！

我把脚搁盆里了，他就一个脚指头一个脚指头给我洗。

我说，田民，你不像个男人，你这样我不喜欢。

他说，我对你好，你还不喜欢吗？

我说，我找的是老公，没有找保姆。你一个男人，上床老婆，下床鞋，除了这点儿事你还有没有别的？你能不能跟朋友们一块儿打打篮球什么的，像个男人。厂里把你调到业务科去了，就是让你广交朋友，让你多接触外面世界。你能看到很多东西，能给家里带来快乐，你自己也充充电，不要老在你老婆这一亩三分地上侍弄。你一天到晚围着我转，就不是一个完美的男人，知道吗？

他说，不行，我一天见不着你心里就小猫抓。给你洗脚，是我最大的快乐！

看他这样腻歪，我烦死了，把脚一抬，那你就给我嚓嚓吧！

本来我是说气话，想不到他当真抱住我的脚，一个脚指头一个脚指头地嚓起来。

说不出为什么，看他这样，我眼泪刷刷地掉了下来。

我咔的一踹，差点儿踹他个大仰壳。

田民，你真不是个男人！

他一下就翻脸了，我不是男人？今晚上有本事你别叫！

我说，你敢！你碰我试试！

听我叫起来，他怕惊动了那边屋里，就收了声。瞪着我，脸都扭了。

不久，我怀孕了。

郑老师所说的，到底在我身上发生了。

生为女人，早晚的。为了生命的延续，承受人所不能承受的。

说真的，我不愿意有孩子，不甘心就这样过下去了。

可是，没辙。

女人要是嫁不好男人，真的很痛苦。我经常半夜坐起来哭，后悔当初没听爸妈的。

心里一难过，又想起了天明。

他在国外过得怎么样？

他还想得起我吗？

唉，就是要找他的影子，我才走到今天这一步。

一天，我轮休，田民也轮休。老爷子出车没回来，小青也没回来。他妈给我们做西红柿热汤面吃，里头卧了一个鸡蛋。她对田民说，这蛋是菊儿的，你不许吃啊！田民看我一眼，小声说，一个蛋不够，晚上我再给你两个。我瞪他一眼，我踹死你！

饭后，我抢着去洗碗。

在大杂院的院坝里，有一个水池子，全院共用。淘米做饭，洗脸漱口，涮抹布，倒尿盆，全是它。往水池子边一蹲，臭味儿能呛人一跟头。

屋外冷，我穿了一件黑棉袄，端着锅去水池接水。棉袄是田民他妈给做的，上面还绣着大铜钱。因为有身孕，不敢太弯腰，也不敢离水池子太近，怕熏得把刚吃的面吐了。

我远远地站在水池子边上，挺着腰，伸直胳臂，一拧水龙头，哗哗哗！

正接着水，忽听大门外有人问：

同志，请问，田民家是住这儿吗？

是啊！

我一抬起头，正对上一双浓眉大眼！

19

万万想不到，站在门前的竟然是天明！

他一手提着两大桶奶粉，一手提着一大包婴儿服。

看见答话的是我，他愣住了。

天明！我大声叫他。

哦，他好像刚从梦里出来。

还是那样英俊，还是那样迷人。

我傻傻地看着他。

田民跟他妈赶紧探出头来看。

天明说，菊儿，奶粉是我从澳大利亚给你带来的。我想着，你要是结了婚有了孩子，奶粉就给你孩子吃。要是还没结婚，你就自己吃。我到京纺去找你，杜师傅说你成了，快要生孩子了。他问我，还去找你吗？我说去。他就告诉我你家怎么走。婴儿服是我临时在王府井买的，不知道你喜欢不喜欢。

他这样说着，环顾了一下大杂院。两眼发直。

我知道他心里的话。

我忍住心酸，来，天明，进屋坐吧！

他又使劲儿看我，哎哟，菊儿，你怎么都这样了？

我往下拽拽黑棉袄，谁怀孕好看哪？快进屋坐吧！

就把他往小屋里让。

他迟疑着，好像走不动。我一拽，他还是跟我进屋了。

屋小，门低，差点儿碰了他脑袋。

一个大衣柜，一张桌子，一张床。

他进屋看看，没坐。也没地方坐。凳子都搬那屋吃饭去了。

他没待五分钟就走了。

临走时跟我说，澳大利亚奶粉特别好，需要的话，我还会给你寄。

我说，谢谢你啊，我送送你。

菊儿，不用送，你身子要紧。

天明拦住我，自己走了。

我站在门口，一直看着他的背影，等他回头。

可是，他没回头。一直走。走着走着，抬起手来往脸上抹。

他哭了。

我不忍心再看。

田民和他妈谁也没说话。好像他们刚偷了人家东西，天明是找上门来的警察。

第二天一上班，杜师傅打老远就冲我招手，来，来！声音憋在嗓子眼里。

我赶紧跑过去。

杜师傅像地下党接头一样，压低声音，这是大红旗送来的。他说走邮局怕让别人给拆了。说完，塞给我一封信。

我把信紧紧攥住，说，杜师傅，我赶明儿给您带酒来。

杜师傅大嘴一咧，他给啦，洋酒！这辈子我还头回见！

我小跑着回到女工宿舍，关上门，打开信一看——

菊儿，今天见到你，我很难过。

我认为你肯定会找个好人家，想不到是这样！

这两年，我在澳大利亚吃尽了苦。但是今天看到你，我吃的苦根本不值一提。

托尔斯泰说，让我们为不幸者撒一掬泪。

菊儿，你的不幸，是我害的。

我是聂赫留朵夫！

爱你的天明

信还没看完，我就哭了。

天明，只有你最疼我。

可是，你为什么结了婚啊？为什么？

没容我哭够，门外传来脚步声，有人回宿舍了。

我急忙把信塞进被子里，抹抹泪上班去了。

咔咔咔！咔咔咔！

细纱车间里，机床响成一片，比哪天都令人心烦。线头断了，接上，又断，怎么也接不好。粗纱被吸风口吸走，通道立马堆起一大堆废品。我越是着急，线头越断。

正在这时，田民忽然来到了车间。

他走到我面前，小声说，菊儿，你来。

我问，有事吗？

你给我回家！

怎么了？

他突然叫起来，回家！

我愣住了。他从没这样对我大声叫。我怕别人听见不好，就请假跟他回家了。

一路上他没话，我问他几次，他都装听不见。

没想到，一进家，他就把脑袋往门框上撞。嘭！嘭！

我急忙拉住他，田民，田民，你这是干吗？

他说，我不活了！

你这是为什么啊？

为什么？你还不清楚！

不就是天明来了吗？昨晚我不是跟你说了吗？我以后不会跟他联系。

哼！田民大眼一瞪，还说不会联系！这是什么！

说着，他手巴掌冲我一张——

攥在他手里的，正是天明的那封信！

啊？你到宿舍翻我东西去了？

怎么啦，不翻你能给我吗？

田民，你太过分了！你以为你是谁？你凭什么翻我东西？

我凭什么？就凭你是我老婆！

谁愿意当你老婆谁当去！

我说完，扭头就走。

只听身后，嘭！嘭！嘭！

回头一看，只见田民跑到了窗户跟前，用头使命往窗户上撞，血哗哗地流下来。

我急忙上去，找块毛巾堵他头上。妈！妈！我大声叫着。

那屋里没动静。家里没人。

我又扭脸跟他叫，你这是干什么啊，田民！

我不活了，不活了！

他叫着叫着，哇的一声大哭起来，肩膀抽得像拉风箱。

看他哭得可怜，我抱住他，也哭了。

他看我哭了，又紧紧地抱住我。

我边哭边说，田民，咱们别这样好吗？我都嫁给你了，都是你的人了。我要是想跟天明，早就跟了。你想想，对吧？

田民不知道天明已经结了婚，我没跟他讲过。我要保住天明的形象，保住我的初恋。

我抱着田民，哄他。我说，我错了，行吗？

过后我想，我到底错哪儿了？

当时，我实心实意地说，田民，我错了，我以后会加倍疼爱你。咱们都快有宝宝了，就别闹了。要是传出去，让人看笑话多不好。

那会儿，谁家要闹出这种事，真是猪八戒下凡——丑从天降。

听我这样劝，他不哭了，紧紧搂着我。

菊儿，你答应我，一辈子跟我好，别去找他。

我去澳大利亚找他？可能吗？

他会从澳大利亚来找你呀！

田民，你这么瞎想，还想出病来呢。我跟你说，我跟天明毕竟有过一段感情，他从国外回来看看我，也是人之常情。你不是看到了吗？人家大大方方的，还给带了奶粉和婴儿装，没有半点儿邪的歪的，你就别那么小肚鸡肠了。

我不是怕你跑了吗？大象肠子粗，你找个大象呀！

说完，他自己先笑了。

我也笑了，饶了我吧，有你就够我一梦了！

20

事情过去了，可是，我俩心中就有了阴影，不像一张白纸那么干净了。

田民老是怀疑我，总觉得我跟天明在暗中往来。

他越是怀疑，越要跟我做爱。好像公鸡一样，不管天阴不阴，到点儿就打鸣。

我说，我都怀孕了，你还没完没了，你是人吗？

他装没听见，照干。

他干，我就拿枕巾往脸上一盖，眼泪顺着往下流。

他还说，你怎么跟木头人一样啊？

我踹他一脚，我本来就是木头人！我嫁给你，没卖给你，你为什么这样对我？

你是我老婆。

我是你老婆，但不是你牲口，你也要看我愿意不愿意。再说，我已经怀了你的孩子，你懂不懂啊？

他恶狠狠地哼了一声。

我说，你哼什么？

他突然说，谁知道孩子是不是我的？

我一听，气不打一处来，破口大骂，田民，你就是一牲口！你再碰我，我杀了你！

他妈听见了，赶紧跑过来。他爸也跟着跑过来。

我抱住他妈就哭，妈，他不知道怎么疼媳妇！他再这么折腾，孩子就保不住了！

他妈轻轻拍着我肩头，菊儿，咱不哭，咱不哭！

他爸吼起来，你这小兔崽子，老子毙了你！

吼完就往怀里摸。摸什么？摸枪。纯粹气蒙了，还以为自己是国民党兵呢。枪没摸着，他弯腰捡起一把扫帚扔过去，啪！正砸在田民头上。

田民是个孝子，扑通跪地上了，央求他爸妈，说保证以后好好待我。

这样闹过一回，他老实多了。

这就是我俩的差异。有人品的，有性格的，有文化的，还有家庭背景的。

后来，我也冷静地分析过，我对田民没有真正的爱。我跟他结合，一是他长得太像天明了；二是可怜他；三是因为他爸妈对我好，他本人对我也好。所以，我感恩，我同情。但是，现实告诉我，感恩和同情代表不了爱情，更代表不了夫妻生活。我不止一次跟他说，夫妻生活不是蛮干，灯光、音乐、心情，两个人在一起达到一定境界了，是爱情的升华和血肉的交融。夫妻之间隔了一层纸就是朋友，把纸捅破就是夫妻。夫妻之间要多沟通。我是一个追求浪漫的女人。但我追求更多的是精神上的浪漫和满足，而不是物质和床上这些事。我说你房无一间，地无一垄，为什么嫁给你？就因为你对我好，你长得太像我第一个男朋友。可是我没能嫁给他，这是我一生的痛。女人要崇拜一个男人才会喜欢他，爱他，跟小鸟一样离不开他。我跟田民说这些，就像对牛吹口琴。他不懂，所以我不可能对他有真爱。

相反，田民真是从心里爱我。他是工人家的孩子，本人也是个工人，很本分。本分成什么样？有一次我俩过马路，后边来了个人走得很急，撞了我一下，两个人都摔倒了。田民先去扶人家，扶完之后给人家拍拍土，还说对不起。田民不抽烟，不喝酒，不赌牌，什么坏毛病都没有。用他自己的话，他找到我，像找了一块金子。连他妈都说，我们田民把你捧在手里怕碎了，含在嘴里怕化了，顶在脑袋上又怕掉下来，真把你当成宝贝。

那会儿，为了臭美，我在脸上动手术做了酒窝儿。我没告诉田民，悄悄就做了。手术后自己回家躺着。他下班回来一看，哎哟，你这是干吗呀？我说你甭管。他说你做手术也不跟我商量商量。我说干吗要跟你商量？我愿意，我喜欢！你长了酒窝，就不许我有酒窝啊？把他气得鼓鼓的。可是，当天夜里，我发烧了，烧得很厉害。他就哭，说老婆老婆，你可别这样，你想吃什么我给你去买。我说我想吃冰淇淋，特想吃。那会儿不像现在，夜里还有超市。那时候，大半夜的哪儿买去？他连想都不想，骑上车就到了西单。西单有一家专门卖冰淇淋的，他上去就咣咣敲门，给守夜的敲起来。人家还以为来了打劫的，隔门一看，他规规矩矩的，就问你干什么砸门？他央求人家说，你能卖我一个冰淇淋吗？我老婆病了，就想吃这口。人家就卖给他了。他拿回来以后，跪在床上喂我。喂一口，说怕太凉，还在自己嘴里含一口，再喂我。他妈在旁边看着，说看我这儿子，跟喂小鸟似的，多疼他媳妇！

可是，我这人性格就这样，在乎你是不是真对我好，你好过头了我又烦。田民就是这样，把我当成他碗里的菜，吃着，看着，防着，实在让我受不了。我从心里看不起他，把他当成一个替代品。要是一般男的早受不了，可是他受得了，他没自尊。

跟这样的男人在一起，跟这样的男人有了孩子，这难道就是我的命？

我不甘心。

我开始想天明，想跟他在一起的日子。一想，就流泪，恨不能长翅膀飞到他身边。

我知道，这是不可能的。但是，我控制不了自己。我想，如果我能到澳大利亚去多好，找一份工作，自己养活自己。不为别的，就为能看到天明。

我想天明想疯了，就做了一件傻事：给他写了一封信。

当然，信里也没说什么，就说我想去澳大利亚，希望他能帮我在那边找一份工作。

信写好了，没有地址，怎么给他呢？

我记得上学时，学过这样一篇课文，是契诃夫的《凡卡》。

课文里说，一个可怜的小男孩儿凡卡，被送到城里给鞋匠当学徒，受尽了折磨。一天三餐喝稀饭，夜晚还要摇摇篮，哄老板的儿子睡觉。要是孩子哭了，凡卡就要被打。在一个夜晚，趁老板出去了，凡卡就给爷爷写了一封信，诉说自己的委屈和痛苦，恳求爷爷把他接回乡下去。信写完了，没有地址，他在信封上写上"乡下爷爷收"，然后把信投进信筒。一个醉醺醺的邮差收走了这封永远也寄不到的信。晚上，凡卡怀着甜蜜的希望睡熟了。在梦里，他梦见了爷爷。

这篇课文，让我读一回掉一回泪。

现在，我跟凡卡一样，写了信，没地址。

总不能写上"澳大利亚苏天明收"，然后就丢进邮筒里吧？

我想来想去，壮着胆子摸到将军楼。正巧，为我开过后门的阿姨出来买菜。她看见我，先是愣了一下，接着又冲我笑笑。

我说，阿姨，我有一封信想带给天明，您能帮我交给他老爸吗？

阿姨想了想，说，我转交不好。这样吧，我带你进去，你亲自交给他，好不好？

我连想都没想，就说好！

阿姨跟卫兵说了说，卫兵通报后，让我进了将军楼。

我第一次见到了天明他爸，一个慈眉善目的老军人。

我一点儿也不害怕，觉得他跟我老爸一样，是个和蔼温情的父亲。

姑娘，什么事？他问。

我拿出信递给他，叔叔，您能帮我把这封信带给天明哥哥吗？

他接过信，抬眼看着我，好像看到我的骨头里。然后说，行。

谢谢您，叔叔！您真好！

他笑了。笑得很善良。

可是，打这以后，石沉大海。

我等得掉了魂儿，却永远没消息。

后来，好心的阿姨偷偷告诉我，那天我离开将军楼以后，慈眉善目的老将军就打开了信，看完后，点燃打火机，像干掉敌人一样，把信烧了。烧化的纸灰，是阿姨打扫的。老将军不但烧了我的信，还给有关部门打了招呼，把天明和他爱人梅丽的公职都辞掉了，让他们彻底留在了澳大利亚。

我心里唯一的火星儿，灭了。

我认命了，守着田民，守着将要出世的孩子。

还好，我平安生下一个儿子。我给他起名儿叫圆圆。希望他长大以后，事事圆满，不要像我一样。唉!

田民他妈、我妈，都喜欢圆圆。因为这是我们两家第一个孙子，两家抢着帮我照看。

尽管，我妈坚决反对这门亲事。

当圆圆上幼儿园的时候，大杂院赶上拆迁用地，给每家都分了房。

房子是为平民突击建的，质量差，面积小。两人对面走在楼道里，要侧身才能通过。

但是，住房条件毕竟得到了改善。田民家分了两套房，位于三楼。一套两间的，一套一间半的。他爸妈和他妹妹住大套，我和田民带着孩子住小套。

我们总算有了自己的空间，告别了大杂院，告别了煤球炉子，告别了二里地外的进不去人的公厕。

一天，我带圆圆去幼儿园，从楼上一下来，就看见楼前的空地上，有个人在擦摩托车。

摩托车是红色的 AS100，擦车的小伙儿二十来岁，穿一身将校呢的军装。

红车，绿衣，十分抢眼。他看我一眼，我也看他一眼。

哎哟，这小伙儿可真帅，浓眉大眼，一米八的个儿，腿特别长，仙鹤似的。

我呢，跳舞的身材，穿的是一件连衣裙。水红色，V 字领，开口很低。这是我自己做的。这种式样的连衣裙，大街上很少见。说老实话，也没人敢穿。

小伙儿看了我一眼，我也看了他一眼。之后，我们各走各的，谁也没搭理谁。

可是，就这么一眼，却让我有一种说不出的感觉。他是谁呀？是干什么的？

第二天，我带圆圆下楼，一出楼门，又看见了他。还是在那儿擦他的 AS100。

想不到，此后一连几天，我送圆圆出来，都看见他在那儿擦摩托车。

终于，有一天，他先跟我说话了——

姐，你上哪儿呀？

我送孩子上幼儿园。

白纸坊幼儿园？

对。

我送你一程吧。

不用了。

走着多累啊！

我习惯了。

说着，我就要带孩子走。

他跟了上来，诚恳地看着我。

姐，我送你一程吧，一脚油的事。我在白纸坊货场干活儿，顺路。

……那，也行。

我答应了。他让我把圆圆夹在中间，我坐后头。他长腿一撩，呜——

我们就飞了起来，跟仙鹤似的。

好风迎面吹，心情真爽朗！

从那以后，他天天早上送我。他告诉我，他叫姜树生，是货场装卸工，就住我们家楼下。

姐，你就叫我姜子吧。他说，咱俩的偶遇，其实是我制造的。

啊？！我叫起来。

我发现你老是七点多钟带孩子下来，就诚心等你。

为什么呀？

我觉得这小孩儿挺好玩的。还有……

还有什么？

还有，你穿的衣裳挺透亮的。

是漂亮还是透亮？

都是。

我笑了。

真的，都他妈是。他又重复一遍。

我看着他帅气的脸说，姜子，你挺好的小伙子，怎么说话这么糙？

他说，我是农民，没文化。

我说，你算哪家的农民啊，我才真正在农村当过农民呢。有时候，我说话急了也带脏字。其实，这真的很不好，还是改改吧。

姜子长得白白净净的，像个少爷。人心不坏，但骨子里却有一股匪气，七个不平八个不忿，对谁都不服。跟天明和田民比，他属于另类。姜子他爸是警察，老刑警。对人没好脸，看谁都像罪犯。那年抓一个亡命徒，没想这东西带着霰弹枪，抬手就一枪，他爸头一偏，霰弹打穿了嘴。血糊糊送到医院，取出二十颗铁砂。一照，还有十二颗，怕伤神经不敢取了，一直留到现在，天阴就疼。大夫说忍着吧，你捡了条命。家里人心疼他说，你换个活儿吧。他说，不换！刑警才是男人的活儿。这股狠劲儿也传给了姜子。姜子他妈在自来水公司上班，没文化，护犊子，什么事都是他儿子对。姜子是家里的独儿子，有个姐姐，也惯着他。这样一来，就养成他身上的匪气。

恰恰是这股匪气，让我感到挺新鲜，好像吃惯大米白面，想吃窝头了。

我问他，你有对象吗？

他说，没有。

我给你介绍一个吧！姜子，我是诚心诚意的。

你给我介绍谁啊？

我家小姑子。

小姑子？

对，我家小姑子。她叫田青，人长得漂亮极啦，跟花儿似的。我特疼她，她的裙子都是我给做的。你这么帅，小青一定喜欢。

果然，当我把姜子约到家里时，小青一看，喜欢得都走不动道儿了。老太太更是看个没够，拉着姜子问长问短，非要留人家吃饭。那天家里正好包饺子，包好的饺子临时找不到地方摆，就在板凳上铺了一张报纸，把饺子整整齐齐地摆在上面。

摆满了，怕落灰，又在上面盖了一张报纸。想不到姜子一进来，全家高兴得乱了营，老太太非要留他吃饺子。姜子还挺会说话，大妈，不啦，改天吧。老太太拉住他说，别走，别走，坐下，坐下！就往板凳那儿让。板凳上本来摆满饺子，因为盖上报纸就看不见。姜子大屁股一抬，就坐下了，只听扑哧一声，得，一板凳饺子全没法要了。姜子还纳闷儿哪，说你们家板凳怎么还流汤啊！

结果，吃饺子改成了换裤子，姜子捂着一屁股油跑回家去了。

小青还跟在后面叫呢，你就脱这儿吧！我给你洗！

老太太心疼粮食，收拾收拾，煮了一大锅。饺子不是饺子，片儿汤不是片儿汤。老爷子回家了，她给盛了一大碗端过去。老爷子拿筷子一挑，眼儿都直了，哎，今个儿吃的这叫什么呀，以前没吃过呀！

热闹归热闹，姜子跟小青就算认识了。只要楼下摩托车一响，小青就从窗户伸头往外看。老太太就说，看什么，还不快去！小青就跑出去了。

我看他们俩出去玩了，心里也挺高兴。如果他们能成，姜子就是我妹夫了，跟我们就是一家人了。真好！

那会儿，田民因为调到业务科了，经常出差。一走就是十天半个月。

一天，姜子拿着舞票找我。姐，咱们跳舞去！

我说，不行，我得看孩子。你跟小青去吧。

他说，有三张票呢。把孩子带上，一块儿去！

我笑了，啊？这哪儿行啊。

哪儿不行啊，让孩子也开开眼。走吧，今儿不是放录音，是活人伴奏。

我本来就爱跳舞，被他一忽悠，心就活了。那怎么去啊？

我骑摩托带你们。

三个人，行吗？

怎么不行？

姜子说得很有把握。就这样，一个摩托车把我们全带上了。我瘦，小青也瘦。我俩坐后面，把圆圆夹在中间。姜子说坐稳了，紧跟着，呜！摩托车就飞起来。

这家舞厅位于西四。来到面前，我忽然感到地面很眼熟，猛地想起来，以前这里是一栋小楼，我跟天明在小楼里参加过家庭舞会。现在小楼拆了，盖成了舞厅。我清楚地记得那天晚上，我在这里跳舞跳得太晚了，没回家，去艳艳家睡的。害得天明苦等了我一夜。第二天，他跟我吵架了。那是我们认识后第一次吵架……

如今，小楼不见了，天明也不见了。

只有窗口传出的舞曲，依旧像从前一样。很美，很忧伤。

> 好花不常开，
>
> 好景不常在。
>
> 愁堆解笑眉，
>
> 泪洒相思带……

天明，你听到这歌声了吗？

你还记得那个难忘的夜晚吗？

……

走啊，都开场了，快进去！

姜子的叫声，把我从梦中喊回。

舞厅里早就挤成人粥。那是个跳舞的年代，也是个精力过剩的时代。京城每个简陋的舞厅都爆满，跳舞的人个个半醒半醉。有钱的也好，没钱的也好，今天不管明天，明天人生几何，跳得昏天黑地，跳得汗臭屁臭。

我们挤进人群，找了座位。我抱着圆圆坐下来，先喘口气再说。小青迫不及待地拽着姜子，追着舞曲进了场。

果然不是放录音，是大活人演奏。

嘣嚓嚓！嘣嚓嚓！

鼓点儿节奏强烈，敲出满场神经病。有伴儿的搂着舞伴跳，没伴儿的搂着空气跳。

小青抱着姜子连跳了好几曲，大汗淌成落汤鸡，这才停下来。

两个人来到我面前，我急忙站起来说，小青，你快坐下歇会儿。

小青一屁股坐下了，拿手当扇子乱扇。

姜子跟我说，姐，咱俩跳一个。

我说，别啦，我要是跳起来，这场子里就没别人什么事了！

听我这样一说，姜子兴奋起来，嘿，真的？那咱们就耍起来！

他一拽我，不由分说把我拉进了场。

我回头对小青说，小青，帮我看会儿孩子。

她跟没听见一样，只顾扇手巴掌。

乐队操练起来，正好是个快三，我就随着曲子，跟姜子来了个满场转。

姜子又高又帅又会带，我杨柳细腰十六片裙，咔咔咔！这么一转，好家伙，全场大眼瞪小眼都看傻了，所有的神经病都老实了。

姜子说，姐，你跳得真好！

我说，你不想想我是干什么的？

姐，你是干什么的？

京纺舞蹈队队长！

怪不得，牛逼啊！

我俩跳了一曲又一曲，赢得全场掌声一片。

跳着跳着，我想起了圆圆，就拿眼睛乱找。

我看见小青抱着圆圆，坐在那儿两眼发直。哎哟，表情不对啊。

我对姜子说，我累了，跳不动了。你快去带小青跳吧！

姜子说，我不爱跟她跳，个儿那么矮，跟她跳特累。

我说，不行，咱们到此为止。

我就撒开姜子，跑过去抱孩子。我说，小青，你快去跳！

小青没理我，啪地把孩子冲我一扔，扭脸就走。

小青，小青！我叫她。

小青头都不回。

我一看，坏了，冲姜子说，看看，我说我不跳，你非要跳。

我俩赶紧追出门去。

哪儿还有人啊，小青早打车回家了。

看着远去的车灯，我对姜子说，今天我不该来，都是我的错。

姜子说，姐，不是你的错，我叫你来，就是想叫你跟我跳。

我说，你说什么哪，你们俩谈恋爱，我是当灯泡的。

想不到姜子说，谁跟她谈啦！

我一听，严肃起来，姜子，你跟我说实话，你对小青到底有没有意思？要是没有，可别伤了她，她是我小姑子呀。

姜子也严肃起来，姐，我今儿跟你说实话吧，我是看你的面儿赏她的脸。我喜欢的是你！

听姜子这样说，我的脸腾地一下着了火。

我说，那不可能，我是她嫂子！

姜子说，我再说一遍，我就是看你的面儿赏她的脸。我喜欢的是你！

我说不出话了。两眼看着姜子，姜子也看着我。

我的肚子里有个小人儿对我说，你听明白了吧？喜欢的是你。我对小人儿说，你开国际玩笑！我有家有孩子，年龄也比他大多了，可不能跟我开这种玩笑。小人儿说，那怎么了？他的心已经让你给揪走了，你知道吗？我说，我知道。其实，我……也有点儿喜欢他。可是这绝对不可能，我必须要跟他冷下来。小人儿说，你冷得下来吗？我说，冷得下来！

我对姜子说，姜子，我是你姐。你要听我的，咱们到此为止。

姜子说，什么到此为止啊？

我说，跳舞到此为止，什么都到此为止。走吧，咱们回家吧。

姜子没再说话，推上他的摩托车。

我们无言地告别了舞场，告别了我跟天明都熟悉的地方。

天晚了，街上的灯亮了。

眼前一片光明。心里一团漆黑。

身后，传来舞厅的音乐。很美，很凄凉。

今宵离别后

何日君再来……

21

⋮

我开始有意躲着姜子了。

想不到小青不但跟我生气，还跑到我爸妈那儿告了我的状，说我跟她抢姜子。

我爸妈顺着她的指点，找到了姜子。

我妈说，小姜子，你是个好孩子，你听阿姨讲，你比菊儿小五岁，也没结过婚，不知道生活是怎么回事。菊儿呢，是你姐，是孩子妈，你离她远点儿。

姜子委屈得差点儿哭了，扭头就走。

我爸追上去，拉着他的手说，小姜子，你阿姨说话可能有点儿不客气，可她是为你好。

姜子说，我又不是小孩儿，我知道。

这些，我当时一点儿都不知道，还是后来姜子告诉我的。

总之，打这以后很长时间，我不理姜子，姜子不理小青，小青不理我。

得，都成狗不理包子了，就差上笼屉蒸了。

这时候，厂里要进行人事变动，厂长力主调我进京城搞销售。我听到消息特高兴，离家近了多好啊，省了路上的时间，也方便带孩子。可是，徐副厂长不同意。徐副厂长是个女的，人称徐半老。厂里的工人烦她徐娘半老了还天天涂脂抹粉的，说话不着调，就叫她徐半老。她把早上带来的袋装牛奶放在开水房的暖气上捂着，工间操的时候看见杜师傅去打开水，就说，杜师傅你过来，我跟你说个事。杜师傅问啥事？她说，你摸摸我的奶热不热？杜师傅一听直翻白眼。徐半老平时就嫉妒我，老给我小鞋穿。一听厂长要让我进城，她就说谁去也不能让菊儿去，她是跳舞的，干不了销售。我就跟她争辩。

厂长说，你俩也别争了，厂里有一笔四十万的欠款，谁都要不回来。菊儿，你敢去要吗？

我说，我不吃不喝，也要把这四十万要回来。

厂长说，行，要回来了，你就调销售科。

徐半老说，那要不回来呢？

我说，要不回来我辞职。

徐半老就跟厂长飞眼，你听到了吧？

厂长装没听见。

我就坐火车去了。欠款那家服装公司在沈阳，老板叫韩峰，胖胖的，两眼一条缝儿。

我跟他说，韩老板，你拿我们厂的料子做裤子，有这回事吧？

他说，不错。

我说，你把这四十万还给我们行不？你跟我到昌平看看去，我们厂几千个女工，等着拿这些钱买奶粉，几千个孩子等着吃呢！你又不是没有钱，那么大一个公司，哪怕你还我一半也好呢。你要是不给，我就不走了，就住这了。

他不理我。我就天天跟着他，他上哪儿我跟到哪儿。他说你这孩子怎么这样啊！我说就这样，我就是要账来了。他让我喝酒，我说不会；他让我抽烟，我也说不会。

后来，他在饭桌上跟我打赌，说你什么也别吃，把这半瓶白酒给我喝了。喝了，我就把钱给你。

我说，行，我今天舍命陪君子，喝死也喝！

我从来滴酒不沾，那是半瓶白酒啊！我拿起来，眼一闭，咕咚，咕咚，喝个底朝天。

天旋地转，烈火烧心。我以为自己死了，酒瓶子一扔，就钻桌子底下了。

过来好几个人，把我扶到宾馆里。我又吐又哭，跟大疯子一样，整整睡了两天。

韩老板一看，说行，咱老爷们儿站着尿尿，四十万我给你！

四十万到底拿回来了。临上车的时候，韩老板还跟我说，往后要是没工作了，你就来我这儿干！我说行，到时候我给你管钱。谁来跟你要账，先过我这关！

我把钱拿回来了，厂长特高兴，说国庆节过后你就进销售科。

徐半老背后说，肯定又开腿卖啦！我要是卖，也能拿回来。

听的人背后说，她想卖，也得有人要啊！旁边就有插嘴的，怎么没人要？杜师傅就要！说完，就尖起嗓子学徐半老，杜师傅，你摸摸我的奶热不热？

追账成功，让我突发奇想，我有本事为厂里要账，干吗不自己干呢？干吗要在这儿受小人气呢？我觉得，真的辞掉工作干个体，说不定会比现在过得好。

我妈听说我有这个想法，吓得直哆嗦。菊儿，你可不能丢了铁饭碗去当个体户啊！

看看把妈吓成这样，我心里的火苗就灭了。结婚没听她的就错了。

有一天，姜子突然来找我，姐，我跟你说个事。

我问，什么事？

我们家要搬走了。

啊，真的，搬哪儿去？

白纸坊那边。

我心里一沉，不知说什么好。

姜子又说，我想上驾校学车，你帮我开个病假条吧。

我脑子里一团乱，都没听见他说什么。噢，噢，谁病了？

我稀里糊涂地顺嘴瞎问。

姜子看我没接茬儿，也没再说了。

过了两天，他家真的搬走了。

上楼，下楼，楼门前空荡荡的，我心里说不清是什么滋味儿。

一恍惚，好像又看见他穿着一身军绿，蹲在那儿擦红摩托。

姜子！我叫了一声。

没人答应。

风吹起一个红塑料袋，飘啊飘，飞上半空。又被一阵风卷下来，落在我的面前。

我捡起来，拿在手上。你是给我带信来了吗？

姜子过得怎么样？

他进驾校学车了吗？

……

一天，姜子的姐姐跑来找我，说姜子还没有进驾校。

菊儿，姜子特别想学开车，你帮帮他。听说你有同学在医院工作，帮他开个病假吧！

听他姐这样一说，我才想起姜子跟我说过开病假的事。

我问，学车干吗还要开病假呢？

他姐说，嗨，你不知道，学车考本要半年，正常上班的人根本学不成，只能开病假。

我这才明白了。想想真对不起姜子，当时应该跟他问清楚了。

的确，那会儿学车很难。不像现在，驾校遍地开花，仨瓜俩枣瞎糊弄，净为赚钱了。结果，到处都是马路杀手。出了事一问，全有本。

我找到在人民医院当大夫的同学刘忆嘉，好话说了一箩筐，给姜子开了半年病假。肾盂肾炎。

拿着病假条，我眼泪差点儿掉出来。刘忆嘉跟我同班不说，还一起去昌平插队，一起贴饼子。我在公社政工组工作的时候，不少单位来招知青，其中就有人民医院。管知青分配的小张对我说，嘿哟，都是好地方。菊儿，你是孙悟空进了蟠桃园，想吃哪个，随你挑！我说，除了工厂，哪儿也不去。小张叫起来，你王八吃秤砣啦！我说，吃秤砣怎么啦，吃秤砣，拉秤砣！小张气得脸都歪了，你真是，打着手电进茅房——找死（照屎）！结果，人民医院这个名额就给了刘忆嘉。

唉，现在，我还在昌平当工人，刘忆嘉已经是小有名气的大夫了。小张说得对，我真是找死。

我把假条给了姜子他姐，她连个谢谢都没有。

又一想，干吗要她谢呀，我巴不得能为姜子做点儿什么呢。

22

转眼半年过去了，有一天，我正在上班，杜师傅突然来车间找我，一脸的神秘。

我马上想到可能是天明来信了。忙问，海外来信啦？

杜师傅小声说，信没来，车来了。

啊？大红旗来啦？

杜师傅摇摇头，换了。

换了？

可不，车换了，人也换了。

啊？人也换了？

我被说得糊里糊涂的，赶紧跟着杜师傅往大门口走。

来到门口一看，路边停了一辆面包车。哎哟，是谁啊？

咔的一下，车门打开了，驾驶室里跳出一个人来。

天啊，是姜子！

他冲我大嘴一咧，姐，我车本拿下来了！

哎哟，真好，真好！

姐，我想带你玩玩去。

啊？我正上着班呢。

那怕什么！

姜子说着，把车厢一拉。好家伙，里面坐了一帮傻小子。

姐，你看，车上这些都是我哥们儿，老大、老二、老三、老四，都来了！大伙都说要谢谢你，没有你给开假，我也学不了车拿不了本儿。

我问，这车是哪儿的？

姜子说，货场的。从今往后，就归我开了。牛逼吧！

车上的傻小子们七嘴八舌乱叫——

姐，你是大功臣！

姐，你赏个脸，跟我们玩去吧！

姐，上来吧，这么多人呢，怕什么！

姐，姜哥拿到车本后，说第一件事就是想带你兜兜风！

一通姐啊姐的，叫得我心花怒放。

我问，到哪儿玩去？

颐和园！

我高兴地说，行啊，走，颐和园就颐和园！

杜师傅拉拉我，菊儿，山路不好走，要当心啊！

山里刚铺的柏油路，平得镜子似的。我知道他是话里有话。

我说，杜师傅，您放心，我把握着哪！

记得那是九月里的最后一天，要过国庆节，班上没什么活儿，请假挺容易的。

我请好假出来，上了车。姜子一脚油门，车就飞起来。哎哟，真潇洒！

姜子一边开车，一边回头看我。美得春暖花开的。

我说，别看我，看路！

他说，路没姐好看。

一车人笑得金光灿烂。

车开出好远，我才想起来，坏了，没跟田民说一声。

姜子拉着一车人来到颐和园，大家叫着闹着下了车，买票进园。

昆明湖绿，万寿山青。蓝天融进湖里，长桥架在天上。旧时王谢堂前燕，飞入寻常百姓家。慈禧享受够了，也该我们享受了。一进公园，背了相机的老三就扯脖子喊，照相，照相！大家嘻嘻哈哈照起来，左一张，右一张。

姜子突然搂住我，冲老三叫着，来，来！

我说，哎，别这样照呀。

他说，怕什么，照一个，照一个！

老三一按快门，啪！

得，定格了。

我突然想起田民那张死人脸。可别让他看见，没事也有事了。

我赶紧叫起来，老三，你千万别去洗，你要洗我就死定了。

老三说，照了不洗，多浪费表情呀。

我说，你把胶卷给我，我去洗。哪张要哪张不要，我好掌握。

老三说，我就想要你跟姜哥那张。

我说，下辈子吧！

老三说，我的妈呀，我可等不了，太长了。

说着，把胶卷倒下来给了我。我拿手绢包好，藏书包里了。

第二天是国庆节，北京喜气洋洋的。我妈做了好吃的，叫我跟田民带圆圆过去吃。田民说我不去。我说，不行。他说，那好吧，走吧。我说，你先等等，我去烫个头。我这头跟疯子似的，没法见人。回头吃了饭，咱们带圆圆上公园去玩玩。田民说，行，你去吧。

理发馆就在我家楼下。我进去坐下，跟师傅说，还照老样子烫。师傅笑着说，知道，就是烫个狮子狗。今年流行狮子狗，满大街走的都是。边说，边把发卷儿卷我头上。

发卷儿刚上头，田民就进来了。

我一看他的脸，就看到他骨头里。平时那脸跟猫似的，哎哟哟，老婆，你是维纳斯，你是小金鱼。这会儿不一样，换成张飞了。

菊儿，你给我出来！

我听他一叫，头皮都炸了，你这是要干吗？

给我回家！

说着，他上来揪住我胸口，像老鹰捉鸡，把我从理发馆揪出来。

师傅追上来，嘿，嘿，我那发卷儿还在头上呢。

田民拿手一撸，把发卷儿撸了一地。他提溜着我，从一楼一直到三楼。

这是他对我第一次动手，我恨不得咬死他。

一进家门，他二话不说，就扒我裤子。

我说，大白天的，你要干吗？

干吗？你说干吗？

他把我往床上一推，从兜里掏出一样东西，啪地往我眼前一扔。

我一看，头发根儿都立起来。

一卷胶卷。一卷冲好的胶卷！

这狗东西翻我书包，翻出了卷胶卷，拿去冲了。

我叫起来，你凭什么翻我书包？

他的五官都错了位，我凭什么？凭你是我老婆！

我一把抓住胶卷，放嘴里就咬。一张一张地咬，咬得粉碎。

田民当没看见，按住我脖子，脱了裤子就干我。

他爸妈就在对门屋里，我怕害羞，不敢嚷嚷。

我拼命挣扎着，咬着牙，流着泪。田民，你他妈强奸我，我告你去！

田民说，强奸你就强奸你，你有脸告去！

他发完邪火，泄了气，提起裤子走了。

我边哭边穿裤子。怎么也穿不好，一看，裤子被撕坏了。我换了条裤子，抹抹泪回家了。

爸跟弟弟妹妹上街了，家里就剩下妈一个人。

我一进家门，妈就看出来了。哟，菊儿，这是怎么了？

我说，没怎么。

田民怎么没来呀？你俩是不是又吵架啦？

妈，没吵，没吵。

那你哭什么呀?

妈一问,我再也忍不住了,眼泪哗啦哗啦往下掉。

想起妈在干校烧砖的可怜样儿,想起我用土坷垃在猪圈上写,身在猪圈,心想我妈……越想越委屈,越觉得对不起妈。后悔当初没听妈的话。

妈,我要离婚……

妈长叹一口气,唉,忍了吧,菊儿,孩子都有了。

这时候,门外传来咚咚的脚步声。是田民跟来了。

他一进门,就对我妈不是鼻子不是脸的。

我妈问,田民哪,大过节的,这又是怎么啦?

怎么啦?田民叫起来,看您女儿干的好事!

说着,把手里拿的东西塞给我妈。

我一看,天啊,是我跟姜子的合影照!

想不到,田民这个贼,冲出胶卷后,把我跟姜子的合影洗出来了。我咬碎的胶卷里,根本就没这张合影。

我妈拿起照片看了看,说,不就是一张相片嘛,这不挺正常的吗?

田民吼起来,这还正常?您先调查调查这男的是谁再发言吧!

其实,因为小青告状,我妈不但见过姜子还说过他。小青告状的事,我当时还不知道,田民就更不知道了。现在,听见田民乱吼,我妈却假装不认识姜子,故意问,他是谁啊?

田民说,他是一流氓!原来就住在我们家楼下。

我妈也提高了声音,他怎么是流氓了?

田民一跺脚,好,我把他揪来,让他自己说!

说着,就要往门外走。

我一看不好,这东西想玩命,站起来赶紧去锁门。

咔!我把大门锁上了。回头一看,他早没影了。

哪儿去了?

我妈说,跳窗户了!

啊?

我赶紧扒窗户看。

我妈家住二楼，田民有本事翻出窗户，抱着雨水管顺下去了。

摔死他！我恨恨地说。

菊儿，今儿个要出大事啊，你快着点儿！

妈，怎么了？

他从咱家把菜刀拿走了！你快去找姜子，别给人家砍了！

我一听，也急了。姜子打架不要命，动起手来，田民哪是他的对手。弄不好小命都没了，那姜子也就惹上大麻烦了。我冲出家门，骑上车就往姜子家蹬。

幸亏我送病假条的时候，跟姜子他姐问了道儿，要不然就全瞎了。我又想，田民怎么会知道姜子家在哪儿呢？看来，他盯姜子不是一天两天了，连人家搬到哪儿他都知道了。他可真够贼的，我小瞧他了。我越想越气，脚下生风，蹬得飞快。不一会儿，就到了白纸坊。

找到姜子家，只见一家人正围坐在一起吃饭呢，就是没有姜子。

姜子他妈看见我来了，放下筷子笑着迎出来。

菊儿来啦，快屋里坐。

我问，阿姨，姜子呢？

他姐抢着说，姜子加班去了，出什么事了？

我也顾不上寒暄了，姐，田民要过来打架。

他妈一听，拉下脸来，啊？这是为哪门子呀，大过节的不消停！

我说，阿姨，我一时半会儿也说不清。您劝着点儿，千万别让他俩打起来。

他姐离开饭桌，横着就过来了，敢跟姜子动手，他有几个脑袋啊！

我说，他拿菜刀来了……

啪！姜子他爸一拍桌子站起来，他还想杀人哪！来吧！

他随手就抄起电警棍，我今个儿电疯了他！

这工夫，姜子提了一个大蛋糕回来了。走到门口，正好遇上田民。

田民就骂，姜子，你这个臭流氓！

姜子哪儿吃这套啊，声都不吭，一蛋糕就盖过去。

吧唧！蛋糕正扣在田民脸上，把他糊成个石膏像。姜子跟上去就是一脚，扑通扑通！把田民踹了个大马趴。田民手里根本没拿菜刀，可能是害怕，半道儿给扔了。他被踹得爬不起来，嘴还硬呢，姜子，我今个儿跟你没完！姜子也不还嘴，追上去又是一顿老拳，打得田民尿了裤子。大家一起上前拦住，别打了！别打了！

姜子他姐夫把田民抱起来，说你打不过他，你快跑吧！

田民扭头就跑，姜子还要追。我上去一把抱住姜子，他一挣巴，咔的一声，袖子就掉下来一只。他用多大的劲啊！就这样，半只袖子都没了，还要追着打，被他妈好歹挡住了。

田民一看姜子没追了，回过头冲我一指，好，你个骚货，你跟人家照相，还跑来给人家报信！

我说，我报信怎么了，你凭什么到人家家里闹腾！

田民叫起来，我打死你这个骚货！说着，上来就要打我。

姜子像鹰一样飞过去，一把揪住他脖颈儿，姓田的，我他妈警告你，菊儿是我姐，你有什么事跟我说！是我带她去玩的，是我跟她照了相，一切都是我干的，跟菊儿姐没关系，要打要骂你冲我。你再敢动手打她一下，我把你大筋给挑了！打女人算什么本事？那是你媳妇，你知道吗？

姜子给了我勇气，我说，田民，你好好想想，姜子为什么这么硬气，因为我俩什么事都没有，不像你想的！

姜子对田民说，你跟我姐道歉！

田民不吭气，斜着眼看我。

姜子抬起手来，你他妈道歉不道歉？

田民一看躲不过去，就说，我错了，我错了。

我说，你记住，男人打女人是最无能的。

田民说，哎，哎，我记住了。我先回家了。

他被打得尿了裤子，再不走太丢人了。

田民走了。我跟姜子说，谢谢你了，我的事让我自己回去解决，行吗？

姜子说，回去他再打你，你就告诉我！

我以为闹了这么一场，田民可能会收敛收敛。当然，日子这样过也过不好。我决定回去收拾一下，先到我妈家住一段再说。想不到，我骑车回来，田民就躲在一楼的楼道里等着我。看见我回来了，他扑上来就抓住我，从一楼一直提溜到三楼，往家里一推，关起门就打。噼里啪啦，噼里啪啦，连揪头发带打，又脱鞋抽。

我一声没叫，一滴泪也没掉，就支着让他。我说，田民，有本事打死我！

小青听见了，探头看看，又回屋了。眼光恶毒而快乐。

他妈听见了，从隔壁追过来，这是干什么，这是干什么？

我说，妈，我什么事都没有，他就怀疑我，打我！

他妈扑通就跪地上了，抖着身子说，田民哪，你可不能这样啊，人家是家里的娇女儿，你要是给打坏了，咱可负不起这个责哪！

田民不听，像疯了一样，边打边叫，我打死你！

咣叽一只鞋，咣叽一个板凳，逮着什么就扔什么。

我说，田民，你真是小丑，刚才还跟我道歉，现在旁边没人了，你就凶起来。我长这么大，爸妈都没对我动过一手指头。你总觉得我对不起你，欠你的，对吧？好，现在你打我了，你出气了，咱俩扯平了，缘分也到头了。今天只要你打不死我，我就跟你离婚！

田民说，离婚？你休想！你想嫁给那个流氓，没门！

我说，姜子根本就不是流氓，他比你强。我告诉你，我从来也没想过要嫁给他，从头到尾都想好好跟你过日子。可是你，你把我这颗心彻彻底底撕碎了！我跟你离婚离定了！你知道你最可悲的是什么吗？你从没有得到过我的心！你不就是怀疑我跟姜子好吗？那我就应了你的话。说实话，我以前没有这个想法，从现在开始就有了！今生今世，我要不跟他结婚，我就是孙子！这回你踏实了吧？你起来，让我走！

田民张开两手堵着门，不让我走。

我急了，拿起一个书包就抡他。你给我起来，我要回家！

你回什么家，这就是你家。

这不是我家，这是一魔窟！田民，你好好想想，我图你什么，我嫁到你家什么也不图，就图你对我好。难道这就是你对我好吗？夫妻间最根本的就是相互信任，从结婚那天起你就没有信任过我，一直怀疑我。你说我到底做错了什么？我今天跑到姜子家，是怕你被打坏了。你打得过姜子吗？我告诉你，我没有一点儿对不起你的！可是你一再动手打我，我还能跟你过吗？我不能老让着你，你想怎么着就怎么着。你给我起来，别堵门！

田民说什么也不让。

我说，你今天不让开，我就从楼上跳下去，你信不？

边说，我就往窗台上爬。

他妈扑过来拽着我，菊儿，菊儿，使不得，使不得啊！

我说，妈，我在你们家待不下去了，我要回家，我要回家！

他妈又跪在田民跟前哭，田民呀，妈求你让她回家吧，她还会回来的……

就这样，田民放了手，我回了家。

其实，我没脸回家。

爸妈从根儿上就不同意这门婚事，是我耍性子非要这样，气得他们不想理我。我妈有心脏病，婚后田民跟我吵来闹去的已经够她烦的了，她怎么劝都不行。她说我，我不听；她说田民，田民不听；她说姜子，姜子也不听。大家都觉得自己没做错。那是谁错了？我也不知道。可能还是我错了。要是当初听了爸妈的，不跟田民结婚，也就没这些事了。

现在，苦酒酿成要自己咽，不能再给爸妈添烦。

可是，不回家，住哪儿呀？工厂不能住。再说，那儿也没我的床了。

就在这时候，我突然接到通知，说厂里不景气，要下岗一批工人，其中就有我。

要好的姐妹告诉我，都是徐半老使的坏。

本来厂长说，过了国庆节就让我搞销售了，生被徐半老给搅黄了。

没了工作，没了家，像断线的风筝，离了水的鱼。

我没哭，哭也没用。那会儿有个电影，叫《莫斯科不相信眼泪》。

眼泪是为自己流的。要流，也往自己心里流。

我对自己说，菊儿，你不是早就想自己干了吗？

我决定用买断工龄的钱，开一个小店，自己养活自己。

开什么店，还没想好，先租个房子住下来再说。天无绝人之路！

到哪儿去租房呢？

那会儿租房，全是靠熟人互相介绍。不像现在，中介多如牛毛。

我不愿意让熟人知道我的处境，就在远离两个家的一条小街上挨门打听，希望找到一间租得起的房。只要能放一张床就行。

应声为我开门的人，要么呆头呆脑，要么像看见了大灰狼。

我有那么可怕吗？

天上下起了雨，我徘徊在雨中，像一个游荡的魂。

孤独中，我想起了姜子。

这会儿，姜子要在多好啊！

姜子，姐想你。

这时，忽听身后有人问，是要租房吗？

{第四章}

23

...

我回头一看，正是他。

姜子！我大叫一声，眼就潮了。

姐，我都知道了。

你一直跟着我？

我怕你想不开。

我不会。

我小看了姐。姐，你是好样的！

……

我看着姜子，说不出话了。眼泪直打转。

姜子撑开伞，姐，走吧，房子给你找好了。

啊？

走吧，跟我去看看行不行？

我再也忍不住，一把抱住他，泪水哗哗地冲出来。

姜子，你真好……

姜子搂住我。一只大手，轻轻为我抹去脸上的泪。

姐，不哭了，咱们去看房。

我紧紧抓住姜子，好像怕他跑了。

不再怕风，不再怕雨，因为有了姜子。

深一脚，浅一脚，来到地方一看，房子正合我意。

一间小平房，一个小院子。利索，清静。

说是来看房，其实姜子早已把屋子收拾得干干净净，崭新的被褥也铺好了。温暖，舒心。

姜子问，姐，往后你怎么办？

我说，想开个小店，自己养活自己。

他眼里放出了光，要我做什么，就言语一声。

我说，走，咱们先去吃饭，姐要好好谢你。

他说，姐，改日吧，我还有事。说完扭头就走。

我急了，姜子，你别走！

姜子站住了。

我说，今晚我不让你走……

姜子愣了一下，突然说，姐，你离婚我就娶你！

你说什么？我叫起来。

你离婚我就娶你！

姜子又大声说了一遍。说完，纵身雨中，化作一片模糊。

他的话来得太突然。

是我想听的，也是我怕听的。

我心里发起洪水，一浪高过一浪，翻腾得没法控制。

晚上，一掀被子，想不到发现了一封信。

姐，我这辈子从来没有这么喜欢和心疼一个女人！

不知道为什么，一见你，就会让我心疼。

姐，你知道吗？每次见了你，我都想跟你多待一会儿。每次跟你一分手，想起田民打你，我就难过。可是我没办法。我看见你被田民打，比打我一顿还难受。现在，你出来自己过，我特别高兴。你记着，有什么苦，有什么难，就来找我。万一田民找到你，他再打你，你一定要告诉我。我饶不了他！我就是看不得你被人欺负。

姐，你知道吗？每次跟你一分手，回到家，我就想你在干什么？你跟田民一起在做什么？一想到这些，我的心就像针扎一样。一个人坐在床上，望着天花板，脑子乱七八糟。

姐，你想过我吗？

姐，我喜欢你。我心里已经装不下别人了，全是你。我不会甜言蜜语，不会哄你开心，但是我能拿生命捍卫你。你要是有病了，我能给你捐肝、捐肾，捐什么都可以。只要你好好的！

我是个糙人，没文化，但我说的是真话。

姐，你离婚我就娶你！

你离婚，你不离婚，我都等你。

除了跟你，我一辈子不结婚。

你给我一个话吧，姐。

姜子的信，让我哭湿了枕头。

他比我小五岁，我不但结过婚，还有个孩子。这事，明摆着不成。

答应他，就害了他。

不答应，心里又难受。

老天啊，你为什么要折磨我？

我刚有了住处，京纺的厂长就联系上我，说城里搞销售的还是缺人，问我愿不愿意干。如果愿意，就签合同，一年一签。我说既然缺人，干吗还让我下岗？他在电话里说，这事就别提了，是徐副厂长跟人事乱整的，我都不知道。但已成事实，不好挽回了。我真是感到对不起你，所以有了这个再就业的机会，就第一个给你打电话。我心想，也好。虽然由正式工变成了合同工，总比没工作好。自己开店的事，还八字没一撇，先干着销售吧，骑驴找马。

安下了身，又有了工作，接下来要做的，就是去法院申请离婚。婚必须离！

田民死活不离。拉锯扯锯，希望我能原谅他。

他妈妈更是窝心了。老太太整夜整夜不睡觉，开着长明灯。她给我写了一封信，七页纸，说闺女你能不能不跟田民离婚呢？看在我老太太的份上，给我一个面子。他打你真的该死，但他是真的爱你。他这辈子第一个女人是你，最后一个也是你。你能不能原谅他一次？最后原谅他一次。我保证他不会再打你。你跟姜子的事我理解，我作为女人，也有过这样的事。可是我儿田民呢，是艮萝卜一个。他不是不相信你，是太爱你了，老怕失去你。我求求你能原谅他。

看着老太太的长信，我流泪了。

想起过门时，她说，菊儿，你先把这碗水喝了。

想起过日子时，她说，菊儿，我给你买了两块布头儿，一共八块钱。

老太太是好人。老太太可怜。

但是，我没动摇。我不能动摇。

结婚不易，离婚更难。八年抗战，我最终胜利了。八年啊！

办案的法官很年轻，还不到三十岁。他说家里的东西呢，财产呢，怎么分？

我说我什么也不要，房子、钱全给他，把孩子给我就行了。

法官说，哎，你俩挺逗啊！田民也说什么都不要，只要孩子。你俩每次来都为争孩子，从没在钱财上争过。

我说，我压根儿就没图过钱财，也没做过出格的事。从他打我那天起，我就觉得我俩不能在一起过了。田民既然想要孩子，就随他。你只要判我俩离婚就行。

法官特别同情我，每次约谈完了，他都让我先走，怕田民出去打我。

但是，田民不敢。为什么？每次去法院，都是姜子开着货场的面包车带我去，他要保护我。有他我就有了靠山。有一次我过马路，被后边一个疯跑的人撞倒了，那情形与我跟田民有一次过马路时被人撞倒一模一样。田民先去扶人家，还给人家拍土。姜子呢，当时手里拿着一个刚买的搪瓷脸盆，他冲过去揪住那人，举起脸盆就往脑袋上砸。只听咣的一声，那人就倒地上了。脸盆砸个大坑，掉在地上，还咔咔地往外爆搪瓷呢。每次去法院，姜子都开车送我。我进去了，他就在车里等着。田民看在眼里，气在心里。他没有别的办法，就是死扛，说什么也不离。

我当着法官面对他说，你说不离没用，法院会根据实情判。哪天要是判我跟你离了，我就冲西边磕仁响头。

最后，法院硬是判离了。

判离那天，田民大哭起来。泪水不是流出来的，是大块大块掉下来的。

我也没有磕仁响头，回到车上就哭了。

想起我们走过的日子，想起那个炎热的生日之夜的冰镇西瓜，想起田民以前对我的好……

姜子问，判了吗？

我点点头。

姜子说，我还以为没判呢！

我说不出话。

姜子看着我，姐，你后悔了？现在回头还来得及，可以复婚啊。

我抹了抹眼泪，开车吧！

姜子缓缓地把车开起来，不像平时，一脚油门飞起来。

法院渐渐远去。

我回头望窗外，法院的高墙下，有一个小黑点儿。那是田民。

我的眼睛又模糊了。

姜子按下车里的音响，想不到音响里缓缓地流淌出让我心酸的歌。

> ……
>
> 谁的眼泪在飞
>
> 是不是流星的眼泪
>
> 昨天的眼泪变成星星
>
> 今天的眼泪还在等
>
> ……

离婚后的那些日子里，田民的哭声总在我耳边萦绕。

他的泪水不是流出来的，是大块大块掉下来的。

24

在跟田民打官司离婚的漫长的八年里，姜子一直不离我左右。帮着我，守着我，护着我，等着我。

我跟他说，你还是找个女朋友吧。我岁数大，结过婚，还有孩子，我们不合适。

姜子看着我，姐，你说的是真话吗？

我说，是真话。

你看着我。

我就看着姜子。

我俩谁都不再说话，就那么对视着，一直看得我低下头。

姜子又问我，姐，你说的是真话吗？

我点点头，又摇摇头。

离婚漫长。这年春天，我得了急性阑尾炎，住院做手术。

跟我同屋的一个女孩儿叫颜莉，是弹钢琴的，22岁，长得很漂亮，也是做阑尾炎手术。颜莉活泼可爱，跟我无话不说。看着她花儿一样的面容，听着她无忧无虑的笑声，我从心里说，年轻真好。老天能再让我年轻一次吗？

我住院的事，不知道田民怎么听说了，就来医院看我。

我说，你走吧，不用你操心。

田民不走。

我问他，圆圆怎么样？

他说，挺好的，就是想你。

我说，别说这些，你走吧。

田民还是不走。我不再理他了。他叹口气，坐在那儿发呆。

后来，医生来查房，把他请走了。

田民走后，颜莉问我，这是谁呀？

我说，是我老公。

啊？你老公？你干吗不理人家呀？

我正跟他打官司离婚呢。

颜莉瞪大眼睛，干吗离呢？我看他挺老实的，长得也好。

我笑了笑，没说话。

一会儿，姜子又来医院看我。潇洒，帅气，像线一样拴住了颜莉的眼珠儿。

姜子走后，颜莉问我，这又是谁呀？

我说，是我弟。

颜莉叫起来，菊儿姐，你弟可真帅，像跳芭蕾的。

我说，你喜欢吗？喜欢我给你介绍介绍。他跟你一样，还没对象呢。

颜莉的小脸儿一下子就红了，我……挺喜欢的。

我说，论年纪，论相貌，你俩真的挺合适。可他不是跳芭蕾的，是工人，在货场开车。小颜，你是弹钢琴的，是艺术家，你爸妈能同意吗？

颜莉说，这事呀，我爸妈得听我的。明年我要到日本去留学，我可以让你弟跟我一起去。我让我的日方保证人给他找个工作，边干边学日语。说不定以后发展好了，我们就不回来了。到时候，把你也接去。菊儿姐，你看行不行？要行，就跟你弟说说吧。

我说，八格牙鲁！明天我跟他米西米西，再回你话。

颜莉笑起来，哈哈哈，米西米西是吃饭，不是商量商量。

第二天，我跟姜子说，姐给你介绍一个对象吧，特漂亮！

他看了我一眼，真的？

我说，真的。

行！

听他答应得这样痛快，我的心像被刀剜了一样。

我说，这姑娘你见过了。

姜子问，是不是跟你同屋的那个女孩儿？

我说，是。她叫颜莉，是弹钢琴的。她说挺喜欢你的。如果你要愿意，我就给你俩介绍介绍，明天你俩去看场电影。

姜子说，行啊，我俩到哪儿你就甭管了。

本想试探试探，想不到姜子蹬梯子就上了房。

我的脸上麻酥酥的，像爬满了蚂蚁。

颜莉听说姜子同意了，高兴得搂住我直啃。又说她只有病号服，没法儿出门。我说我带衣服了，就拿出我的衣服给她穿上，还给她梳了头，把她打扮得漂漂亮亮的。临走，我心酸酸地说，你去跟他玩，晚上九点半必须回来。因为医院要锁门，你可别超过这个时间。她说好的，就走了。一蹦一跳，像只快乐的小猫。

颜莉走了，病房里空荡荡，全是药味儿。我拿起给姜子织了半截的毛衣，边织边掉泪，自己跟自己打心架。一会儿，你哭什么哭？你跟姜子明摆着不合适，别害人家！一会儿，谁让你不知道珍惜姜子？明知道他是真心的，干吗还要试探？一会儿，你看姜子答应得多痛快，说明他喜欢颜莉。你不能自私，不能委屈了姜子……

道理我都明白，可就是管不住眼泪。

九点了，他们没回来。

九点半了，他们还没回来。

十点了，门响，我急忙起身看。

不是他们，是护士长。

护士长问我，颜莉呢？我要关门了！

我说，她去姑妈家了，一会儿就回来，您给她留着门吧。

护士长说，给她留门？我这个月奖金就没了。

我说，那我出去看看，也该回来了。

我跑到院子里，推开铁门一看，当时就傻眼了——

门口停着我熟悉的那辆面包车，姜子和颜莉坐在车里聊天呢。

颜莉扭脸看见我，说，哎哟，我忘记锁门的事了！

说完就从车上跑下来，小脸儿幸福得一塌糊涂。

我让开颜莉，拿眼去找姜子。

姜子明明看见我了，眼都不眨，轰的一脚油，面包车开走了。

我像掉进冰窖里，全身直哆嗦。

护士长走过来，大铁门砰的一声关上了。

我的心也关上了门，漆黑一片。

回到病房，颜莉高兴得嘴就没闲下来，又说又笑，连比画带跳。

我俩的床挨着，她说什么，我一句也没听进去。她说她的，她笑她的，我脸冲着墙，眼泪唰唰往下掉。

颜莉忽然发现她的激情的倾诉对象成了木乃伊，这才停下来问，姐，你怎么了？

没事。

那你怎么不跟我说话呀？

我困了，都快十一点了。

你也不问我们俩干吗去了？

我随口问，干吗去了？

这一问，又让颜莉兴奋起来，我们俩先去了北海公园，然后到西四看了场电影。

你弟特好玩，你弟特性感，你弟笑起来俩大酒窝，你弟那两条大长腿往北海公园的长凳上一搁……

啊，北海公园，又北海公园！

让我们荡起双桨，小船儿推开波浪，海面倒映着美丽的白塔，四周环绕着绿树红墙……

那是谁的歌声？是天明的。

在颜莉的滔滔不绝中，天明来到了我的眼前。

那会儿是夏天，天明知道我爱吃冰棍儿，每回都买一大盒儿，早早就站在公园门口傻等。还没等我来，冰棍儿就晒化了。滴答、滴答，直流汤。他扔了，再买一盒儿，两手托着等。一见我来了，嘿嘿嘿，一边傻笑，一边拿出一根冰棍儿，喂进我嘴里。

我说，哥，真凉！

他说，你凉我就凉。菊儿，咱们划船去……

我爱天明。我恨天明。他有家，有老婆，有孩子，为什么还要招我？

唉，恨归恨，放不下。熬人啊！

这一夜，颜莉来回翻身。

这一夜，我翻身来回。

快天亮的时候，我迷迷糊糊做了个梦，梦见天明来医院看我。分明听见是他喊我，开门一看，不是天明，是姜子。我扑上去，死命抱住姜子……

第二天，姜子真的来了，手里提着一个大旅行袋，里面装得鼓鼓囊囊的。

他一进门，把旅行袋咔的往颜莉床前一放。

颜莉问，姜哥，这是什么呀！

姜子说，我们单位分的橘子，你吃吧，特甜！

说完，连看都没看我一眼，扭头就走了。好像我是这屋里的空气。

于是，颜莉的兴奋有了续集。她快乐得跟小鸟儿似的，把旅行袋一打开，橘香满屋。

她拿起一个橘子，闻闻，哎哟，真香！

又回过头来对我说，姐，你也吃啊！我一个人吃不了这么多。

我说，我不吃，他给你的。

嗨，他是谁啊，你弟！来，你就吃呗！

颜莉双手捧过几个橘子，放到我的床头柜上，姐，你吃！

我说，我怕酸。

颜莉剥开一个，放嘴里一嚼，姐，不酸！甜，甜，真叫甜！

很快，她就吃了一大堆。

满屋橘香。

橘香满屋。

我咬紧牙，不让眼泪流出来。

当天上午，趁颜莉去复查，我找到主治大夫请求出院。大夫说你还没拆线呢，我说已经不疼了。我家里有事，得回去看看孩子，拆线的时候我再来。大夫看了看我的伤口，说你非要出院也可以，回去得更加小心。就给我办了出院手续。

不等颜莉回来，我就消失了。

回到小屋，我进门就闻到一股熟悉的味儿。那是姜子的味儿！

我的眼泪一下子就出来了。坐在窗前，不吃不喝，哭了一天。

我真正感到，已经离不开姜子了。

天要黑的时候，突然听到汽车响，院门猛地被推开，姜子像一头豹子冲了进来。

姐！他进屋就叫，颜莉是不是你给我介绍的？是不是你给我找的？你是不是我姐？你让我干吗我就干吗！我错了吗？她是不是你喜欢的人？你觉得她好我就娶她，你觉得她是我老婆我就跟她结婚。反正不就是个女人嘛，无所谓！对吧？那你怎么又这样了？你是什么意思啊？你还没拆线呢，干吗出院？姐，我明白你是什么意思！我全明白！你记着，姐，为了她，我不能舍去你。但为了你，我可以舍去她。你在我心上！她在我心下！你明白吗，姐！……

话没说完，他呜的一声大哭起来。

姜子，我爱你！你别说了……

我扑上去，紧紧地抱住了他。

我们抱头痛哭。

要说的话，都在泪里。

这一夜，我们睡在了一起。

干柴烈火。久旱逢雨。

他长驱直入。他如狼似虎。

我颤抖，我呻吟，我湿润，我尖叫。

哦，性爱原是世界上最快乐的事!

25

我跟姜子同居了。

一个温馨的小院。一间温馨的平房。

姜子搂着我说，我等你离婚。

想不到一等就是八年!

两个男人，一个坚决不离，一个坚决等。

田民能坚持这么长时间，让我没想到，也让我相信了他妈妈在信里说的，我是田民第一个女人，也是他最后一个女人，他舍不得我。有时候我半夜惊醒，看着熟睡在身边的姜子，心里会隐隐作痛。田民打我不对。可是，我跟他还没离，就跟姜子同居了，我也不对。

我们俩就算扯平了，谁也不欠谁的了。

但是，我不能对不起姜子。我要给姜子一个交代，像姜子信中写的，要给他一个话。

一个男孩儿，从二十多岁就等，一直等了快十年，谁能做到?

谁也做不到。但是，姜子做到了。

人不能没良心，我要对得起他。

坚决离婚，就是对得起他。

哪怕我离了婚，姜子没跟我，又找了别人，我也心安了。

终于，八年过去了，我离了婚。

这一年，姜子三十四岁，我三十九岁。

姜子说，我们结婚吧。

我说，你想好了吗?

姜子拿大眼珠子瞪我，你又想给我介绍谁？

我赶紧闭嘴。

可是，我跟姜子的事，他们家不同意，我们家也不同意。

姜子他妈说，小姜子，你缺心缺肺还是没见过女人啊？世上的女人都死绝了吗？你一个大小伙子，找这么个老母猪！什么菊儿呀花儿的，她那肚皮老得都拖地上了，毛都蹭没了！再说了，国庆节那场还不够热闹啊，叫她老公追到这儿来玩命，街坊四邻的还以为咱家开了屠宰场呢！臊得我出门都不敢抬头，跟做贼似的。咱先说好了，你要是不听，非要跟她，你可别把这玩意儿带家来，家里丢不起那个人。

我妈说，菊儿，你真要跟姜子结婚，家里就不认你！

当初我要跟田民结婚的时候，我爸说过这话。现在，又轮到我妈说了。

他一个货场开车的，实际上就是个社会青年，又爱打架，脾气又那么暴，以后再打你怎么办？已经有个田民了，你还不接受教训！你也不想想，他小你五岁，你们能过得长吗？女人说老就老，转眼就是老太太样儿，到时候他还能瞧得上你吗？掐花弄朵打离婚是早晚的事。再说，你都快四十的人了，跟他结婚要不要孩子？要吧，你这么大年纪了，怎么要？不要吧，他干吗？他们家干吗？这些你都不想想，脑瓜子一热，离啊，结啊。这又不是树上结果子，今年打了，明年还结。这是人，是过日子，是一辈子的事，再也不能走瞎道儿了。

妈的话让我没法回答。难听，但是有道理。

听，还是不听？

听吧，就得跟姜子分手。对不起他，也舍不得他。

不听吧，就得跟家人分手，再一次伤害爸妈。

都是毒药！

一天，我到厂里领了活儿，正准备跑销售，突然，肚子疼起来。刚开始是丝丝拉拉的疼，紧跟着，像肠子断了一样，疼得说不出话来，耳鸣汗淌，眼看虚脱了。上来几个人把我搀扶到医务室，大夫给我灌了葡萄糖水，然后叫救护车送医院。

疼痛中，听着救护车发出死亡的尖叫。我想，死了也就解脱了。

偏偏没死。救护车开到医院，疼痛反而减轻了。但是，医生说，那也不行，得开刀。

你的家人哪？赶快联系，要动手术！

我联系谁啊？老爸老妈知道了还不心疼死？不能告诉他们，只能给姜子打电话。

姜子一听，开着车就飞过来了。一进医院，抱起我，楼上楼下，化验检查。

这帮大夫，跟跳大神儿的一样，一点儿谱都没有。一会儿说是盆腔炎，一会儿说是腹膜炎，一会儿又说是盲肠炎。这个炎，那个炎，就差咸盐了。

又一波疼痛袭来，我疼得直打滚。外科、内科、妇科，全来了。护士赶紧给我打止疼针。大夫们一会诊，说要剖腹探查。

姜子没听明白，就问，什么叫剖腹探查。

旁边一个人说，就是开膛！

姜子说，怎么听着像宰猪呢。

要开膛，就得家属签字。护士拿来单子，拿来笔。

我说，姜子，你给我签吧。

姜子说，哎哟，这行吗？我算是你什么人哪？

我说，那我自己签。

医生说，自己签不行。

姜子就冲医生叫起来，我签！不就是她死了我偿命吗？

说完，拿起笔就戳，把纸都捅破了。

医生还追着问哪，你是她什么人呀？

姜子叫起来，什么人？老公！我老婆要是死了，我把你脑袋拧下来。

叫完了，就要拧人家脑袋。

医生也很幽默，说等我做完了手术行吗？

护士把我推进了手术室，姜子被堵在门外还叫呢，那是人，你们下刀子轻点儿！

手术室里站着五个人，个个戴着大口罩，瞪眼看着我，就跟要宰我似的。

咔！无影灯一开，麻醉师就上来给我打麻药。你侧身躺着，她说。

麻药一打，我的舌头就不听使唤了。我说，哎哟，我怎么不会说话了？耳朵也叫。

麻醉师说，你这是全麻啊！行，我慢点儿打。

一个大夫拿起刀，比画我的肚子。哎哟，这是要宰了，选地方呢。我吓得闭了眼。

过了一会儿，还没咔嚓。我又睁开眼了。大夫说，你看着啊，我用刀子划你，要疼了呢，你就说一声。就说明你还有知觉，还不能动手术。要是不疼了呢，你也说一声。

我点点头，马上就喊疼疼疼！

大夫笑了，我还没划呢。

说完，就开始划了。

我又喊疼疼疼，疼疼疼！

麻醉师说，你真够耐麻的啊，一管药都下去了，是驴也不叫了。

我还是喊，疼疼疼。喊着喊着，就睡着了。

等我醒来的时候，只见护士们正给我包肚子呢，咔咔咔！包得紧紧的，还拿个沙袋压上。我问，做完了？护士笑了，你以为呢，三个小时了！

我这才知道，在我的安睡中，手术整整做了三个小时。

就这样，身上吊着引流袋，嘴上插着胃管，手上脚上打着点滴，护士把我推出了手术室。

一出门，就看见姜子站在门口等呢。脖子伸得老长，像老雁鹅。

来到他的面前，护士有意放慢脚步。我跟姜子说，没事。

姜子说，什么没事！都拿给我看见了，又是血又是脓，一大缸子，得有二斤多！

我忍着疼笑了，你上秤称了？

姜子说，称了！大夫说，再晚来一天，人就没了！

我说，你还拧人家脑袋吗？

没工夫。

你还嘴硬。

我错了还不行？毛主席还犯错误呢。

那你得给人家道歉。

道了。我说，大夫，不行您把我脑袋拧下来得了。大夫说，太费事了，改天再说吧。

我笑了，干脆你自己拧下来给人家送去吧。

我的病最终确诊是盆腔炎。

姜子跟我说，当时他真的不想签字，怕手术出了问题失去我。后来实在看我不做手术不行了，才横下心签了字。

姐，我做好了准备，万一你下不来手术台了，我也不活了，跟你一块儿进太平间!

我掉了泪，搂着他说，姜子，我们都不死，我们要好好活下去。

26
:

手术后，姜子一直陪我住院。刚开始那几天，我最难过了，嗓子里插一根管，每天什么都不能吃，不能喝。姜子坐在床边上，手里拿个梨，咔咔的吃，故意馋我。

我说，姜子你能不吃吗，我这儿又渴又馋，看着你吃难受死了。

他说，一看你就不是党员，当初你没入就对了。真是入了党，让敌人抓住，不用上刑，拿个大梨馋馋你，你就全招了。来吧，哥们儿给你抹抹!

说完，手拿他咬开的梨，咔咔咔的往我嘴上抹。

哎哟，别说，还真管事，真解馋。

打这往后，橘子、苹果、香蕉，他吃什么，就往我嘴上抹什么。

姜子真可爱。

我一天天好起来，也能吃点儿饭了。姜子还叫来几个兄弟帮忙，每天为我做饭，把好吃好喝的端到我的病床前。鸡汤啊、骨头汤啊，跟坐月子似的。

我说，以后，我真要是坐月子，给你生个胖儿子。

姜子说，你还能生吗?

我说，只要你想要，我拿命换也要给你生。

不料，姜子笑了，哎哟，姐，那是你的豪言壮语。你现在不是女人了，是骡子了。

我没听明白，我怎么是骡子了?

姜子说，你子宫都给摘了，生不了孩子了。

我说，你别开玩笑了。

姜子说，这还能开玩笑，我都看见了。

我一听就急了，啊，真的？

姜子说，真的不当假的卖。

我噢的一声就哭起来。

护士赶紧跑过来，怎么了，怎么了？

我哭着说，他说，我子宫给摘了，成骡子了……噢噢……

护士说，你别听他瞎说，没摘，他逗你呢。

我半信半疑，是吗？

姜子说，谁拿这事逗她啊。

护士说，你看见了？

姜子说，怎么没看见？一大嘟噜，二斤多呢。

噢噢……我又哭起来。

护士说，你再逗她哭，肚子发炎了，还得开刀。

姜子马上说，姐，你别哭了，没摘。你不是骡子，还是我姐。

我这才笑了。

出院后，我还不能工作，要在家休养。姜子就请了假，天天在家照顾我。

他说，姐，咱们结婚吧。石头都变成煤了，你还等什么呢？变金子还早着呢！

我说，说实话，我特别有压力。你家不同意，我家也不同意。

咱俩又不是小孩子了，谁爱同意不同意。爱谁谁！你就说你同意不同意。

这还用说吗？

那不就得了吗？全体通过，散会！

我笑了，又说，姜子，甭管你家同不同意，你是独儿子，大人肯定想抱孙子。我都快四十了，不知道还能不能生孩子。

他大眼珠子一瞪，生不生孩子，好像是你说了算？没有我，你自己生个给我看看？

我一掐他大腿，德行！

他说，亏你还喝过墨水，能不能生，还得听医生的，说不定我的枪还锈了呢。

于是，我们俩就来到医院。

医生问，谁不舒服？

姜子叫起来，非要不舒服才来呀？婚前体检！

他这么一叫，满屋子看病的人刷地一下都把眼睛转过来，跟看妖精似的。真现形。

医生说，不用这么叫。你们结婚，别人吓昏。

姜子还要瞪眼，我拧他一下，他一咧嘴，改笑了。

哎哟，大夫，我是属猪的，您多包涵。

医生也笑了，早上还没喂吧？

姜子说，嗨，昨晚上就饿一顿了。

医生说，跟我来吧，先称称……称称体重。

姜子说，得，您别客气，您就说先称称毛重。

结果，从称毛重开始，一圈儿检查下来，姜子什么毛病也没有，全乎人。

医生拿着单子一看，哎呀，好啊，什么毛病也没有，你让我怎么填呢？

姜子高兴得大嘴咧到耳根子，您就填上，可以当种猪！

医生笑得眼泪淌，连说，我祝贺你，祝贺你。

姜子拿着单子，霞光万丈地跑到妇科门外来找我。

我做完检查，正等结果呢，看见他乐得屁颠屁颠地跑过来，就好像彩票中了奖。心想，他是多么想要个孩子啊。我豁出命去，也要为他生一个。

这时，大夫叫我进去。

啊？我有问题吗？

进来说。

我一进去，大夫就说，结果出来了，你百分之九十九点九，不能怀孕。

我急了，啊？为什么？

大夫说，输卵管堵了。

我心急，听不清，追着问，什么？什么？

大夫说，得，耳朵也堵了。

我说，我耳朵没堵，您说慢点儿，说详细点儿。

大夫提高了声音，你输卵管堵了。性交后，男方精子进不去！

哎哟，这也说得太详细了。一屋子人都看我，跟看猴儿一样。

我又羞又臊又难过，拿着单子走出来。

姜子问，大小姐，怎么样？结果出来没有？

我半天没敢吭声。

姜子又问，是不是结果还没出来？

我小声说，出来了。

怎么样？

大夫说，我生不了孩子了。

又考验我！

不，姜子，真的。

真成骡子了？

……真成骡子了。

这时，大夫走出来，劝我们别难过。

姜子问，她是少零件了还是怎么的？

大夫说，零件没少，就是输卵管堵了，你的……

我连忙说，大夫，您别说了。

大夫说，这有什么难为情的，不说清楚了，会影响你们感情。

姜子说，没事。

大夫说，就别说你那些零碎了。她是输卵管堵了，性交后，男方精子进不去。

姜子说，嗨，哪儿还有男方啊，太文明了，不就是我吗？

大夫笑了，对，就这你。

姜子又问，卵子管堵了，就不能通通吗？我车上的油管堵了，通通就开了。

大夫说，我明白。可这不是车呀，通通就开了。不过，办法是有的，就是……

我一听有办法，急忙问，什么办法，您快说，您快说！

大夫说，可以试试往输卵管里打针。好的话，能通。

我说，我打针，我打针！

大夫说，不过，话要说前边，这针可疼啊，一般人受不了。一针下去，叫得跟杀猪一样。

姜子一听，大叫起来，不打！

说完，拽起我就走。

旁边看热闹的说，得，还没杀呢，就叫了。

姜子拽着我出了医院，上了车。副驾的座位上堆着东西，我就坐后边了。

车开了。我说，姜子，你就让我打针吧。

姜子不吭声。

我说，我都开过膛了，照样活过来了，就不信打针比开膛还疼。

姜子还是不吭声。

从后视镜里，我看到姜子的眼睛，忧郁，没神。

我心里坠了一块大石头。他多想有个孩子啊，他等了我快十年，真可怜。

我不能害了他，还是跟他分手吧。

我说，姜子，对不起，咱们……还是分手吧……

姜子仍旧不吭声。

车窗外闪过的树，一棵又一棵，无助地挺立着。今天还在摇枝舞叶做着未来的梦，不知哪天，这里要开发，它们就会被嘴里叼着烟的工人粗暴地涂上白圈儿，咔咔咔！齐根砍倒，拦腰锯断。它们的求救，没人可怜。它们的疼痛，也没人心疼。

我的眼泪，无声落下……

突然，车停了。

姜子说，到了！

我一愣，这不是我住的地方。

再一看，是街道办事处。

我问，干吗到这儿呀？

姜子说，登记！结婚！

27

就这样，我俩在街道办事处登记结婚了。

领到结婚证那天，我高兴得发疯。

我拥抱着姜子，姜子，咱们开车去哪儿兜兜风吧！

姜子说，好啊，我早想带你去一个地方了。

去哪儿呀？

甭问，去了你就知道。

长城，颐和园，北海，天坛，所有好玩的地方我都想过来了，万万没想到，姜子带我来到了八宝山墓地。

夕阳西下，墓地悲凉。林立的墓碑笼罩在阴森的暮霭里，仿佛一个个死人在打坐。

忽然，一个死人抬头看了我一眼。苍白的脸，深陷的眼。

哎哟，我惊叫着抓住姜子的胳膊，两腿不住发抖。

一只乌鸦冰冷地从头上飞过，嘎的一声惨叫，像锥子戳进我的心。

姜子拉我坐在土坎上，说，姐，你看到这些坟了吗？珍惜生活吧，人到最后都得到这儿来，跟谁都是一辈子，我反正想开了，这辈子就跟你了。哥们儿不会甜言蜜语，你让我说我爱你，我绝对说不出来，别指望我说这个。但是哥们儿能拿生命保卫你，一命抵一命。哥们儿这命就是你的。谁欺负你，我打谁，替你出头。你病了，你换肝，换肾，你要哪儿我都给你，只要你好！我是个糙人，没文化，但我说的是真话。我这辈子就喜欢两样，一个你，一辆奥迪。现在，你是我的了。有了你，也就有了奥迪。

说着，他拉起我的胳膊，在我的胳膊上一连咬了四个圈儿。

一个圈儿勾着一个圈儿，奥迪汽车的标志。

听着他的话，又让我想起他写的信，我叫了一声姜子，就扑倒在他怀里。

姜子吻着我。热烈，深情，细致，湿润。

墓地里的吻，爱与死，让我一辈子难忘。

我倒在姜子怀里说，不指望天，不指望地，咱俩家都不同意，往后就指望咱自己。大人们不同意，归根到底是怕咱俩过不长。就为这个，咱也要争口气。姐也有几句心里话……

姜子说，姐，你说。

我说，就算咱俩的约法三章吧。第一章，你不要出去玩牌赌钱。以前你爱玩牌，玩就玩了，都过去了。现在，咱们成了家要过日子，就不能再玩了，赌钱败家。

姜子说，好。我答应姐。

第二章，有天大的事，你不能跟你爸妈或我爸妈吵架，也不能跟我打架。就是咱俩打了架，你也不许回家。你只要回你爸妈那儿了，我绝对不去接你，等你自己回来。什么时候你觉得错了，自己回来了，我肯定会原谅你。

姜子说，我心疼还心疼不过来呢。这一篇儿，过！

第三章，你可以背叛我，但不许欺骗我。我岁数比你大，也许不能满足你。如果有一天，你嫌弃我了，你就告诉我。跟看电视似的，你就跟我说，姐，这台我看腻了，净蒙傻子，我想换个台看看。我肯定会说，那你就换！只要你提出分手，我再难过，也会离开你。因为我爱你。我已经得到了你，已经很满足了……

姜子说，姐，你看我是那样的人吗？

我没说话。

这时，一只灰喜鹊飞过来。它没有叫，无声地钻入树丛。

一片被撞落的黄叶，鹅毛一样，轻轻地，轻轻地，飘下来，落在我的头上。

我感受落叶轻抚，想起在定陵放猪的那个黄昏，仿佛又听到秀秀凄楚的声音——

我爷说，皇上死后，齐贵妃的坟就叫人扒了。尸骨扔进荒山，成了孤魂野鬼。每到清明，天上下雨，就听到山里有叫声，翊钧，翊钧！声音特别凄惨。那是齐贵妃在叫皇上……

这样说着，秀秀的嗓音变了。

她掉泪了。

我也掉泪了。

我们都不说话了。

过了好半天，还是秀秀先出了声——

以后我要是能碰上皇上这么好的人就好了。

想不到，秀秀会说出这样的话……

我跟姜子结了婚。谁也没告诉，谁也没请。

姜子请假照顾我，时间长了，货场就问他还回不回来了，不回来就辞职。姜子一赌气，说辞就辞！他回来跟我一说，我说，都怪我，让你丢了工作。姜子说，老子饿不死。

朋友听说他丢了工作，就介绍他到出租车公司去开车。那会儿，有车本子的人不多，也算一技之长。于是，姜子就开上了出租。每天回家，都让我担心。问他怎么样？他灿烂一笑，嗨，客人上车我安全行驶，客人下车我去向不明。明明他说得很幽默，我还傻傻地追问，你去哪儿啦？姜子说，哈哈，你真傻帽。我去哪儿啦，回家伺候老婆来啦！

姜子早出晚归，除了拉散客，有时候还被人包车。包车的活儿不常有，但都比拉散客挣得多。一回到家，他就跟捡了大钱包似的，举着钱对我说，哥们今儿个又发了！说完，就全交给我。我接过来，就放进床头的纸盒里。

这是辛苦钱，得存着，不能乱花。

姜子去拉活儿，我就在家做饭。我知道他爱吃红烧肉，每天都给他炖。他不回来，我不下筷子，绝对等他回来。热了凉，凉了又热。把他盼回来了，看他吃得那么香，我特别高兴。那种感觉跟田民在一起时没有。

后来，我妈终于知道我跟姜子结婚了，一连哭了好几天，差点儿哭瞎了眼。

一天，妈打电话给我，菊儿，你大了，我和你爸也老了，你听不进我们的话了。

我说，妈，女儿对不起您。

她说，唉，既然你跟姜子已经结婚了，这个女婿我就得认啊。明天是礼拜天，家里人齐，你俩回家来吃个团圆饭。

我真想不到妈来电话会说这个，又高兴又难过。我说，妈……谢谢您！

妈没说话。

我又小心翼翼地问，妈，爸还生我的气吗？

我听到妈在电话里哭了。我也哭了，举电话的手直哆嗦。

不管怎么说，妈说她认姜子了，对我跟姜子来说，是个好的开始。毕竟我是她的女儿，是她身上掉下的肉。我兴冲冲地打电话告诉姜子。姜子正在外边跑车呢，他说，你妈不是一直反对我吗？黄鼠狼给鸡拜年，我才不去呢。我说，你才是黄鼠狼呢。不行，你非去不可！

第二天，我妈接连来了两个电话，说全家人就等着我们俩动筷子呢。

姜子还是说他不去。

我说，我在家是老大，你是大姐夫。全家人都在意你，你别自己不在意自己。

我不管这些，要去你自己去吧！

我自己去就自己去！我说完扭头就走。

他看我生气了，追上来说，好好，我去，行了吧？

我看他衣服油里巴叽的，说，你换换这身衣服。

我不换，我就这样儿，劳动人民，你们家爱喜欢不喜欢。

我说，不行，你换换！

他只好去换。一着急，裤子怎么也穿不上。他叫起来，嘿，我又长个儿了！

我过去一看，也叫起来，哎，哎，那是你的裤子吗？我的！再撑就撑坏了。

我就说呢，还以为又长个儿呢。

你歇歇吧，再长就成巨人症了，还得去医院锯了。

姜子一换上衣服，真帅。

我说，进门你要叫爸妈。

我不叫。

你必须叫！要不你别去了。

我叫，行了吧？

我俩收拾妥了，紧着往家赶。快到家门口时，我忽然有点发怵。毕竟这是第一次以夫妻身份带姜子回家啊，家里人到底怎么看？一发怵，我就走不动。

姜子说，嘿，嘿，你倒是走啊。

我说，姜子，你在前面走。

啊？凭什么啊，这是你家。

现在也是你家了，你先进。

我不，你先进！

你先进！

我俩正互相推诿呢，大门突然打开了。妈站在门口，一声不吭地看着我们。

一头银发，一脸慈爱。

我心里一酸，差点儿掉了泪。到底是自己的妈，我真是伤透了她的心！

姜子猛然一看见我妈，也愣成个木头人。

我踢他一脚，叫啊！

姜子一咧嘴，哎哟，回头看看我，又看看我妈，小声叫，妈。

哎！妈大声答应着，脸上笑开了花，快进来，快进来！又回头冲屋里喊，姜子来了！

老爸在屋里叫，快进来，快进来！

姜子进了屋，跟傻子似的站着。我又踢他一脚，他急忙叫，爸，爸。

爸从座位上站起来说，好，好，快坐吧，就等你们了。

一家人把姜子当上宾，给他留的上座。我妹说，姐夫抽烟！我弟说，姐夫吃肘子！我妈说，这是我专门为你炖的肘子。菊儿说你最爱吃肘子了。你尝尝！我爸说，祝你俩好好的！

姜子感动得都痴呆了，冲这个点点头，冲那个哈哈腰，还冲肘子直鞠躬。

我妹悄悄问我，姐夫的脑子没毛病吧？怎么看他有点儿二啊！

我说，他还没二起来呢，等吃上肘子你再看。

姜子一口咬掉半个肘子，对我妈连声说，好吃，好吃，妈，你的肘子真好吃！

饭后，一家人照了个全家福。姜子长得帅，可不上相，照得跟大队书记似的。

在回家的路上，他跟我说，你们家人对我太好了，我在家那么受宠都没有这待遇。往后，我要不对你爸妈好，不对你弟妹好，我就不是人！

想不到，第二天一大早，我妈就病了，病很重。她是自己单睡的，没惊动家里人，悄悄给我打了个电话，菊儿，我不行了。

我一听都急疯了，一把推醒姜子，快，快，妈不行了。

姜子腾的一下从床上跳起来，拉上我就往家赶，车开得比飞还快。进了家，抱起我妈就走。妈浑身没劲儿，一直躺在他怀里。

来到医院，姜子也没放手，直奔急诊室。

值班医生一检查，就下了病危通知单。

姜子立刻瞪起眼，连治都没治，怎么就知道不行了呢？快让老太太住院！

值班医生说，没床！

姜子上去抓住他衣领，还没往上提，值班医生的两脚就离了地。你再说一个？老太太是老干部，她可以住高干病房！今天要是让你给耽误了，我就让你陪着她死！

他这么一喊，把院长都吓出来了。姜子怒目金刚，院长一看不好惹，急忙安排我妈住进重症监护病房，七管子八管子，连呼吸机都上了。

院长跟我们解释，值班医生的女朋友刚跟他分手，他心情不好。

姜子说，我心情还不好呢，正想找个人吃呢，我看上他了！

我说，姜子，你又来了。不行，你先把我吃了得了。

姜子笑了，吃不吃你，等等再说，先给妈治病吧。

多亏姜子送来得及时，加上院长亲自主持抢救，我妈活过来了。

她一睁眼，就问，姜子呢，姜子？是他抱到医院的。问完，就拿眼四处找。

我回头一看，姜子没在屋里。他什么工夫离开的都不知道。

正纳闷儿呢，忽听姜子小声答应，哎，妈，我在这儿呢。

只见他提着一双破棉鞋进来了，那是我妈刚才脱在急诊室里的。

姜子进来后，什么也没说，把破棉鞋搁地上了。

我妈说，哦，你给我拿鞋去了。姜子，你过来。

姜子摇摇头，呆傻一笑。

我妈伸出手说，姜子，你过来。

姜子这才过去。

我妈的手瘦得跟竹竿似的，真可怜。她拉着姜子说，妈以前跟你说话不客气，你可别在意啊。当时，菊儿是有夫之妇。你呢，是没结婚的小伙子，她比你大那么多！我觉得这事不可能，不能由着性子来。田民拿着你俩的合影闹，我当时看了，也觉得不太好，容易让人家误解。可是为了息事宁人，我还跟田民说，这不就是一张相片吗？挺正常的啊。我是过来人，我已经看出你们俩有意思了，就想拆散你们。因为太不合适了。现在，你们既然结婚了，姜子，你就是我们家的人啦。我呢，没别的要求，我就希望你能对菊儿好一点儿。她为了你，命不要了，家不要了，连孩子都不要了。跟着你，一天到晚东跑西颠。你能对她好一点儿，我也就不挂着了。死，也就闭眼了。

姜子不说话，一个劲儿点头。

我在一边哭得稀里哗啦的。

后来，我爸起了床，一看妈没在家里，就给我打电话。我说，妈在医院呢。他说，这怎么可能？这怎么会呢？紧跟着，就带着一家子人来了。

院长跟他说，你老伴儿浑身都是病，心脏病、胆结石、肝硬化，全是病。已经到晚期了，拾掇拾掇，最多还能活半年。

全家人都哭了。

爸说，唉，她跟我没过几天好日子，苦多乐少。好容易平反回来了，又病倒了。

回到家，姜子跟我说，你看，妈都成这样了，没几天活头了，咱们存的钱，能买辆夏利车了，不够再借点儿，咱们就自己买一辆车，我拉着妈看美景去。她想上哪儿，我就拉她去哪儿，让她走以前高高兴兴的，别留遗憾。

我听了，又感动，又难过。

就这样，我们买了一辆夏利车。我妈出院后，姜子辞了出租车公司的活儿，天天拉着她看美景。一会儿天安门，一会儿景山，一会儿天坛。我妈念叨要去哪儿，他就拉着去哪儿，直到我妈去世。

我爸说，想不到姜子这孩子这么孝顺！

我跪在地上，老天爷，谢谢你给我一个好老公，你再给我们一个孩子吧。

咚！咚！咚！

我磕了三个头。头都磕破了。

老天爷，你听到了吗？

28

半年过后，我忽然不来例假了，还老恶心。会不会怀孕了？

姜子不信，你管子都堵了，这可能吗？

我说，那可说不准，你不知道这世界上每天都有奇迹发生吗？昨天我还看到新闻，说英国有一只小猪，一生下来就会飞。

姜子说，那是猪吗，是你吧。

说笑归说笑，姜子马上就带我去了医院。

大夫一化验，傻了。哎哟，真是怀孕了！

姜子一听，乐疯了。

大夫还开玩笑呢，说赶明开个输卵管堵塞大会，请你们来给堵友传经送宝，讲讲绝招。

我说，没什么绝招，就是我给老天爷磕了三个头，老天爷感动了。

姜子说，别胡说八道了，还是我的枪好使！

我俩还没走出医院，就开始给孩子起名字。

我说，男孩儿就叫姜武，女孩儿就叫姜文。

姜子大嘴一咧，啊呀呀，你到会起，净傍明星。

我说，我们孩子将来就是要当明星。

姜子说，得啦，别攀高枝啦。听我的，叫姜石头。

我叫起来，男孩儿叫姜石头还行，女孩儿也叫姜石头？多难听啊！

姜子大眼一瞪，怎么难听啦？石头，健康，结实！要是男孩儿，就放他的马。他将来爱干吗干吗，大不了违法了一个枪子给崩了；要是女孩儿，我就一边背一把刀，天天跟她后头，谁敢欺负她，我就跟他玩命！

哈哈哈！我放声大笑。

这就是姜子。

我爱听他说话，特好玩。天明和田民都说不出这样的话。

听人说，大龄产妇容易生痴呆儿，我很害怕。孩子万一是个傻子，那多痛苦。

姜子说，甭管傻不傻，只要是我的孩子，我就养着。我就不信，再傻还能傻过你？

我说，我傻，才找到了你。傻人有傻福。

姜子说，就是嘛，咱家有一个傻子也是养，有两个傻子也是养。

我说，好，有你这句话就行。

话是这么说，可我还是不放心，隔三岔五就去做 B 超，生怕孩子带毛病。

大夫说，B 超只能看见孩子胳膊腿全不全，傻不傻看不出来。

我问，那怎么才能看出来？

大夫说，只能抽羊水。

我都急糊涂了，是我生孩子，怎么要抽羊的水？

大夫说，亏你还生过孩子呢，连羊水都不知道？

说着，她的眼神怪异起来，你的脑子没毛病吧？要有，可会遗传呀。

我赶紧说，我脑子没毛病，贼尖！

大夫笑了，哈哈，羊水在你肚子里，从肚脐眼儿抽出来化验化验，就能看出孩子的脑子有没有毛病。

我说，那你就给我抽一个吧！

大夫说，抽羊水特别疼，你还是跟家人商量商量。

姜子一听，又叫起来，不做！傻子疯子我都养着！

我听了姜子的，没抽羊水。可是，在怀孕这段时间，我一出门，不是看见傻子就是看见瘸子，嘿嘿嘿的冲我直乐，吓得我睡不着。

大夫说，嗨，街上那么多好人你不看，怎么专看傻子瘸子啊！你还说你脑子没毛病。你拣那些正常人看，特别是那些漂亮娃娃，你生出来的孩子就漂亮聪明。

我一听这是个好主意，就挺着肚子去街上找漂亮娃娃看。嗨，找来找去，哪儿有啊？全是歪瓜裂枣的。不看还好，看了更睡不着。

大夫说，你也别在街上乱跑了，当心碰上拐卖孩子的。

我说，我还没生呢，他拐什么呀？

大夫说，那可没准，弄不好连你一起拐了，更好卖。

我着急了，那怎么办？

大夫说，你到书店里去买漂亮娃娃的画儿，贴在家里天天看，也管事。

嘿，我乐了，大夫，你怎么不早说啊。

我来到书店里一看，哎哟，娃娃画儿可真不少，大张大张的，有中国的，也有外国的，个个赛着漂亮。我专挑中国的买，不买外国的，特别是非洲的，看多了回头再生个黑孩子，那麻烦就大了。

我买回一大摞娃娃画儿，把屋里全贴满了。一开门，一墙大眼睛。

姜子一张张都看过来了，边看边说，你看看，人家是怎么长的？再看看你！

我叫起来，我怎么啦？

姜子，唉，你就是一泡狗屎，我现在也得吃下去了。

我上去拧住他耳朵，你说谁是一泡狗屎？

姜子说，我是，还不行？

大夫告诉我，怀孕三个月会有胎动。我怀了三个月的时候，肚子里一点儿动静也没有。

姜子说，别死了吧。

我说，乌鸦嘴，滚一边儿去！

刚说完，肚子里突然动了一下。我叫起来，动了，动了！

姜子赶紧贴我肚皮上听，听了半天，又不动了。

他说，哪儿动了，一天到晚你神经病！

我说，真的动了。

他又听。从早上一直听到中午，脑壳都长我肚子上了。头发臭哄哄的，熏得我没法躲。

突然，他也叫起来，动了，动了，真他妈动了！

叫完了，他在屋里扭起秧歌。嘴里还唱哪，猪啊，羊啊，送到哪里去……

我说，孩子不疯，你先疯了！

有了胎动，我赶紧去跟大夫报喜。大夫说，好了，你可以胎教了。

我问，怎么胎教啊？

大夫说，放音乐给孩子听，你也听。什么高山流水呀，鸟叫花开呀。

我赶紧买了录音机，每天放音乐。柳树发芽，杜鹃开花，小桥流水哗啦啦。

姜子说，老听这样软不拉耷的，孩子长大了以后不会打架，没出息。

那你说听什么？

迪斯科！姜子叫起来，给他放迪斯科，看他有什么反应？

说完，就跑出去买了一盘迪斯科音乐磁带，往机子里一插。

咣当咣！咣当咣！屋子都跟着震起来。

我说，别吓着孩子。

姜子说，吓什么呀，你看，他跟着跳啦。

可不，孩子真的跟着音乐在肚子里折腾起来。咣当咣，咣当咣！

姜子说，这才是我的孩子！

慢慢地，孩子大了，越动越明显。一会儿小拳头杵出来，一会儿小腿踢出来，一会儿小屁股撅起来。我隔着肚子天天跟他说话。宝贝，你是妈的小宝贝，你要长得好好的，身材像你爸，脸儿像我。

姜子说，生下来就长个老太太脸，吓死谁！

29

:

孩子怀到七个月的时候，我遇到两件不幸的事——

一件，妈在医院去世了。我亲眼看见她咽的气，再怎么电击都没救了。我哭得死去活来，要去给她穿衣服。大夫拦住我，不让我进，说肚子里的孩子能看见死人。我说孩子可以不要，妈只有一个，我一定要给我妈穿衣服。大夫不让我去，爸也不让我去。可是，我还是挣脱开他们，给妈穿了衣服。看到她瘦得皮包骨头，想起自己不听她的话让她生气，我扑到她身上，叫着，妈，妈，你好可怜啊……

再一件，姜子赌钱了。

我跟他说，姜子，咱们有约法三章，你也答应我了，为什么又赌？

姜子说，嗨，都是穷人，打的小麻将。

我说，小麻将也是赌。再说，妈不在了，晚上我一个人在家害怕，你得陪着我，不要出门打麻将。

姜子说，行，行。

可是，到了晚上，我假装睡着了，他又偷偷跑出去玩。

有一天，我出去遛弯，顺带买点儿小菜。临出门的时候，他还在擦车，等回来一看，人没了，车也没了。哪儿去了？我还想让他带着我上医院复查呢。我放下菜就去找，找来找去，看见他的车停在一个楼下。车在楼下，人肯定在楼上。我就上楼，一家一家挨着敲门挨着问。结果，上到四楼，敲开门一看，只见一屋子烟气腾腾，姜子在里边玩得正欢。我二话没说，上去就把桌布给掀了，哗啦啦，牌撒了一地。我扭头就走。

我没回自己家，不想回。走走，想想，没地方去，就去看我爸去。

妈走了以后，爸一个人挺孤单的。我给他做饭，陪他说话，直到晚上九点多才回家。

进屋一看，姜子在沙发上躺着。我没理他，他也没理我。

僵持了一个小时，还是他先说话了。

你真够牛逼的，上来就掀桌子。

我不掀桌子，跟你说你听吗？

人家都说你是母老虎。

我本来就是母老虎！我不让你赌，为你，为这个家。

我就今天耍了耍。

你有今天就有明天，有一次就有两次！

说完，我真的很累。我要上床，他也往上爬。

我说，你下去，找你那些玩牌的朋友睡去。

他说，行。

说着，他拿个被子往地上一铺，直接躺下了。还瞪着两眼气我。

我气死了，说，你穿的衣服是我买的，你脱下来！

脱就脱！

咔咔咔，他脱了个光屁溜儿，赤条条在地上摆了一个大字。

姐，你看着啊，我教你认字。你说我摆的这叫什么字？

我没理他，也不看他。

这叫大字。他说着，又伸手把他下面那个东西摆弄过来。

他的东西又粗又长，他为此特别骄傲。

大字下边再加一点儿，叫什么字？他又问。

我还是不理他，不看他。

这叫太字。太阳放光芒，照亮床上的大肚子蝈蝈！

他诚心逗我。我又想哭又想笑。

我问，姜子，你明天还玩不？

玩啊。他说，约好了，明天还玩。

行，你玩去吧。我说，明天早上我到医院把这孩子做了，我不要了。我不能让孩子有个赌鬼爹。

行，他说。

他话一出口，我就哭了，哭得特伤心。

姜子不但不哄我，还睡着了。光着屁股，抱着床单，呼噜打得山响。

我哭了一夜。早上六点就拿脚踹他，起来，起来！

他问，干吗？

上医院！

你别闹了。

闹什么啊，上医院。

上医院干吗？

把孩子做了，不要了。看你这样儿，不配当爸爸！

行啊，走！

说完，他爬起来就穿衣服。

看他这样，我也铁了心。走就走，拉开门就走。

他从后面一下子就抱住了我，别闹了，差不多得了，还当真啦。

我说，我就当真。只要你还玩，这孩子我肯定不要。

他说，我不玩了。行了吧？

再玩呢？

再玩，你剁我手指头。他边说边比画，先剁小手指头，再剁这个，剁这个，剁这个。最后手指头都没了，就成两张肉饼了。

说着，他举起两个手巴掌，在我眼前乱晃。

肉饼，肉饼，香河肉饼。猪肉的，牛肉的，还有人肉的！

我又笑了。

打这以后，姜子当真不玩麻将了。

可是，万万想不到，他出了更大的事！

{第五章}

30

⋮

为了挣钱养家，姜子开着夏利四处找活儿干。车顶上没了出租车公司的牌子，就成了拉黑活儿。挣了钱，除去油钱，全是自己的，比给出租车公司玩命合适。因为姜子干过出租，轻车熟路，眼里总能看见活儿。有时候他到火车站，有时候到旅游景点儿，有时候帮朋友接送点儿东西。后来，被我们这片儿有头有面的大老板金爷包下来跑业务。金爷岁数不大，叫他爷，是京味儿尊称。姜子个儿又高人又帅，金爷很是喜欢。他给姜子备了几套衣服，一水儿的名牌，走到哪儿都带上姜子，站他身边撑门面。金爷跟姜子说，等菊儿把孩子生下来，家里稳定了，就跟着我干，再别拉黑活儿了。

一天，金爷那儿没事儿，姜子在家闲不住，说出去挣点儿是点儿。我问你去哪儿啊？他说去北京火车站趴活儿。我说，差不多就行了，别干得挺晚的，让我惦记。他说行。

趴活儿，是干出租的行话，就是停在路边等客人。甭管是正规干出租的，还是开私车拉黑活的，都这么说。

姜子开车来到北京火车站，刚在路边趴了一会儿，就来了活儿。

从新疆来了四个人，说是到北京来取药的。下了火车，正赶上姜子在等活儿。姜子一听，要去的地方很清楚，要找的人叫王森。姜子隐约记得，这个王森以前也坐过他的车，就说上车吧。四个人上了车，姜子加大油门儿，呜！直接给拉到王森家去了。

王森一见姜子，也说坐过他的车，两人简单聊了几句。新疆来人取的药，王森早已准备好，说是平谷的哥们儿从药房买来的，一共十箱，保真。新疆人很高兴，双方当时一手钱，一手货，两满意。姜子收了车钱，还给王森留了电话，说以后要用车说话。

可是，新疆人回到旅馆一看，药是广西产的，而事先说好要成都产的，就要退货。晚上，王森给姜子打来电话，要租他的车把药退回平谷。

我不让姜子去。说黑天半夜的跑平谷，我不放心。

姜子说出不了事，双方都是正经人。

我还是不同意。

姜子说不过我，就回了王森。说我媳妇怀孕了，我得陪她，去不了。

想不到，第二天早上，趁我出去买菜，他还是去了。临走前，给我留了一纸条：

菊儿，我去平谷帮王森把药退了，退完就回来。中午自己先吃吧，别等我。

看着纸条，想到姜子为这个家奔波劳累，我很难过。

我做好饭，炖好肉，等他回来。

中午过了，他没回来。

下午过了，他还没回来。

眼看天黑了，还是听不见他的车响。

我急了，也不知道去哪儿找。

天黑透了，仍旧没有他的音讯。我简直要疯了，大把的头发往下抓。

夜里十二点多，家里的电话突然响起来，就跟警报似的，吓出我一身汗。

急忙抓起来，一听，是姜子！我的眼泪刷地就下来了。

姜子，姜子，你在哪儿你在哪儿？

姜子说，我在派出所呢！

啊？我愣了，派出所？

我们让警察给截了，说王森卖的药是二类毒品。

天啊！我两眼一迷糊，就坐地上了。

姜子说，你别着急！我不认识买方，也不认识卖方。我不知道他们的事，就是帮着拉拉，挣点儿油钱。

我哭起来，这可怎么办啊！

你别哭，给我送个棉袄来吧。明天你去找找金爷，求他救我出去……

话没说完，电话就被人抢过去。

抢电话的咆哮如雷，跟你说没说？就让你家里送衣服，别说案情。啊？你找抽啊！

紧跟着，啪！啪！啪！电话里传出抽大嘴巴的声音。

我叫起来，别打……

咔！电话给挂了。

我的心一下子揪起来，像被绳子勒住，勒得喘不上气。

想起姜子要棉袄的话，我流着泪，赶紧给他准备棉袄棉裤。一边准备，一边想，他被抓，被打，他太可怜了，又趴在床上哭起来。

哭了一阵，猛然想起，姜子还在等我呢。不行，我得赶紧走！

夜半三更，出了门。迎着寒风，抱着棉袄，挺着大肚子，一瘸一拐，像个鬼。

派出所冲哪边开，我都不知道。半路上，碰到一个骑车的人，我拦住问路，吓得这人差点儿从车上掉下来。黑天半夜的，吓死谁！有你这样的嘛！他叫起来。叫完了，听我一说，觉得我挺可怜，说，我送你一程吧，你把包袱放我车后面。路黑，你脚底下当心。

派出所的门没关，像狮子嘴大张着。门前亮一盏小灯，昏黄昏黄，比不亮灯还吓人。

我站在门口不敢进。

看门的警察叫起来，干吗的？

我哆嗦着说，送……衣服……

他探出头来一看我挺着大肚子，口气软下来，进来登记吧。又说，到里边别乱说话啊。

我登记完了，跟着他往里走。走着走着，下了地下室。

姜子被关在了地下室。黑洞洞，阴森森，寒气逼人。一个屋子，六七个人，全都用手铐铐在铁管子上。一动不动，跟死人一样。

我腿一软，坐地上了。

过来一个警察，把我扶起来，带到一间小屋。他收下棉袄棉裤，还挨兜搜了搜。

我说，叔叔，求求你，让我老公回家吧，我都快生孩子了。说着，就哭了。

警察瞅我一眼，你说什么呢？他明天就转分局，你再给送双鞋来吧。

我说，求求你，让我跟他说句话吧。

你想说什么呀？

我说……就说我来了……

得了，你快回去吧。他看见东西就知道你来了。

说着，他站起来，送我走。还说，出去别乱说话啊。

我不知道自己是怎么回家的。磕磕碰碰，哭哭啼啼。

到家后，连夜给姜子找鞋。一双皮鞋，一双棉鞋。看到鞋，像看到他。我叫了声姜子，瘫软在地上。

还差一个月，我就要生了。老天爷，你可怜可怜我吧！

第二天，我找到金爷，告诉他姜子的事。金爷听了，沉着脸，没吭声。

我一下子掉进冰窖里。

想不到，傍晚的时候，有两个人来家里找我。一进门，就塞给我一个大信封，里面装了三万块钱，说是金爷给的。其中一个我见过，叫虎子。

虎子说，嫂子，你买点想吃的东西吧。

我一句话也说不出来，就是掉泪。

虎子劝我别哭了，又压低声音说，嫂子，姜子已经被转到分局了。金爷托了人。你可以去找这个人，让他亲眼看看你，知道你真的是要生了。

金爷托的人叫杨路，很年轻，是搞预审的，具体承办这个案子。我去分局跑了三次才见到他，真像见到大救星，话还没说，泪就下来，拦都拦不住。

他看我挺个大肚子，表情很复杂。姐，你也别跑了，身子要紧。你先回家吧，好好生孩子。

我问，我老公有事吗？

杨路想了想，皱皱眉头，从现在看，你老公没大事，可以把他摘出来。谁知道往下呢。

杨路说着，把夏利车里的零碎物品还给我。又说，这车还不能还给你。如果你老公有事，这车就是贩毒工具，法院要没收。你老公没事呢，这车就好办了。

我跟上去说，你把我老公放出来，这车就送给你了。

杨路笑了笑，要那么简单就好了。这个……再说吧。

见了杨路，我心里踏实多了。说起给他车来，杨路也没一口拒绝。没拒绝，就有戏。

我感到姜子能回来，心气一下子恢复了。

姜子突然被抓，他们家也乱成一锅粥。

他爸气得拍桌子打板凳，就差点火烧了房。这兔崽子怎么了？

气够了，骂完了。他爸又静下来，对家里人说，你们都听我的，谁也别去乱啊。我去找人问问，我就不信姜子会干这种事，给我上眼药。

姜子他姐嘴上答应不去乱，心里却有主意。她领着姜子妈找到我，非闹着跟我要人。

姜子妈没鼻子没眼地指着我乱骂，我当初就不同意你们，就知道姜子跟你这个烂货准好不了！你肚里怀的还说不准是谁的呢！

姜子他姐说，你有丈夫有孩子还勾引我弟。现在我弟不在了，你正好去跟野男人浪！

她们骂得很难听，完全是往我头上拉稀屎。我火冒三丈，说欺人不能太甚，往我头上拉干屎，我拨拉下去就算了。往我头上拉稀屎，我非堵他屁眼子不可！

我豁出去了，想撒开了跟她们大吵一场。就在这时候，孩子在肚子里杵了我一下，提醒我别忘了他，别忘了他爸。我软下来，心疼孩子，心疼姜子。

我说，你们娘俩也别骂了，姜子是你们的亲人，也是我的亲人。他受罪，谁心里都不好受。要吵架，等我把姜子救出来再吵。

她姐叫起来，等你救他，黄瓜菜早凉了！你要是年轻点儿还可以，可以卖去呀！现在这德行，白给人家都不要，你还想救姜子，救救你自己吧！

我沉住气，不回她嘴。可是，为了表示我有能力，我能救姜子，我又忍不住逞能，把本来不该讲的话也掏了出来，想到她们再怎么恶也是自家人，就把我见杨路的事说了。

我说，杨路说姜子没大事，能摘出来。他要是能把姜子放了，我就把夏利车给他。

没想到她姐说，姜子买车还跟我借了两万呢，别都当成你自己的人情！

我说，两万块我会还你。

两个人闹够了，走了。小屋里剩下我跟没出世的孩子，静如死。墙上的表嘀嗒嘀嗒，我的泪也跟着滴答滴答。想妈，想姜子，两个最亲的人，转眼全没了。以前我是一个多么快乐的人哪，没有愁事，没有欲望。我要的很简单，能跟心爱的人在一起，就是幸福。只要他对我好，吃糠咽菜都高兴。可是，现在，妈走了，姜子进去了。我内外交困，这日子往下可怎么过啊？

我又想起杨路，觉得这事托他靠谱。一是，他是经办人，金爷有托；二是，我说事成之后把夏利送他，他说再说。这是一个活话儿。

只要姜子能回来，砸锅卖铁都干。有人就行，一切都可以重新来过。

过了几天，分局突然通知我去领车。我很高兴，这说明车不是贩毒工具了，那姜子出来就有戏。我挺着大肚子，兴冲冲来到分局。没想到接待我的不是杨路，而是一个叫刘七的。听名字都不像警察，可他却是个警察。

刘七冷着脸对我说，杨路不管这个案子了。你先把车开回家去，听候通知。

我的心当时就凉了。我问，我老公呢？

他说，还关在这儿呢，要动地方会通知你。

我再问什么，他都不说了，催我把车开走。你要不要？要就快开走。

我不会开车，姜子他姐会开。尽管我心里不愿意，还是给她打了电话。她来了，把车发动起来，对我说，上车吧，我拉你回去。到了我家，她不下车，说还要顺便拉点东西，再给我开回来。结果她没开回来，开他们家去了。

有这样欺负人的吗？我很生气。

过了几天，看她没开回来的意思，我就去找她。我想把车拿过来，以后还可以当礼物，打点人帮着捞姜子。

她姐说，凭什么给你呀？这是我弟的车！

我说，你弟的车跟你有关系吗？那是我们夫妻俩的。

你臭不要脸！你勾引我弟弟，现在把他弄成这样，你个臭妖精！

我说，你嘴干净点儿，现在不是吵架的时候。真吵起来，十个你也不行！这车我不要了，公安要是来问，我就让他们找你。

说完，我就打车回了。

她听我这么说，又害怕了，悄悄把车放到我家门口。但是，没给我钥匙。

141

我也不跟她要。我的心已经不在这儿了，总觉得姜子的事好像有了麻烦。

果然，金爷叫虎子来找我。虎子一见到我就说，嫂子，出岔了！

啊？是姜子吗？

虎子点点头。

你快说，是怎么回事？

她姐没听她爸的话，到处瞎找人，后来也托上了一个警察。托就托吧，她跟这个警察说，姜子的老婆托了杨路，杨路跟她要夏利车。这个警察扭脸就报告局领导了，局领导当下就撤了杨路。说为了不再发生类似的事，局领导让把夏利车先还了，以后法院要追问起来再说。

啊？！

他姐害了杨路，也害了我姜哥。姜哥本来没事，也成有事了。姜哥他爸本来想托托人，老爷子性子犟，思来想去到底也没托人。现在案子已经送到检察院，金爷说让你有个准备，八成要判啊。

我像被人砍了一刀，眼前一黑，就什么也不知道了……

31

⋮

等我再睁开眼时，看到一张张惊恐变形的脸。

爸爸和弟弟妹妹们都围在我的床前。

我这才知道，自己已经躺在医院里了。

爸问，姜子呢，姜子呢？

我不敢说。

爸还问。

我说，出差了。

出差了？媳妇生孩子也该回来呀。

妹妹不信，说你俩是不是吵架了？

我说，没有。

不信!

真的没有。

说着,泪就往外滚。爸,你们……你们带我回家吧。

爸摇摇头,大夫说了,你不能回家了,可能要早产。

真的?

我回不了家了,在医院住下等着生产。在这样急人的时候,事儿都赶一块儿了。

等待生产的日子,真是生不如死。家家都有老公陪着,就我挺着大肚子在屋里溜达。看到爸来为我送吃的,今天鸡汤,明天排骨,跑得一头老汗,心里更加难过。有话也不能跟他说,再苦再难都要自己担下。后悔当初错走一步,我应该听爸妈的,不该跟姜子结婚。可是,转念又一想,姜子怎么了?他一没偷,二没抢,三没耍流氓,他有什么错?苦等我八年,谁能做得到?为了照顾我丢了工作,谁又能做到?他开夏利挣辛苦钱,还不是为了我?如果他不跟我结婚,也不会落到这步田地。那么强硬的汉子,被呵斥,被打骂,被铐在地下室。唉,他真可怜,我真对不起他。

大夫说我要早产,可孩子躲在肚子里就是不出来。难道他在等他爸爸回来?

姜子,你什么时候才能回来?我和孩子都在等你。

老天爷,可怜可怜我们,让姜子快回来吧!

我哭起来。哭着,哭着,突然肚子疼得受不住了。我惨叫一声,汗如雨下。

大夫赶来,说你要生了。

推进产房,打上催产针。我挣扎着,把墙都挠破了。

在天崩地裂中,在死去活来中,猛然听到惊心动魄的哭声,哇!——

是男孩儿!大夫快乐地说。

真漂亮啊!护士快乐地说。

快乐是别人的,不是我的。

——要是男孩儿,就放他的马。他将来爱干吗干吗,大不了违法了一个枪子给崩了!

我想起姜子说的话,没有快乐,只有悲伤。

孩子出生后,三天不吃不喝。

我天天看着他,边看边掉泪。

姜子说过,不管是男是女,都叫石头。

小石头啊，我这样叫着孩子。你怎么不吃不喝，光闭着眼呀。

大夫劝我，没事，早产儿都这样。

小石头不吃不喝，我的奶涨得疼痛难忍。还好舅妈来了，她带来吸奶器，帮着我吸。

第三天，小石头的眼睛睁开了。他呆呆地看着我，看着，看着，眼里也流出了泪。

委屈的，无声的，干净的。

我抱着他就哭，孩子啊，可怜的孩子，是妈害了你，你不该到世上来啊！

舅妈搂着我说，菊儿，别哭了，月子里哭，眼睛会瞎。

我说，舅妈啊，你给找个好人家，把这孩子送人吧。

舅妈叫起来，啊？菊儿，这可不像你说的话。你是一个多要强的人啊！这么好看的儿子，烧香磕头都求不来。你看看，小偏分，大脑门儿，高鼻梁儿，小红嘴儿，天生就一个美男子。你四十多岁生的孩子，比别人生的孩子从骨子里就好看。你怎么能说送人呢？你不要，我要！拿来，我养着！

我说，舅妈，我不想活了。

舅妈拍拍我，你难，我知道。菊儿，记住，咱没死罪，咱要活着，再难也要活着！想想你爸你妈，"文革"的时候多难啊，批斗，挨打，游街。墨汁倒一脸，头发剃半边，人不人鬼不鬼的。多少人自杀呀，上吊，跳楼。你爸你妈从来都没动摇过，到底挺过来了。

舅妈的话唤回我生的勇气。我没死罪，我要活着，再难也要活着！

一个礼拜后，我出院了，抱着小石头回家了。姜子不在，我就跟小石头相依为命。

小石头吃了我的奶。小石头看见我就笑。我跟小石头有了感情。现在，就别说送人了，谁敢碰他一下，我都不答应。小石头是我的命。

姜子他们的事情，我东打听西打听，也打听出一点儿眉目。那天，他拉着王森去平谷退药，车上还跟了两个新疆买药的。到了平谷，卖药的没出面，叫另外一个人出来谈，说药可以留下，但没有钱，等以后有了再给。买方不干，王森也不干。双方就吵起来。姜子为人仗义，觉得卖方无理，上去就要打人家。那人一害怕，就报了警。警察来了，把双方都带派出所问话。买的卖的这才感到事情严重了，后悔不及，争抢着跟警察说没事了，是自己兄弟误会了。警察说你们吃饱撑的！滚！就放了他们。眼看车要开了，一关车门，一盒药掉了下来，警察捡起来，觉得有问题，就给缉毒处打电话。缉毒处说这个药属于二类毒品。警察一听，脸当时就变了。都给我下车，手放头上蹲下！就这样，现场所有人就被扣住了。紧跟着，又把其余的人也抓了。一个贩毒团伙就这样自投罗网。本来没姜子的事，他要动手打人家，结果被卷了进去。冤冤枉枉。

明戏的人说，姜子没大事，最多判个半年。好的话能判缓，宣判当天就可以回家。

这句话，成了我的饭。我不吃不喝，就靠这话活着。

我天天盼开庭，盼姜子能当庭释放，跟我一起回家。

想不到，一盼，就盼了一年！

凄风苦雨中，泪水汗水中，苦命的小石头一岁了。

孩子生日这天，破家冷清如洞。

没人记住这个日子，我也不想告诉任何人。

一个没想到的人，摸进了我的家。

打开门，突然看见她，我一下子愣住了——

我曾经的婆婆，田民他妈！

老太太虽然没了一只眼，仍看得出年轻时的漂亮。金丝边的小眼镜，一头银发。

她不说话，站在门口，看着我乐，就像我初进田家时一样。

只是，当初，她站门里，我站门外——

我看她挡在门口乐，不知道该怎么办。

田民说，等你叫妈呢！

可我就是叫不出这个妈字。

老太太说，菊儿，你先把这碗水喝了。

我这才看到她手里端着一碗水。

我接过来，一喝，是甜的。

老太太问，菊儿，水咋样？

是甜的。

对呀，你就得嘴甜嘛，你吃不了亏！

我叫了声，妈。

哎！她答应得特别脆，像唱歌一样……

现在，老太太突然又站在了我的面前，在小石头满一岁这天。

昨日仿佛眼前，眼前依稀昨日。

我叫了一声，妈，就搂住了她。

哎！她答应得还是那样脆，像唱歌一样。

这一答应，我跟田民已分手十年。

这一答应，两个苦命的女人抱头痛哭。

我知道，她的老伴儿，她的救命恩人，她成天挂在嘴上的老爷子，已经去世多年。老爷子活着的时候，爱喝棒子面粥，半夜里想起来还要喝。老太太不管白天多累，也爬起来给熬。边熬边说，老爷子您等着啊！老爷子从外边干活回家一躺下，她就给他掏耳朵眼儿、抠脚丫子。现在，这些都成了往事，成了抹不去的记忆。她独守寂寞，枯对孤灯。想起当年在带花的小院里当三姨太衣来伸手饭来张口的日子，也想起老爷派下人送西瓜，每个西瓜上都刻着章，送到她这儿的，总是最小的……

老太太止住泪，又劝我，菊儿，别哭了。她拉着我手，领我往屋里进，好像这是她的家，好像我还是刚过门儿的新媳妇。

来，你看看，她说，你看看我给你带来了什么？

说着，抬眼看看床上熟睡的孩子，又放轻脚步，减弱了声音。

她从提着的旧提兜里，掏出三件小孩儿衣服，都是用软棉布精心做的。从前往后一套，小带儿一系，特方便穿。小衣服前面还缝了一个小兜儿。

菊儿，我没钱，给孩子买不了什么，就给孩子做几件衣服吧。眼睛花了，没从前做得是样儿了。想着孩子吃奶爱往上掉，就做了三件，让他洗换着穿。

小兜儿里好像还装了什么东西。

我一掏，里面装了一块钱。

三个小兜儿，一个兜儿里装了一块钱。

给孩子压压岁，一岁了嘛！老人说。

妈！……

我叫了一声，扑在她怀里大哭起来。

菊儿，别哭，快别哭……

老太太拍着我的肩，一下，一下，轻轻地，好像我是睡在床上的孩子。

我哭。我听不清。我抓着老太太给孩子做的衣服，想起她给我做衣服的情景——

我过门后，老太太特别心疼我，知道我爱打扮，常常去商场买布给我做衣服。菊儿，我给你买了两块布头儿，一共八块钱！我喜欢带点儿的花布，她今儿买一块白地黑点儿，明儿买一块红地黑点儿，后儿又买一块蓝地白点儿。晚上，我们娘儿俩把桌子一摆，布头一铺，她就裁。我说，我要八片裙，她就裁个八片裙。我要四片裙，她就裁个四片裙。我说要转圈儿都能转起来的十六片裙，她就裁十六片裙。裁完了，指导我用缝纫机扎，第二天就穿上了。她欢喜地上下看，我们菊儿就是好看，是水做的，水灵灵的，穿什么都好看。你就是七豆花大姐。我问，什么叫七豆花大姐？她笑了，就是瓢虫！……

现在，这些，跟她给老爷子半夜里熬棒子面粥一样，都成了往事。

老太太说，菊儿，孩子他爸不在，爷爷奶奶又不管，你要是弄不了，就送我这儿来，我给你带。你看这孩子长得多好啊，像洗净了的莲藕似的。

我说，妈，您放心，我能带。

她说，你也放心，圆圆好着呢。身体好，国文算术也好。

她说的还是老话，国文算术。

我支起耳朵听，生怕漏掉一个字。

菊儿，知道你想他。天下当妈的都一样。他是你身上掉下的肉，他是你心上解不开的绳。圆圆可懂事呢，他老是问我，我妈呢？我就跟他说，你妈出国了。他问出国干什么？我说给你挣钱去了。圆圆说，我不要钱，我不要钱，我要她回来……

我听着，心像被剪子剪了一样。

我说，妈，我对不起孩子，让您受累了。

老太太叹了口气，唉，闺女啊，我的好闺女……

临走的时候，老太太看看我，还想说什么。没说。

我知道，她想说田民。

我也知道，田民想跟我复婚。

但是，我不能。

我拦了辆出租车送老太太，看她勾腰，爬进去，我又掉泪了。

32

法院通知开庭那天，是一个雪后的冬日。

没有太阳。风卷着冰碴，冻得人青鼻子肿脸。

那天，我感冒发烧浑身难受，孩子又老哭。我抱着孩子，站在冰天雪地里，半天也打不到车。好不容易滑过来一辆，八个人抢，根本没我的份。

我想起邻居老刘家。姜子在的时候，没少为他家拉人带东西，都是帮忙。后来他家买了车，才不敲我家门了。我跟他媳妇是无话不谈的好姐妹。我心想，去求老刘帮个忙吧，就抱着孩子来到他家。正好老刘在家，我说，姜子今天开庭，麻烦你送我一趟吧。老刘还没说话，我那个姐妹就上来拦住，菊儿，哎哟，我家车坏了，正准备送去修呢。要不，我给你十块钱，你打车去。她话没说完，我已经扭头走了，心比天还冷。你没事的时候，人家看见你能，都围着你，你是爷。一旦你出了事，连孙子都不如。这就叫世态炎凉。

我顶着风，从老刘家出来，心说今天我就是爬，也要爬到法院去。

这时，只见金爷的奥迪迎面开了过来。

车上的人看见我，赶紧停下来，快上车吧，金爷让我来接你。路上不好走，来晚了。

我说，太谢谢了，金爷真是个好人！

车很快开到法院，门口站了一堆家属，姜子他姐也在里边。谁也不让进。

把门的是个老法警，我就跟他哭，大叔求求您，让孩子爸爸看孩子一眼。孩子还没生，我老公就进来了。我大老远抱孩子来，就为让他能看一眼。就看一眼，求求您！

他看看孩子冻得通红的小脸儿，说我得申请一下。

我说谢谢您了，要不是抱着孩子，我给您磕个头。

老法警笑了，这也不是旧社会，不兴。行就行，不行也没辙。他说完就进去了。

我两个眼珠子追着他，差点儿掉出来。

一会儿他回来了，还带出一个人。他跟我说，你跟着去吧，别哭别闹别说话啊。

我一激动，连谢谢都忘谢了，更别说磕头了，抱着孩子就往里走。

姜子他姐在身后又蹦又跳，也要跟进去。老法警不让。他姐就叫，谁是直系亲属，我是他姐，我才是直系亲属呢！

老法警说，你再直也直不过人家两口子！你闹什么闹，再闹我叫人把你铐起来。

他姐这才老实了。肚子气得鼓鼓的，直放屁。

老法警说，这是什么味儿啊，赶上黄鼠狼了！

地下室里有好多小屋，等着开庭的倒霉蛋一屋关一个，一共八个。个个铐着，蹲在地上，脸冲里，背朝外。我挨屋寻找着姜子，哪个背影都不像。跟他已经一年没见了，脑子里还是他高大帅气的样子，眼前这些窝在小屋里的鬼人根本不沾边。可就在这时，一个宽宽的肩膀在我眼前一闪，是他，是姜子！我眼前立刻被泪水糊满。

姜子被剃了头，蹲在地上，低着头。看得出来，他知道今天开庭能见到家人，收拾得干干净净的，白汗衫，蓝裤子，只是没有系皮带。有规定不能系皮带。

姜子！我叫了一声。

跟随的人立刻拦住我，不许说话！

姜子浑身抖了一下，像被蜂蜇了。

他一回头，看见了我。

忽然，他笑了。

这是多么复杂的笑啊，我一辈子难忘。

很快，他收住笑，瞪大了眼。他看见了孩子。

我把孩子高举起来。让他看，让他看。

孩子就是我们之间要说的话。

一年离别苦，尽在沉默中。

姜子两眼血红。他忍住泪，拼命甩头，拼命甩头。

我明白，他叫我赶快离开。他不愿意让孩子来这里，他怕孩子吓着。

我听姜子的，舍不得走，也得走。

孩子真是块石头，来到这么吓人的地方，他竟然没哭。

说实话，我当时心里并不紧张，觉得姜子没多大事。尽管有人说现在赶上"严打"了，凶多吉少。但很多人都帮我分析，说再"严打"判一年也撑死了。他在看守所已经关了够一年，说不定能当庭释放。我离家时，连床都铺好了。

律师在法庭上也说，姜子拉活儿挣钱，与买卖双方不认识，对所拉何物也不知情，在本案中，没有参与买卖。所拉毒品全部追缴归案，没有流入社会。事发中他动手打人，属一时冲动。鉴于他是初犯，请法院给予从轻处理。

听律师这样辩护，我心里更踏实了。

可是，万万想不到，法庭最后宣布，八个人都判五年。

啊？五年！

我当时就坐地上了……

金爷亲自到家里来劝我，菊儿，先忍了吧，等到了监狱咱们再托人。

我跟疯了似的说，金爷，把我卖了，把姜子赎回来，别让他在监狱里待着。

金爷说，你别急，总会托到人的。

我恨不得马上能托上人。一边等金爷消息，一边自己到处瞎找人。

有一天，我去商城给孩子买奶粉，忽然有人拍我肩膀，回头一看，是个男的。瓜子脸，眯缝眼，仁丹胡，头戴皮帽，脚蹬马靴，旁边还带着一个特漂亮的女孩儿。

嘿，你不认识我啦？他说。

我一愣，怎么也想不起来。就问，你是谁呀？

我是你同学，王雷！

哎哟，敢情是你呀！我叫起来。

上学的时候，王雷总是流着大鼻涕，特脏，打架、偷东西什么都干。他家是工人，很穷。郑老师特意把他编到我们学习小组，让我帮助他。他比我小半岁，那时候就叫我姐。后来，我们一起去昌平插的队。喊人名吃贴饼子的时候，有人还喊吃他呢，咬一口，说还生着呢。我说，王雷哪儿是生啊，是一嘴大鼻涕！再后来，我去了公社，又去了京纺，就再也没见过他了。想不到在这儿突然见到了，洋气得都不认识了。他，可真是"熟"了。

姐，我挺感谢你的。王雷说，那会儿上学的时候，郑老师让你跟我结对子，一帮一，一对红。你帮我改了不少坏毛病。

我说，你现在混得挺好啊！

他笑了，我在这个商城里开了一家歌厅。

接着，又跟我介绍那个女孩儿，这是我媳妇。

我说，你媳妇真漂亮。

他问，你老公呢？

哪壶不开提哪壶。我没说话。

他突然盯住我问，是不是出事了？

我心里一惊，他怎么知道？脸上还是没露。

王雷紧盯住我不放，他是不是出事了？

我躲不开，又好奇，就问，你怎么知道的？

王雷叫起来，啊？姜子真是你老公啊！前几天法院判了一个贩毒团伙，里面有个叫姜子的我认识，他常往我们歌厅拉客人，拉来我就给加十块油钱。他就为挣这点儿钱，挺不容易的。我听他念叨过你的名字，说你是他媳妇。当时我没敢问，一是年纪不对，你大，他小，不配套；再一个，重名重姓的人太多啦。就说姓王的吧，叫王八蛋的不多，叫王雷的，没有五十万个，也有三十万个。所以，我听他说你的名字，就没敢往你身上想。现在，对上号了。你们是姐弟恋啊。姐，我听说姜子好像有点儿冤啊。

听他这样讲，我的眼圈儿一下子就红了。

王雷说，姐，你别难过，咱们想办法。到我这儿唱歌来的，都是大能人，公安的，法院的，连劳改队的都有。我托托人，想办法往下减减。五年太长了，人都关傻了。

我一听，心里热起来，王雷，我先谢谢你！

没想到，第二天晚上，王雷就叫我去歌厅，说他托好了人。

王雷托的人叫陈震，很壮，很肥，六十出头，满脸大胡子，一看就是那种特野蛮的人。他以前当过警察，后来辞职下了海。因为生意好，出手大，混得有头有脸，很得烟抽。

我收拾好赶到歌厅的时候，包房里已经嚷上了。王雷把我介绍给他，陈震的两眼牛舌头似的上下舔着我，哟，这是个美女啊！他说。

我听了，心里别扭，脸上赔着笑。

来来来，唱歌，跳舞！他叫着，一把搂住我，就往包房里带。

包房里烟雾腾腾，像进了庙。半明半暗中，看不清有多少人。男男女女，抱着搂着啃着。喝空的啤酒瓶、饮料瓶，东倒西歪堆一地，好像废品收购站。

这是我小姨子！陈震叫着，把我推到大家面前，你们看，靓不靓？

靓，靓！包房里一片闹哄。

震哥，哪儿弄来的？

小姨子有你半拉儿屁股呀！

什么半拉儿呀，你们以为是切西瓜呢。整个的，整个的！

正抓着麦唱的那位，斜了我一眼，猴叫立马提高了八度。

<blockquote>

这就是爱，糊里又糊涂。

这就是爱，谁也说不清楚……

</blockquote>

我像当众被人扒光了，实在受不了，借口上洗手间，出来找到王雷。

哎哟，王雷，你没把我给卖了吧？这怎么跟土匪窝似的？

姐，你可别吓唬我呀，这年头儿哪儿来的土匪啊，早叫八路给灭了。

说真的，王雷，你托的这人靠谱吗？

怎么不靠谱？我跟他一提，他比我还清楚，说明天就带你去大宇见姜子。

真的？

骗你我改名叫王八蛋！

本来我的心都凉了，想溜了，被王雷这么一说，又搅热了。

正说，咔咔咔！包房里摔起了酒瓶子。王雷慌忙跑过去。

摔瓶子的正是陈震。

震哥，震哥，怎么了？王雷一面问，一面上前紧收拾。

人呢？陈震喊着，菊儿呢？

我在这儿！我赶紧答应着，进了包房。

你干吗呢？陈震大眼珠子狼似的，求我办事，你不陪我，你他妈上哪去了？

急扯白脸的，骂得我没处躲没处藏，真想上去抽他几个嘴巴。

但是，想到王雷说的，明天他能带我去见姜子，我只好忍了，咬破舌头往肚里咽血。

我笑着迎上去，震哥，别生气，别生气，我好好陪你，行吗？

陈震大胡子一咧，一把搂住我，像攥个小鸡仔，来，跳一个！

音乐响起来，是邓丽君唱的《甜蜜蜜》。

甜蜜蜜，你笑得多甜蜜……

想到姜子，为了姜子，我被人搂着，强作笑脸。

这种屈辱，我一辈子也忘不了。

才跳了几步，灯光忽然被调暗了。陈震的手就往我怀里摸。我涨红了脸，伸手挡，又被拨开。他的大手一下子抓住我的乳房。

个儿真大啊！他淫荡地说，一手还抓不过来呢。

我要挣扎，又怕被人看见。

他把我逼到墙角落，你害什么羞，孩子都有了，还装纯！

我瞪他一眼。

怎么，你不喜欢我？

我不理他。

他还问，我帮你忙，你喜欢吗？

我只好说，喜欢。

是喜欢我呀，还是因为我能救你老公？

我没说话。

问你话哪！

你让我怎么回答呢，让我说真话还是说假话。

当然是真话。

是为了救老公。

好，为了救老公，叫你献身你也干？

只要能让他回来，怎么着都行！

他笑了，爱情真伟大啊！

说着，吧唧，在我脸上叼了一口。

我就愿意看到女人为爱情而献身，我就愿意享受这样的献身。花多少钱也买不来！

听他这样说，我心哆嗦着。世上还有这么坏的人，难怪阎王要修地狱。

我觉得被王雷骗了。这明摆着就是一条色狼，他能帮什么？

可是，没想到，第二天，陈震当真开着车来找我。走，菊儿！

哪儿去？

大宇，去见你老公！

他真是个魔鬼。

我说，我要带上孩子。

他说，带他干什么？想了想，又说，带就带吧。

我抱着孩子坐上陈震的车，前往大宇。他开车开得很快。

来到中转站见面室。不多时，姜子被押出来。他的双手反铐着，穿了一身劳改犯的灰衣服，上面带白道道。

隔着一道铁栅栏，我们见面了。

他不说话，我也不说话。两个木头人。

一岁多的小石头不懂这是怎么回事，也不知道姜子是什么人。他伸出两手直抓铁栅栏。

我说，小石头，这是你爸，跟你爸亲一个。

哪儿亲得着啊！铁栅栏隔在中间，又窄又凉。

姜子想把手伸出来，伸了半天，只伸出一个手指头。

小石头抓住他的手指头，就舔。

我说，叫爸爸，叫爸爸！

小石头就叫，爸，爸，爸。叫得挺清楚呢。

姜子哎了一声，一颗眼泪就掉在地上，像个大雨点儿。

我不知道说什么，也不知道从哪儿说。我开始哭起来。哭不出声，就是流泪。

姜子说，你别哭了，我对不起你。过两天，我就要去农场了。

我抹抹泪说，我想办法托托人吧。

姜子说，算了，没用。

话没说完，就被人拽走了。

走出好远，他突然转回身，挣扎着说，菊儿，你别等我了，再找个人吧！

我大叫起来，不，不！姜子，我等你！我跟孩子等你！

姜子还想说什么，被人狠推了一把，趔趄两步，摔倒在地。他的双手反铐着，怎么爬也爬不起来，被人踢了一脚，揪住脖领子拽起来，像拽死人一样。

我号啕大哭。

孩子也吓得哭起来。

啪，啪，啪，陈震在一边拍起了巴掌，拉长声音说，感人啊，感人！什么叫生离死别？什么叫难舍难分？活生生，活生生啊！

他边说，边上来拉我，走吧，亲爱的。

我真想上去抓他的脸，手伸出两次，都忍住了。心想，等姜子出来，我杀了你！

在回去的路上，陈震说，你看到了吧，什么叫牛？惹了事前门进去后门出来，那叫牛。什么叫傻呀，你老公这样的，没他的什么事也进去了。

我说，他再傻，也是我老公，也是孩子他爹。震哥，我看出来了，你本事大，我求你帮帮我。

陈震一歪脖子，还想让我怎么帮你呀？

我说，你能不能在农场那边找找人，给他减减刑。他真挺冤的。

陈震说，进去的都喊冤，有本事别进去啊。

我说，别人冤不冤我不知道，我老公真的冤。如果减不了刑，你帮找找人，别让他耪大地，让他干点儿轻松的活儿，隔段时间能让我们见见面。比如，一个月我能去看看他。

嘿，陈震笑起来，你还想跟他打炮呀？外面这么多好男人你不要，去跟犯罪分子打炮。

我说，你干吗说得这么难听啊。

陈震叫起来，你这是说谁呢？信不信我他妈现在就把你扒光了！

我连忙说，震哥，我错了，我给你赔礼。

他说，这就对了，要听话。

车七开八拐，开到一栋别墅门口。到了，他说，下车吧。

这是哪儿啊？我问。

你别问，你就在这儿陪我几天，把床上的功夫都使出来。

啊？震哥，这儿还有孩子呢。

我给你雇个阿姨，让阿姨看着。

我……

你怎么啦？陈震说着，一把抱住我，你不是说为了救老公，怎么着都行吗，后悔啦？

没，没……

陈震一只手伸进我怀里，来，来，别说让你老公干轻活儿了，我能让他减两年刑。不瞒你说，我就喜欢你这样的。花钱玩的我早腻了，只有你这样的才好玩。说你傻吧，你又全明白。说你情愿吧，你又不情愿。说强奸你吧，你不喊不叫。说顺从我吧，节骨眼上你又跟我使暗劲儿。哎哟，过瘾！

说着，他的另一只手就往我裤裆里插，气喘得牛似的。

我挣扎着，往外拽他的手，咱们……别，别在车里啊，孩子还看着呢……

看就看，让他看，让他……

忽然，这东西叫了一声，浑身一抽筋儿，翻了白眼。

我是过来人，知道他太性急，自己泄了。

打这以后，陈震隔三岔五就来纠缠，成了我的心病。

离不开，甩不掉，更怕得罪了。

一天，金爷来找我，进门就说，菊儿，托的人回话了，让你这两天就去茶淀看姜子。

啊？我没想到金爷这么快就给信了。

人家还说，姜子如果在里边不闹事，好好劳动，就想办法给他减刑。

这是多么好的消息啊，正是我乞求的。然而，我却高兴不起来，恨自己太着急，病急乱投医，结果上了陈震的贼船。上船容易，下船难。

金爷看我表情不对，就问我是怎么回事。

我说不出口，也不敢说。吞吞吐吐。

金爷说，菊儿，你今个儿这是怎么啦？

我……我……

我这才把陈震的事说了。

啪！金爷一拍桌子，在屋里走了两圈儿，说，这事你跟谁也别说了，放心去茶淀吧。

后来，陈震再也没来找过我。王雷悄悄告诉我，陈震掉进没盖儿的井里摔坏了，锯掉一条腿不说，连蛋都切了。

我听了没说话。

王雷说，姐，我再帮你找找人。

我说，谢谢你，别找了，听天由命吧。

33
∶

我准备去茶淀看姜子了。都带什么呢？又想带吃的，又想带穿的，恨不得把家都搬去。想来想去，姜子最爱吃的，一个是红烧肉，一个是涮羊肉。现在天冷，吃涮羊肉正好可以暖暖身子。我就去买了羊肉片、大虾、小肚、肥肠，又带上烟、酒。怕劳改队里没火锅，还带了一个小电火锅。这边一个包，那边一个包，后背一个双跨肩，前面再吊一个大兜子。把小石头往大兜子里一放。

好家伙，东西太多，都直不起腰了，扶着门框半天才站稳。

我站稳了，看着墙上挂的我俩的合影，姜子正在看着我笑。

姜子，我去看你了，你不要悲观。你有家，你有我，你有孩子。你等着，我和小石头来了！

此去茶淀路漫漫。我先坐公交车到赵公口长途车站，从这儿坐上去天津的小巴。到了天津，又换上专门去茶淀劳改农场的车。车里坐的全是犯人家属，男的女的，老的少的。一身灰土，两眼悲怆。相互叹口气，泪水关不住。

路途遥远，同病相怜。坐着坐着，自然聊起来。大家管劳改农场叫圈儿，京腔京韵的，就是关人的地方。你家谁在圈儿里边，我家谁在圈儿里边。你家判几年，我家判几年。你家犯的什么，我家犯的什么。你带了点儿什么，我带了点儿什么。

又问，给管他们的带没带点儿？

不回答了。大眼瞪小眼。

沉默地走了一程，这位说了，他们也是人啊，穿着官衣在圈儿里头管人，其实也真挺遭罪。咱们家的熬到了年头，新衣服一换，出圈儿了，该干吗干吗去啦。他们可走不了。新人又来啦，他们还得接着练，整个就是判了无期。咱给人家带点儿东西，就是点儿心意。贵的咱也买不起，给带了两瓶老白干！

那位也说了，嗨，我呢，也带了点儿东西。头回来的时候，临走我问他们队长，下次来给您带点儿什么。人家说什么都不要。我死乞白赖问，人家说，好，那就给带点儿手纸吧。我一听，要手纸？说明圈儿里缺手纸。天天都得用啊！手纸多便宜呀，买吧。我二回来的时候，就扛了一大包袱手纸，小山似的。除了送给他们队长，也给家里的人带了点儿。队长看我扛了这么多手纸来，都傻眼了，问你给我带这么多手纸来干吗？我说，你不是说要手纸吗？队长就笑了，我说的是熟食！你看看，我这耳朵长哪儿去了。

没有人笑。一车忧愁。

我大清早出发，赶到农场都下午三点了。小石头睡得死去活来的。

按照金爷的交代，我找到三分场的队长郭明。他正管姜子。

郭明年轻，精神，随和。我叫他郭队长，他笑着说，大姐，你就叫我郭子吧。

我放下背包，从里面掏出两条中华烟和两瓶白酒。

郭子，你别笑话，这是大姐的一点儿心意。

哎，大姐，别跟我弄这事啊，我不要，真的不要。你带个孩子不容易，我哪能要你东西！郭子说着，拿起烟酒就往我背包里塞。

看他这样好，我眼圈儿一下子红了。

郭子说，大姐，别说金爷跟我们头儿打了招呼，就是金爷本人我也认识，还在一起吃过饭。好人哪！

我用力按住他的手，郭子，就凭你说金爷是好人，也要收下大姐的东西。

郭子说，行，酒我留下，你瓶瓶罐罐也不好往回拿。烟呢，你拿回去。

我说，烟酒不分家，郭子，你都收下吧，算是看得起大姐。

他说，烟就留给你老公抽，待会儿我就他叫出来。

说着，他拿起对讲机，呼叫起来，大杨，大杨，姜子的家属来了，你叫他过来一趟！

大杨是分场的指导员，个儿不高，圆黑脸儿，一说话先露俩虎牙。郭子喊了不一会儿，他两手揣着兜走过来。一个人远远地跟他身后，那是姜子！

我赶紧把郭子塞进包里的烟又拿出来，杨指导员，给你添麻烦了！边说边把烟递给他，大姐没别的，这烟你拿去抽吧，算是见面礼。

大杨脸上没笑容，说放下吧，回头大伙抽。又说，姐，你就叫我大杨吧，指导员指导员的，啰唆。

这工夫，姜子进来了，离老远就喊报告。

报告！哎……

猛然间，他看见我抱着孩子站在屋里，惊得愣住了。

他脸上手上身上，全都抹着黑煤末子，没一点儿干净地方。

你，你来了……他呆头呆脑地说。

我上前给他拍打身上的黑煤末子，你这是干吗呢？

摇煤球。他说，冬天了嘛，摇煤球。说着，就瞪眼看小石头。

小石头被他吓着了，哇哇哇，哭起来，以为见到了鬼。

我赶紧哄，小石头，小石头，这是你爸。叫爸爸。

孩子不哭了，也不叫爸爸，直着两眼看姜子。

这是他出生以来第二次见到姜子。

姜子龇着白牙说，他真叫石头了。

说着，又给郭子鞠躬，郭队长，谢谢您了！

郭子说，兄弟，坐，坐！

我听郭子管姜子叫兄弟，就忍不住泪了。

姜子不敢坐，还站在那儿。

郭子说，到了我这儿，就是一家人。来，都坐，都坐。

姜子这才坐下了。

我抢着把烟打开，抽出来，递给郭子，又递给大杨。

郭子接过烟，又递给了姜子。

姜子两眼盯着烟，嘴上说，郭队长，您抽。

郭子说，你接着！

姜子双手伸得老长接过烟。啪！郭子拿火机给他点上了。

哎哟，这可怜的，有多长时间没得烟抽了。把烟杆进嘴里，一口气吸得不抬头，眼看半截儿就没了。一点儿都没吐出来，滋溜一声，全咽了。香的！

郭子说，姜子，你老婆多好，这么大老远的，还带孩子来看你。一看你老婆就是个过日子的人。你在这儿要好好表现，别惹事，争取减刑，早点儿回家团圆。不瞒你说，你老爸也来过这儿，我跟他认识。我看出他想跟我说点儿什么，可是他忍住了，什么也没说就走了。其实他想说什么我都明白。老爷子要强，没说。我还跟他说要不要见见你，他想了想说算了，也没见。他嘴上硬气，心里难过。姜子，就凭这个，你也要争口气，在里头好好表现！

姜子站起来连声说，谢谢郭队长，谢谢郭队长！

我急忙问，郭子，真的能给他减刑吗？

怎么不能？表现好了，两年就能回家。

真的啊！我这心里就像放烟花一样，又带颜色又带响儿。

大杨插话说，我们研究过了，从下周开始，就不让姜子下地了。让他在办公室值班，打扫卫生，倒开水，转天线。

我叫起来，太感谢了，太感谢了！

姜子也连连说，谢谢指导员！谢谢队长！

我小声问，什么叫转天线啊？

姜子碰我一下，别问了，待会儿你就知道了。

郭子说，姜子，今儿虽说不是节假日，但我破例了，让你老婆住这儿！

姜子傻得都没反应过来，我激动得冲郭子叫起来，哥，哥！

郭子笑了，我叫你大姐，你叫我哥，咱俩到底谁大呀？

我都高兴疯了，你大，你大……

高兴过后，我又掉了泪。

大杨拿出登记本，给我办了入住手续。

郭子带姜子归队了，去准备下午的队列操练。

大杨领着我来到场部后院。在场部后院，有一排青砖房，一间挨一间的，锁着铁门。这是为获得批准的来队家属跟服刑犯人临时团聚用的，很人性。狱警管这儿叫团聚屋。铁门两边写着口号：计划生育好，只生一个妙。

大杨拿钥匙打开一间团聚屋，屋里有一张大床，一个沙发，一台电视机。

大杨问，怎么样？

我说，比五星饭店还美！

其实我也没见过五星饭店什么样，想象呗。

大杨说，好，吃了晚饭，你们两口子就在这儿好好团聚团聚。

我说，大杨，这让我怎么感谢你啊！

大杨看着我说，应该的。哎，姐，听姜子说你在外头认识不少人？

我愣了，啊？……大杨，你，你有什么事要办吗？

大杨说，也没什么事。我有个妹妹没工作，你能给介绍一个吗？

天啊，我自己都泥菩萨过江，可是，他既然提出来了，我硬着头皮也得上啊，谁让姜子归他管呢？这个社会就是这样，互相帮助，或者说，互相利用。

……好，好，我答应着，你让她找我来吧。

行，回头你给我个电话。

这时，操场上传来口号声，小石头闹着要去看。大杨说，去看吧！

我们来到操场边上，隔着铁栅栏，看到服刑犯人们正在郭队长的指挥下练队。姜子个儿高，我一眼就看到了。他换了衣服，还戴了一双白手套，成了全队的轴心。以他为轴，齐步走，正步走，一、二、三、四！咔咔，咔咔！走得很整齐，跟当兵的一样。

小石头也看见姜子了，隔着铁栅栏乱叫，所有的犯人都回过头来看。

在这一瞬间，我看到姜子的脸上露出了笑容。我来到这儿，还没见他笑过。

我说，小石头，别叫，别叫，你爸练操呢！

孩子还不懂事。他不知道这里是什么地方，也不知道他爸在这里干什么。

我已经想好了，以后他要是问，我就说他爸是当兵的。

晚饭是在郭子的办公室里吃的。我支起了电火锅，郭子把姜子叫过来，大杨还端来几个菜。姜子一看有涮羊肉，口水当时就咽得咕咕咕。其实，我的口水也咽得咕咕咕。我在外面哪儿舍得吃这些啊。姜子坐在电火锅前，都顾不上说话了，一会儿咔咔吃大虾，一会儿咔咔吃涮羊肉，把我馋坏了。

他对我说，你吃，你也吃。

我说，我不吃，我在外面什么都能吃上。

我看着他吃，看得出神。

吃完饭，天都大黑了，我们一家人去团聚房。

走在路上，忽听人声嘈杂。有人大声叫着，往左边转！还转，还转！

一看，嘈杂声从一个大屋子里传出。屋子里挤满了犯人。屋子外，有个人抱着一根大杆子正来回转呢。杆子顶上绑了个电视天线。

姜子跟我说，看见没有？这就叫转天线。这地方太偏，电视信号不稳定。吃了晚饭是大伙儿集中看电视的时间，就转着天线找台。找着影儿了，就凑合看，模模糊糊，跟看神仙飞似的，这也比傻待着强。找不着影儿了，就乱喊乱叫，转着杆子再找。

正说着，屋里又乱了，往右边转，还转，还转！

刚要亲嘴就没了，真急人！

大缸子，你头低着点儿，这一晚上哪儿是看霍元甲啊，就看你这大甲鱼了！

往左边转，再转，再转！

屋外转天线的那爷们儿真敬业，仰着头，举着大杆子，边转边喊，有没有？有没有？

这情景，让我想起了久违的昌平，久违的山——

满山的柿子啊，红的叶子，黄的柿子，美得像做梦一样。男社员个个仰着头，举着带钩的杆子，咔！钩下来一个大柿子。咔！又钩下来一个大柿子。我举着带布兜儿的杆子，咔！接住一个大柿子。咔！又接住一个大柿子。男社员爬到最高的树杈上，亲手把长熟的红柿子摘下来，递给我。因为熟透了，不能拿钩子勾，一勾，叭叽！就碎了，就流汤了。所以，只能爬上去用手摘。再高也要爬。摘着了，再爬下来，亲手递给我。他在柿子上捅一个洞——

菊儿，你吃！

我急忙拿嘴接住，一嘬，滋溜！柿子汤灌满嗓子眼儿。

哎哟，甜！真甜！

一直甜到心里头。

朱大妈说，要搁早年间，这红柿子可轮不着你吃。

我问，那轮着谁呀？

朱大妈说，武则天呗！

……

那是多美的柿子，多美的日子啊！

没有了。再也没有了……

姜子领着我和小石头来到团聚房。屋外冰冷，屋里冷冰。

姜子说，我弄个炉子来。

我说，你会弄吗，晚上再中了煤气，宁可冻着点吧。

他说，没事，我会。

不一会儿，他提了个炉子进来。弄了半天，也没生着。满屋子都是烟。

我把小石头抱进被窝里。不用哄，坐了一天车，他早睡得稀里糊涂了。我爬起来，坐到床上。

姜子不说话，坐在沙发上。低着头，自己玩自己的手。

我呆呆地看着他。

分开一年多，我俩好像成了陌生人。

一直坐到半夜两点，什么话都没说。

不知道说什么，也不知道从哪儿说。

有太多的话，又一句话没有。

没有火，屋里冷得跟冰窖似的。我身上只穿了一件毛衣，大衣给孩子盖上了。

终于，身上的最后一点儿热气散尽了，我开始发抖。

姜子说，你冷吧？

你说呢？

那咱俩睡觉吧。

好！

一进被窝，干柴烈火！

什么话都不用说。

我找回了他。他找回了我。

他找回了他。我也找回了我。

姜子说，姐，你骂我吧，你打我吧。

我说，干吗骂你，干吗打你，你是世界上最好最好的。

真的，姜子是世界上最好最好的。好得让我哭！

我哭了，姜子拿起枕巾给我擦。

这边掉泪了，这边擦。

那边掉泪了，那边擦……

{第六章}

34
⋮

自从去了茶淀，我的心就定下来了，人也有了精神。只要姜子在，就有这个家！

为了姜子，为了家，我要换一种活法儿。不能老哭。

我是一把伞，要在风雨中撑起来。

风雨会过去，老烟儿会升天。

因为生孩子，又跑姜子的事，我丢了京纺的销售工作，断了经济来源。

当务之急，是要找一份工作，挣钱过日子。可孩子怎么办，谁来带？我爸那儿请了个阿姨，可以放个一天半天的；弟弟妹妹那儿也能帮把手。但这都不是长事，打游击似的，找到工作也安不下心。

姜子她妈看小石头长得可爱，动了恻隐之心，毕竟是自己的亲孙子。她提出要帮我看着，让我去找工作。她才一提出来，就被姜子他姐一顿砖头瓦块地砸回去，看什么看？让她自己带！有孩子拴着她，省得她出去浪！

听见的人把这话告诉了我。我说，往后我摸都不让她摸小石头！

后来，我花钱找到了一个老太太。这老太太信佛，爱干净，年轻时就守寡，家里两间房只有她一个人住。她一看见小石头就喜欢上了，说你就交给我吧，白天黑夜我都给你带着。你什么时候休息了，有空了，就接他出去玩。

我说，阿姨，你可了解了我的难。我要好好挣钱，挣多了多给您点儿！

老太太说，给多了我也花不完，要花也是花在小石头身上。

给小石头找到好人家，我心里这块大石头就落了地。

接下来就是找工作。说实在的，我真想自己开个店。开什么店，还没想好。手里只有工厂买断工龄的这两万来块钱，实在经不住折腾。弄不好赔进去或者让人骗了，往后生活就没指望了。我想来想去，还是先找个地方打工吧。

我找的第一个活儿是刷碗。

看到附近一家饭馆招刷碗工，每月给六百，我就去了。老板很肥，油脸上两片厚肉直往下坠，让我想起我养过的猪。唉，这么多年过去了，那些猪猪还在吗？

你，他拿小眼睛打量着我，刷过碗吗？

我见过眼睛小的，像这么小的还头一次见。

很不容易跟他对上眼，我笑着说，天天都刷呀！

我是问你在饭馆刷过吗？

没有。我跟他说实话。

话一说出口，感到很委屈。

那会儿，有个阿尔巴尼亚电影叫《海岸风雷》，里面有个叫赛力姆的年轻人，因为穷困潦倒在地上捡烟头抽，被熟人发现了，一脚踩住烟头说，赛力姆，你已经到这个地步了！

这句台词很快就蹿红了。

菊儿，想不到你也到这个地步了！我自己对自己说，心里酸酸的。

老板，你告诉我怎么刷，我会刷好的。

行，你留下吧。要是刷得好了，赶明儿让你去前台收款。

谢谢啦，干什么都行。你觉得我干得好，给我涨工资就行。

就这样，我当上了刷碗工。早上九点就到了，晚上十一点才下班。一天站下来，腰酸腿麻。好好一双纺纱的手，两天下来就泡成死人手，一撕能撕下一层皮。试着戴胶皮手套吧，更糟，不透气，一会儿就把手闷熟了。这都难不倒我，最受不了的是老板动手动脚。正刷着碗，他从后面摸一下，掐一下，还有两次抱住了非要啃。让我想起毛胡子陈震，心里又烦又怕。想不到刷个碗，还要潜规则，我真想赌气走了。

可是，又一想，姜子等着，孩子等着，不干不行啊。忍了吧。

一天，常来吃饭的刘老板在门口拦住我，要跟我说话。我知道，他是做窗帘生意的。刘老板问我，你在这儿给人家当老妈子，一个月拿多少钱？

我说，不少。六百。

嗨，你真没见过钱。我在对面金安商场刚刚租下一个摊位，正找人呢。你人又干净嘴又甜，干脆别在这儿刷碗了，帮我卖窗帘儿吧。一个月我给你一千。

我说，行！

猪脸听说我要走，打心里舍不得，提前三天发给我工资。

我对着肥脸说，谢谢啦，以后赶上饭点儿，我就进来买饭吃。

猪脸说，好，好，我请你吃。

我心里说，你省省吧！

在金安商场卖窗帘儿，从早上九点站到晚上九点，连个坐的地方都没有，也没人替换我。要上厕所，就求旁边摊位的帮助照顾一下。别管人家多年轻，我都得嘴儿甜，姐，麻烦你帮我看一下摊儿，我上个一号。管上厕所叫上一号，不知道是谁发明的，很文明，好像从上学起就这么叫。下乡的时候，再说上一号，人家农民就听不懂。他手里还端着饭碗正吃饭呢，就直着脖子叫起来，上茅房拉屎就上茅房拉屎，还上什么一号啊？又不是学习中央文件，什么一号啊二号的！在商场里吃饭呢，更简单了，不能出去，带的烙饼咸菜，要不就是馒头酱豆腐，一卷一夹，躲到窗帘儿后吃一口就完了。苦点儿累点儿熬人点儿，没事！一个月下来我能拿一千块钱，我需要这个钱。

商场金碧辉煌，没我的份儿，我是给个体老板打工的。但是，我每天穿着自己最喜欢穿的衣服，打扮得光光鲜鲜来上班，就当自己是商场正式员工。抬头挺胸，笑脸迎客。

在这光怪陆离的地方，我学会了做生意，学会了与人打交道。再挑剔的人，我也能哄得他掏出钱来。今天不掏，明天不掏，后天还没等我开口呢，他先说了，姑娘，你开票吧！

我卖窗帘儿卖得开了花，刘老板也乐得开了花，主动说要给我提成。我嘴上感谢心里想，也不能在这儿卖一辈子窗帘儿呀，还得自己开店才能翻身。

一天，一对夫妻来买窗帘儿，我看那男的特眼熟，他也看我眼熟。

他说，哎，我好像在哪儿见过你。

我说，哎，我也好像在哪儿见过你。

他一拍手，噢，想起来了，你是京纺跳舞的菊儿姐。

对啊，你是谁啊？

我是在京纺门口开美容美发店的。

他一提醒，我也想起来了，哎哟，我老去你那儿美发。

可不，有一次你让我把你的头发吹起来，我还说你不像是去跳舞，像去搞对象。

他说的是我第一次跟天明约会的事。伤心。

我说，哦，你是戴老板！

别呀！戴国安。姐，就叫我小戴吧。

小戴，你还开店吗？

开呢。

在哪儿呀？

昌平那个还干着，城里又开了两个。一个离你这儿不远，在老机工部。

叫什么名啊？

梦安莎。

蒙俺傻？

全世界的人都傻了，也轮不到你。

哈哈哈！

姐，你在这儿卖窗帘儿，一个月挣多少钱？

一千。

嗨，那还不如去我店里干，我给你一千五！

啊！可是，我什么也不会呀。

不会就学呗，世上就没有学不会的。

我的心一下子被点亮了。我一直想自己开个小店，想来想去不知道干什么好。嘿呀，就是它了，美容美发！

好，小戴，我就跟你学，将来我也开个美容美发店。

真的？

真的。

姐，你真想干，我可以把这个店转给你。

我也叫起来，真的？

当然是真的，我开三个店还真有点儿顾不过来。

媳妇拿眼直瞪他，小戴装没看见。

他说，梦安莎有五十多平方米，不大不小。

你多少钱转啊？

实话跟你说，东家房租一年要一万八，我一年四万转你。

我听了一缩脖儿。

小戴说，又不是让你跳新疆舞，别缩脖儿呀。我一年就落两万，不多。

我说，那四万也不是小数，让我回家商量商量。

好，姐，我等你话儿啊。

回到家，还是我一人，跟谁商量？

我一夜没睡，翻来覆去，把这件事琢磨个底儿掉。

第二天，不等我回话，小戴先打来了电话，姐，跟家里人商量得怎么样？

我说，我先去看看店，行吗？

他想了想说，好，我开车来接你。

梦安莎开在老机工部二楼。因为部里盖了新楼，这儿就对外出租了。

楼下开了舞场，还有洗浴、餐饮。人来人往跟闹市一样。

小戴领我上了二楼，推开店门一看，我就喜欢了。店里干净得跟医院似的，家具摆设井井有条。两个女孩儿正在为客人忙活着，一个美发，一个美容。

小戴冲我眨眨眼，又领我下了楼，来到一片小树林。

他说，当着员工不方便，你都看见了，怎么样？

我说，店好，价也好。你每月给员工开多少工资？

一人一千五。

水电呢？

都含在房租里了。

小戴，我昨晚算了算，要拿这个店，一天得挣三百多块。

没问题。看到客流量了吧？我当真照顾不过来才想转的。

这样吧，我先给你打工，感觉感觉店里的人气儿。

听上去，我说得很轻松，好像是顺口说的。其实，很沉重，这是我想了一夜的主意。

我两眼盯着小戴。

小戴转转眼珠儿，点点头说，行。

我笑了，咱们说好了，当学徒，我一分不拿。

小戴抓抓脑壳，那怎么行，你卖窗帘儿一个月还拿一千呢。

我说，就这么定了！

当天晚上，按照计划，我去商店买了一大包东西。第二天一大早，我就来到店里。店里还没开门，我拿出小戴给的钥匙开门进去。先是里里外外打扫卫生，然后，变戏法儿一样从大包里掏出白布单，把每张美容床的床单都换了；掏出风景画贴在墙上；掏出茉莉花清新剂往四下一喷。又登高把窗帘儿摘下来，拿到外面抖掉灰，重新挂好。

这时，两个女孩儿上班来了，看见屋里焕然一新，向我射出四支"毒眼箭"。

我当没看见，笑着说，你们来啦？

她们像聋子一样，直接钻进美容室。门一关，砰！

我不在意，继续干活儿，把毛巾一条条洗干净，挂在晒衣架上。

不一会儿，小戴来了，一进门就大喊大叫，哎嘿，真香啊！菊儿姐一来，店里就大变样了！小张，小余，你们都出来，我给你们介绍介绍，这是新来的菊儿姐，有空儿你们教教她美容美发。

两个女孩儿连看都不看我一眼。

小戴又向我介绍她俩，高个儿的叫张丽，山东的。矮个的叫余欣，河北的。

我心里明白，想让她们带我玩，好比赶猪上树。

果然，她们在屋里给客人美容，一回头瞅见我站在门口看，脚跟儿往后一踹——砰！门就关严实了。

我对门板发誓，要不超过她俩，我爬着走！

35

:

下班后，天黑了，我没回家，一个人沿着马路乱走。树上掉下一片叶子，被风卷着，为我带路。我行走在这个与我无关的城市，瞪大眼睛四处寻找美容美发店。

我来到一家美容美发店门前，刚停下脚，就从里边飘出两个姑娘。

姐，做个美容吧！

我一问价钱，吓一跳。

姐，你办张卡吧，办卡能便宜。有三百一张的，有五百一张的。

我咬咬牙，摸出三百块，办了一张卡。

来，姐，躺下吧！一个女孩儿伺候我躺下。

头一碰枕头，眼就睁不开了。我使劲儿掐掐大腿，不让自己睡着。

在柔美的音乐中，女孩儿的手在我脸上轻柔起伏，像弹钢琴一样。我的心跟随她的轻柔一起跳动。在舒美的享受中，想起自己经过的风雨受过的罪，想起劳改的姜子，想起睡在人家床上的孩子。

我觉得自己已经活了一百多岁。很苦，很累，很多余。

姐，你怎么哭了？女孩儿说。

哦，我急忙抹去泪。你做得太好了，让姐都困了。

姐，困了你就睡吧，我的客人都是边睡边做的。

妹妹，你真好！我答应着，闭上了眼睛。

可是，我怎么睡得着？

我睡不着。

这个为我美容的女孩儿，手法做得真好。

我暗中记住她的每一个手法，脑门怎么按，颧骨怎么按。

我不知道叫什么穴位，只感觉有坑的地方就有穴位。按准了，就舒服。

脸是舒服了，腿却疼得要命。回家后扯起裤子一看，大腿都被自己掐成了紫茄子。

就这样，几次美容做下来，一张卡就消费完了。

我就另外换一家美容店，再办一张卡。

贵的，便宜的，哪怕是平民小店，三十块一张卡，我都进去体验。

各个店里美容的手法都不一样，有的画圈儿，有的画八字，有的捏，有的上下提拉、上下捻，再或是点穴。也有的手法不行，就知道使劲儿按。脑瓜又不是木瓜，疼哪！

体会了，收获了，穴位挂图也买来挂在家里了。接下来，要跟着感觉动手练。

可是，没有客人，怎么练？

照镜子拿自己练，不行，位置不对，手形也不对。

我抱着脑袋，苦思冥想，忽然觉得脑袋像个球。对，买个球来练。

兴致勃勃跑到商店，左挑右挑都不称心。

卖球的姑娘问，你到底要干什么呀，怎么看着不像上球场呀？

我点点头，说了，你可别笑。

就跟姑娘说了自己的想法。她听了还是笑得变了形。笑完了，说那你就买个排球胆吧，把气吹个半饱，带软不硬，画上鼻子眼儿。

哇塞，你真好！我隔着柜台抱住她。

就这样，我买了个排球胆，把它吹个半饱，画上鼻子眼儿，动手一试，嘿，还真行！

我对球胆说，姐，躺下吧。

球胆同意了。

我又说，您给我机会，让我为您服务。您给我时间，我们一定会成为朋友！

球胆听了这句话，美滋滋的，舒舒服服地躺在我的腿上。

这句话，是我琢磨了好几个晚上结出的"红柿子"。以后如果自己开了店，我就把它写得大大的，镶个镜框，挂在墙上。干吗呀，镇店座右铭！

球胆安详了。我上手了，画圈儿，提拉，上下捻。

怎么样？还行吗？我轻声问。

球胆没出声。它已经睡着了。

画八字，捏，点穴……

球胆默默地陪着我。

月光静静地照着我。

十几天下来，手指练成面条儿，球胆画成张飞。

捏捏，揉揉，正弹，反弹，把体会到的各种手法，随心变化，为我所用。

我想，如果是一双曾经在工地干活的手，铲灰，砌墙，突然转行美发，揉客人的脑袋就跟揉大钢球似的，客人会觉得很不舒服。谢天谢地，还好，我这双手曾经是纺织女工的手。

有一天，我去老太太家看小石头，用手一抱，哎哟，小屁股又滑又软又有弹性，这是什么呀？我说，快快，宝宝，你快趴妈身上。孩子趴我身上了，我再一看，圆圆的，嫩嫩的，还分为两瓣儿，这哪儿是屁股啊，不就是人脸么？好脸，好脸！

我就在孩子的小屁股上练起来，用手包容它，正弹，反弹，上下走，提拉捻。

老太太说，嘿，嘿，你干吗呢？

我说，练美容呢。

老太太一瞪眼，没听说过，这是屁股！挺好的孩子，再让你给练出痔疮来！

不由分说，把孩子抢过去了。口中念念有词，阿弥陀佛，阿弥陀佛。

就这样，我逮着什么就拿什么练，走到哪儿手都不闲着，又抓又挠的。

路人见了直躲，以为我是疯子。

每天晚上，我不管练到几点，第二天照常第一个到店里，先把卫生做好，又把两个女孩儿要用的水打好，把她们所有的工具摆好。到了中午，我拿饭盒去给她俩打饭，打回来让她们趁热吃。我相信，感动天，感动地，总有一天能感动她们。

小戴看我每天早来晚走，好像没家似的。就问我，你老公呢，怎么也看不见他来？

我说，他是当兵的，离这儿远着呢。

敢情你还是军属呢。你们有孩子吗？

有啊！

男孩儿女孩儿？

男孩儿。

呵，哪天带店里来玩玩。

我心想，说不定我带孩子来玩玩，两个女孩儿也会喜欢上，我们的关系就拉近了。

有一天，我把小石头带到店里来了。小戴一看，就叫起来，哎哟，跟人参娃娃似的。干脆，你别放人家了，我给你带着得了。我是个女儿，正好做个伴儿。

我说，甭啦，你给我带着，到时候再培养出个流氓来。

小戴一抓脑壳，我有那么坏吗？

我笑了，有过之而无不及。

小戴叫起来，我真比窦娥她爹还冤！

我的心思白费了。张丽和余欣明明知道我带孩子来了，假装没听见，躲着不出来。

173

不一会儿，她们的客人来了，进了美容室。

砰！门又关了。

什么时候我也有个客人呢？不是球胆，是活人。

我的第一个客人会是什么样呢？

年轻的，还是中年的？主流美女，还是相貌平常？

我常常这样想，一直想到呆。

可是，万万没想到，我的第一个客人，竟然是秃顶小老头儿！

这小老头儿，七十多岁，穿一大裤衩，吊一大背心，还捂一大口罩。几根儿白发像老黄瓜刺，摸着都扎手。他拄着个拐棍，呼哧呼哧，喘着粗气进来了。

我洗头！口罩后发出含糊不清的指令。

当时，张丽和余欣手上都没活儿，坐在那儿，谁也不挪窝。把老头儿晾那儿了。

老头儿站也不是，坐也不是，走也不是，不走也不是。

我看不过去，笑着迎上去，叔叔，我给您洗吧！

老头儿说，行啊。

我说，我可是学徒的啊。

老头儿瞪大金鱼眼，你是学徒的？

是啊，我是学徒的。我洗得不好，但我会认真给您洗。

行！

老头说完就坐下了。坐得挺稳当，像到了自己家。

他稳当了，我却手忙脚乱。这是我的第一个客人，我特兴奋也特着急，不知道该干吗，是拿毛巾啊，还是先给他围上围裙。结果，没拿毛巾，也没围围裙，上去就把洗发水拿手里了。一拿洗发水，我才想起来，我的球胆姑奶奶，光跟您练美容了，没练洗头啊。

怎么办？横竖就是它了。没吃过猪肉，还没见过猪跑？

我按住老头儿，就往他头上倒洗发水。一倒，哗，洒了他一身。

他脑瓜儿光溜溜的，像个椰子壳儿，根本兜不住洗发水。

哎哟，老头儿叫起来，你这是干吗啊？

哈哈哈！张丽和余欣都笑起来。我真想上去踹她们，一人一脚。

我没踹她们，自己踹了自己一脚。左脚踹右脚。

我说，叔叔，对不起，我跟您说了，我是学徒的。您是我的第一个客人，希望您原谅我。您给我机会，让我为您服务。您给我时间，我们一定会成为朋友！

老头儿一听，乐了。姑娘，你可真会说话。

我说，叔叔，这话我想了很长时间。我要给客人做坏了怎么解释呢？我要让客人同情我，理解我，给我一次学习的机会。咱们从不愉快开始，以愉快结束。叔叔，您会喜欢我的，您还会来找我的！

老头儿说，姑娘，你很有文化。你就给我洗吧，怎么洗都行，别给我洗了澡就行！

我一听，也乐了。老头儿还挺幽默。

我赶紧拿毛巾把他身上的洗发水擦干净。一擦，才想起还没围围裙呢，又赶紧拿围裙给围上，再给他脖子上垫了毛巾，这才开始洗。

老头儿的脑袋瓜儿，圆乎光溜，洗起来像洗碗。

洗碗，我是行家。

洗完了，我说，叔叔，我再给您捏捏吧。

老头儿说，好嘞！

我一挽袖子，上了手。也上了心。

我把他当成婴儿，轻拿，轻放。捏捏，揉揉，画圈儿，提拉，上下捻。

十八般武艺还没耍过来，老头儿就睡着了。呼！呼！别提多香了，肉包子都不换。

他睡了，我接茬儿练。好不容易逮着个大活人，可不能耽误了。

就这样，我心潮澎湃揉了一个多小时，老头儿惊天动地睡了一个多小时。

真美，就像那句著名的诗：面朝大海，春暖花开。

老头儿一直睡到自然醒。

我问，叔叔，您舒服吗？

他说，舒服，真舒服！

说着，从兜里拿出一个钱包，从钱包里又拿出一块手绢。打开手绢，里头有个纸包儿。再打开纸包儿，里头全是钱，挺多的。他拿出一张五十的给我。

我说，叔叔，今天没做好，这单我买。

他说，谁讲的？你捏得很舒服。

那也用不了这么多钱，洗头顺带捏捏，就收十块。

剩下的给你当小费。Tips!

哎哟，冒出英文啦!

我赶紧接着，Thanks!

You are welcome! 老头儿又来了一句。

我没词儿了。叔叔，您下次还让我洗，胜过 tips!

张丽和余欣在一边都听傻了。

她俩根本听不懂英语。

呼哧呼哧，老头儿走了。

第二天，呼哧呼哧，他又来了。

一进来，从兜儿里掏出两支金笔，对我说，姑娘，我送你这对派克。

我一下子愣住了，哎哟，叔叔，您这是……

你有文化，你说话我爱听。姑娘，你能成功!

我高兴得掉了泪，叔叔，谢谢您! 这笔我收下了，这是最好的纪念，我会永远留着!

后来，我才知道，老头儿是机工部的老部长。老伴过世了，跟俩儿子过。一个在日本，一个在美国。他今年去富士山，明年去拉斯维加斯，日子过得超水灵。

从那以后，老头儿常来洗头。

他一来，两个女孩儿就迎上去，抢着给他洗。

老头不用她俩，就让我洗。

他不但自己来，还领来一帮老头儿老太太，个个点名儿让我洗，宁肯排队等着。连这一片儿的帅哥廖京都给招惹来，成了我的回头客。

小戴来上班，一推门，看到屋里坐着一帮老头儿老太太，还以为走错门儿，进了敬老院呢。

他说，得，姐，你也给我洗洗，让我也美一回!

36

⋮

在梦安莎接连干了两个月，我觉得还行。一天流水四五百，有时能达到一千多。我想，如果一天流水能有五百，那我就挣一百。一个月下来，就是三千，比打工强。

我跟小戴说，这店我能接。

小戴问，你打算干几年？

我说，三年，五年，你让我干几年，我就干几年。

小戴说，你要是干得住，我就转给你。干不住，转来转去的，麻烦。

我说，我还想干一辈子呢。

小戴说，好，我就喜欢听这个，那就转给你，最少先签三年的。

我笑了，好啊！

姐，我现在急着用钱，你先给我五万，明年给三万，后年照常。行吗？

我一听，蒙了，我手里就两万，本来心里还想着先给他两万，缓过劲儿来再凑呢。

小戴，我一下子拿不出那么多钱。

姐，我真急等钱用。你要不行，我就转给别人。

你要转给别人，我就杀了你！

啊，怎么杀啊？

看见饭馆里的水煮鱼了吗？削成了片儿，下油锅。

小戴一捂脑袋，我的那个妈呀！

说笑归说笑，真金白银少不了，这让我愁死了。

想来想去，想到一个人。

谁呀？我的客人，帅哥廖京。

廖京是第一个让我洗头的帅哥。大高个儿，白净脸儿，长头发。他进店就说，听老部长说，你手艺一级棒，我也来试试。好啊，帅哥，请坐！我为他洗了吹了捏了，他特满意，非要多给十块。一来二去，我俩成了熟人。他说，姐，我喜欢你的气质，愿意跟你聊天。我说，我这人就这样，再苦，再难，也乐呵。廖京喜欢我，但他很规矩，连手都没碰过。有一回，他说，姐，咱们到楼下跳舞去。我说，走不开啊,一屋子人等我洗头呢。他随口问,这个店挣钱吗?我说,怎么不挣,一天流水四五百!他说,嘿哟,赶明儿我也开这么个店,零花钱就不愁了。

此刻,我突然想起廖京说过的这话。要不,找他问问?

我打通手机,廖京,我是菊儿姐,想跟你商量个事。

哦,姐,什么事?

我干活儿的这个店要转,你想接吗?

啊?怎么转啊?

一年四万,最少干三年。头一年交五万,转过年交三万。

噢。这个店真的能挣钱吗?

多了我不敢说,反正你跳舞的钱,抽烟的钱,还有玩女人的钱,都能挣出来。

玩女人?姐,你打死我吧!

跟你逗呢。

我要是接了,姐你还干吗?

你要信得过我,我就帮你打理这个店。要不,就算我跟你借钱?

你跟我借钱?这是怎么说的,把我都绕糊涂了。

就是说,你拿钱,我来干,挣了钱先把本钱还你。每月还你一万,半年还完。后边再挣的钱,咱俩分,你六,我四。行吗?

哈哈哈,好,好!

帅哥,我要是提前把三年的租金都给了你,你能把店给我吗?

你野心不小啊!

毛主席说,不想当老板的员工不是好员工。

廖京笑起来,老毛说过这话吗?

说过。他还说过工人阶级必须领导一切呢。

得,得,现在哪儿还有工人阶级啊,全改农民工啦。

你知道得还真不少呢。你说,行不行?

行,我成全你!

这帅哥,说话干巴利落脆,真的假的啊。

没想到,第二天,廖京就约我和小戴在店里见面。他还带来了一个漂亮女人,叫唐美。

唐美很时髦，挎一个LV包，一进店就拿眼到处看。

我一眼就看出，她跟廖京不一般。

廖京对她说，看到了吧，怎么样？

还不错。

那我就决定要了，让菊儿姐帮着打理。

得，不就是先帮你垫五万吗，带来啦！

廖京扭脸就对小戴说，咱们现在就过钱。

小戴一听都傻了。我也傻了。

想不到幸福来得这么快！

小戴跳着脚说，我，我，我，先去打个合，合，合同。

小戴出去打合同。廖京问我，他结巴啊？

我说，他结巴？美的！

这时，唐美从包里掏出大把的钱，递给了廖京。

廖京转手就给了我，姐，你先数数。

哎哟，长这么大，我头一回数这么多钱，手指头都弯不过来了，老数错。

还是小戴回来解了围，他从我手里接过去钱，自己数起来。哗哗哗，捻得小燕飞。

五万！他叫着，声都变成女人了。

转店的合同打得特正规，一二三四五六七，条款一大堆。店怎么样，水怎么样，出现问题怎么样。廖京看了看，什么毛病没有，就签了字。

小戴在合同背后写了一个收条——

今收到菊儿姐人民币五万元整。

我一看，哎哟，这钱成我给的钱啦。一手钱，一手店，这店不就成我的了吗？

我不吭声，心里偷着乐，又担心让人看出来要改。

结果，廖京和唐美都脑残，认啦！

小戴拿着钱，大嘴咧到耳根儿，走，吃饭去，今个儿我请客！

我对廖京说，咱姐弟俩是不是也得签个合同啊？

廖京说，对，对，我来写。

他在小戴的收条后边，接着写下一句话——

自交钱之日起，梦安莎转给廖京。廖京委托菊儿姐经营。菊儿姐每月向廖京交一万元。交满五万元后，每月交盈利部分的60%。

我一看，嘿，小葱拌豆腐，一清二白，要过笔，签了字。

前后不到半点钟，梦安莎易主，改姓廖了。

我呢，借鸡下蛋，摇身一变当了老板。

张丽和余欣彻底傻了。她们万万想不到，这个被她们欺负的老女人，竟然是潜伏下来的接收大员。

她们俩，你看看我，我看看你。站也不是，坐也不是，走也不是，不走也不是。

我狠狠地瞪了她们一眼。

两个人眼圈儿立马红了。特别是张丽，说话就要哭。

我知道，她已经怀了三个月的身孕。突然失去工作，凄凉可想而知。

我对她们说，今天梦安莎易主，停业半天。有什么话，明天来了再说。

回到家，我一夜没睡。我想，什么时候，梦安莎才能真正归了我？

第二天，我一大早就来到店里，想不到张丽和余欣比我来得还早。卫生也打扫好了。

看到我来了，她们都上来迎接我，菊儿姐，你来了！

我的眼泪差点儿掉下来。

这是我来到店里两个多月，第一次听到她们这样叫。

我一手拉着一个，让她们坐下。

张丽、余欣，从今天起，店里换了老板，由我帮着打理。咱们要有新面貌。姐先问问你们，想留还是想走？想走的，姐现在就把这个月的工资开了。

两个人都低下了头。过了一会儿，张丽小声说，姐，你要我们吗？

我拍拍她脑袋，傻妹妹，怎么不要呢？你们都留下，谁都别走。以前你们对我不好，我不恨你们。同行是冤家，教会徒弟饿死师傅。但是，不是每个人都这样，姐就不是。咱们都是女人，出来都是为糊口，为养孩子，谁都不易。毕竟你们在这儿干三年了，有了感情，老客人认你们。就说张丽吧，姐知道你现在怀孕了，你在这儿剪头，老客人认你，换到别的地方客人不认你，就不让你剪。你没客人，老板两天就不想要你了。你拿什么养孩子？还有，你染头发碰的都是化学药品，对孩子不好。姐现在也会美容了，再学学染发，来了染发的姐就上，姐就不让你染。换了别的老板谁管你？说出来不怕你们笑话，你们不愿意教姐美容，姐就跑到别的店去，省下饭钱买卡偷着学。学完了找不到人练，就买个球胆画上鼻子眼睛……

哇的一声，两个女孩儿都哭了。

我的泪也跟着下来了。

三个女人，抱在一起哭了好久，恨不得把一辈子的泪都哭干。

哭完了，我说，咱们姐妹三人，没有高低贵贱，今天哭在一起了，就是一家人了。有饭一起吃，有活儿一起干。你们相信，姐把这个店接过来，生意一定会火爆。以前你们每月拿一千五，我再给加两百。还有，张丽，你把老公从老家叫来，在这儿帮着洗洗毛巾，搞搞卫生，也好照顾你。我每月先给他五百。往后，他要是学会洗头染发什么的，再给涨。余欣呢，你不是还有个妹妹吗？也叫来，一边学手艺，一边给大家做做饭。咱们也别在外面买盒饭了，省下的钱我再搭上点儿，就够她工资了。

两个女孩儿一听，又哭了。哭得很伤心。

37
⋮

就这样，我带着一大家子人，风风火火干起来了。

剪头的人手不够，我又招了一个大工，湖北人肖强。小伙子剪头剪得那叫一个棒。

接手第一个月，店里生意特别好。月底对账，流水竟然三万多，连我自己都不信。

刚对完账，唐美就来了，披头散发的，全然没有了往日的风光。

我上前堵住她，唐美，有事咱们出去谈，别在这儿当着客人说。

我俩走出去，找了一家饭馆。刚坐下，她就哭，没了人样儿。

我说，唐美，你别哭，我全看清楚了，钱是你拿出来的。你今天来，我也明白是什么意思。你是不是觉得廖京跟我合起来把你骗了？你听着，廖京没骗你，我更不会骗你。菊儿虽然是给人打工的，但我是一个高贵的人。你能拿出五万块不容易，我肯定还你。

听我这样一说，唐美不哭了，连连点头，大姐，你是好人……

我说，好人不好人，还要走着瞧。你看，这事这样处理好不好，两种办法：一个，只当这五万是你高息借我的，我三个月还你，再多给五千，算是利息；再一个，你跟我合作，每天挣的钱平分。你上你的班，我开我的店。你三天过来查一次账，查完当场分钱，挣了一千，就一人拿五百。可以吗？

唐美点头说，可以。

你说哪个办法好？

第一个。

她的回答，我早猜到了。她没别的想法，就是想要钱。

我说，行。不过，还钱的时候，廖京必须在场，他同意才行。

唐美说，他肯定会同意。又说，大姐，你千万不能把钱给了他啊！

看她一脸旧社会，我说，你放心，廖京想花钱，我另外给，我要感谢他。不是你帮我，是他帮我。如果我跟你借五万，你肯定不会借。

唐美低下头，一脸委屈。

我又放软语气，唐美，你也间接帮了我，所以我答应把钱还你。我们都是女人，活得都不容易！

唐美又哭了，大姐，谢谢你。你是好人……

我看着她，没说话。

唉，为什么女人活得这么难啊！

送走唐美后，我给廖京打了电话。

唐美来要钱了。

你答应她了？

她哭得死去活来。

你想给她多少？

先给她两万。她能帮你，也不容易。

你傻呀！得，你既然答应了，就给她吧，反正才两万。

第二天，我就叫唐美来拿钱。唐美来的时候，身后还跟了个男人。

这男人，冬瓜脸大油肚，赤红的眼泡耷拉下来，遮住了眼。

唐美跟我说，这是我老公。又指着我对她老公说，这就是我的菊儿姐，你看到了吧，这个店就是我们俩合着开的，我拿了五万。

胖男人睁开肿眼泡看看我。

我心想，唐美胡说什么呢，谁跟她合开的店啊。又一想，她拿我说事，是想给老公有个交代。要不，五万块哪去啦？我就顺着她的口气，应下这没有的事，帮她圆了谎。

人要是说了一句谎，得拿一百句谎来圆。

唐美的老公点着头说，好好，你们好好干吧。

说完，他有事先走了。唐美抹抹汗，对我千恩万谢。

我说，不用谢，谁都有过不去的时候。说完，把两万块给了她。

唐美差点儿跪下。我说，剩下的三万块，争取两个月都还你。

我所以敢这样说，是因为店里生意特别好。不仅美发的人多，美容的人也很多。余欣一个人做不过来，我就上手了。我一上手，客人都喜欢。哎哟，姐，你做得特好！连余欣的老客人都来找我做。为什么呢？因为我上心。

美容的时候，如果只是为做而做，心的木讷就会传到手上。做完了，客人的脸不通透。如果上心，让自己的心跟客人的心一起跳动，做完以后，客人的脸就是透亮的，舒朗的。美容师是美的天使，不但要快乐，要温柔，还要有贵气。而且，自己要爱美，会美，才能全方位给客人带来美。这些，正是余欣缺的。

我多么希望这个小店一天比一天开得好啊。可是，想不到的事却接二连三地来了。

一天，余欣正给客人做着美容，忽然跟我说，姐，有个美容店想招我过去。

我看了她一眼，你去吧！

余欣愣住了，两手捏着客人的耳朵，没完没了。

我说，你干吗呢，那是人耳朵。

她说，姐，你真同意我去呀？

我说，你想去，我不同意行吗？

余欣瞪大眼睛，不说话了。

我心想，是不是看客人都找我，她心里别扭，故意说给我听，拿我一把。在缺人手的时候，跟我耍心眼儿，再难我都不会留她。

可是，后来发生的事说明我想错了。

下班的时候，余欣不走，说菊儿姐我害怕。我说你怕什么啊？她忽然又说想洗澡。楼下有浴室，我就带她去了。脱了衣服后，明明有十几个龙头，她都不去，非要跟我挤。我发觉她有些不正常。我赶快出来穿衣服，想不到她也光着屁股跟出来。我说余欣你怎么了？她说我想家。我说你想家咱们就穿上衣服回家。她死活不穿，干脆躺在地下了。我急了，赶紧叫来服务员，七手八脚好不容易帮她穿好衣服。

我拉着她回到店里，张丽她们还没走。我说，张丽，你看余欣怎么了？我话还没说完，余欣上去就踹张丽的肚子。我抢上一步，挡住张丽，这一脚就踹在我身上了。

我说你干吗呀，张丽都怀上了，你这不是要她命吗？

余欣突然说，男人都不是好东西！

余欣的妹妹对我说，姐，你原谅她，她让人给甩了。

我拉住余欣的手说，妹妹，天大的事还有姐呢。你别难过，男人没死绝。两条腿的蛤蟆找不着，两条腿的男人满街跑。你有技术，不管跟姐干，还是将来自己开店，日子都能过。你怕什么，姐我这么难都过来了！

余欣哇的一声，张着大嘴哭起来。哭着哭着，撒腿就跑，冲到马路上要撞车。我追上去死命抱住她。犯了病的人劲儿特别大，一挣巴，就把我摔倒了。我抓住她不放，她整个人就山一样躺在我身上，两只脚插进路边铁栅栏里，脚丫勾着，谁都拽不动。

马路上人来人往的，那可真叫现眼。我也顾不上难看了，仰面朝天死死抱住她。一边喊，快打 120！快打 120！

余欣听我叫 120，哭着说，菊儿姐，你别离开我，你别离开我，我好想摸着你的手。

我说，你让我起来，我让你好好摸着我的手。

余欣听明白了，闪开身子，让我爬起来。

我拉着她的手说，好妹妹，什么事都要想开，不能钻牛角尖。

她说，姐，你别离开我。

我说，我不离开你。

她又说，姐，我想吃冰淇淋。

我就跟她妹妹说，快去买个冰淇淋来。

张丽的老公抢着说，我去买！

不一会儿，冰淇淋买来了，我举到余欣嘴边。她伸出舌头就舔，跟傻子似的，舔得满身都是。我就给她擦。

这时候，120来了，我们拉她上车，她不上，小腿缠死在铁栅栏杆里。

还是医生有办法，拿棍冲她小腿上咔的一敲，小腿就松了。几个人架住往床上一抬，往车里一扔，走了。

我跟上车，直接来到安定医院。三个大小伙子按住她，打了一针安定，总算老实了。

余欣住进了医院，她妹妹每天陪着，也上不了班了。没多久，张丽又要生孩子，我跑前跑后帮助联系医院。孩子生下来了，夫妻俩要带回老家去养。

他们一走，店里就剩下我和肖强了。我急得像疯了一样，四处张罗着招人。

就在这要命的关口，一天中午，戴国全突然来了。

他不是一个人来的，还带了一个人。

谁？唐美。他们俩怎么弄一块儿了。

唐美一进门就说，菊儿，这店是我的，我要收回。

我听了一愣，这店怎么是你的呢？

唐美说，我拿的钱就是我的！

她黑着脸，完全换了个人。

我说，你拿的钱不假，咱们说好没有？我还你。你这是为什么啊？

戴国全插上来说，这店你们俩谁的都不是，是我的。我要收回！

我说，小戴，咱俩签的可是三年合同啊。

戴国全脸一歪，合同算个屁，废纸一张！

说着，从口袋里掏出合同，咔咔咔，撕个粉碎。

我一看，心里全明白了，他们看我挣了钱，后悔了。

我说，好，咱们有话到楼下说去行吗？别在这儿说。将来不管谁接这个店，都要留个好名声。你们这样大声嚷嚷，对店里以后的生意不好。

说完，我就下楼了。我连身上穿的白大褂都没换，一直朝楼下的小树林走去。

戴国全和唐美紧跟在后面，像追账的一样。

还是这个小树林。当初，戴国全跟我谈转店的时候就是在这里。现在，他要收店还是在这里。树林不大，冷眼阅尽人间百态。

戴国全说，这个店我要收回，我要自己干。

我说，没关系，给你！你不是说合同算个屁嘛，就算个屁，就当你戴国全放了个屁！戴国全，你记着，你是个男人，男人说话落地有声。你自己说是个屁，我问你，屁是从哪儿出来的？你说话的地方是叫嘴啊，还是叫屁股？

戴国全鼓着两眼，屁股嘴一句话也说不出来。

但是，我说，我还是要感谢你，你教会了我美容美发，教会了我怎么开店，我谢谢你！

我把眼光又转向唐美。唐美急忙躲开，假装看树叶。

还有你，唐美，我说，你还是个女人吗？我知道你有难处，打电话让你过来拿钱，我哪点儿对不起你？你现在反过来，跟戴国全合起来欺负我，你还是人吗？

唐美小声嘟囔，我，我，我要查账……

我说，你查得着吗？这店跟你有关系吗？你好好看看这个合同！

我从口袋里掏出合同，翻过面来，杵到她眼前，你看看戴国全当初是怎么写的，今收到菊儿姐人民币五万元整。这钱跟你有关系吗？我要是耍赖，你告到哪儿都没用，白纸黑字！可我不是那种人，你明白吗？我认这个钱。我跟你说过了，我现在困难，我带孩子需要钱，你帮我一把，我会感激你一辈子。我明白你为什么要给廖京垫钱，我体谅你，你跟老公来的时候，我说过多余的话没有？

唐美嘟囔嘟囔，我也不怕你跟我老公说什么。

你把嘴闭上！我忍不住叫起来，没见过你这么不识好歹的。你老公在你眼里是个英雄，是个天！可他在我眼里就是个二！他媳妇在外面养小白脸他都不知道！

你，你……

唐美的脸一下子红了，扑上来想抓我。

我连躲都没躲，唐美，你动手也占不了便宜，因为你理亏。明白吗？你把心放肚子里，我不会破坏别人的家庭。对不起，我走了，剩下的三万，让戴国全还吧！

说完，我把白大褂一脱，卷巴卷巴，咔往那儿一扔，走了。

身后的两个人，全都傻眼了。

后来，我听说，戴国全接手后，生意又下来了。那三万块钱，他一直也没还给唐美。唐美气得犯了心脏病，差点儿没救过来。没过多久，她老公也出事了，被反贪局提溜走了。

廖京给我打了一个电话，说菊儿姐你真够傻的，这钱我就没想还给唐美，我就是想帮你。她老公明摆着是个贪官污吏，钱不是好来的，你傻了吧唧还给了她两万。

我说，廖京，姐对不起你，你从姐这儿一分钱也没拿到。

廖京说，嗨，算了，全过去了。

肖强问我，姐，你还开店吗？

我说，当然开！

那我跟你走。

戴国全不是说要给你涨工钱吗？

跟着他，我早晚成流氓。

38

肖强一定要跟我走，让我对接着开店更有信心。他剪头烫发，没得挑。

我在白石桥找好一个门脸儿，肖强站在那儿看了两天，说，这地方人气儿还行。

我说，要干，你得入股。

肖强愣了，为什么？

你说为什么？

肖强抓抓脑壳想半天……你怕新开的店，万一没客人来，留不住我。

错！肖强，咱们出来都为挣钱，都不易。我想让你跟我一样，也当老板。

姐，你看得起我。你说怎么办吧？

你能拿多少钱？

我身上就有八千。

好，那你就拿八千，剩下的我拿。如果我拿三万，就比你多两万二，店里挣了钱，把两万二先还给我，咱俩就找齐了，都是这个店的老板了，再挣多少钱都对半分。

行！姐，你是好人，我跟定你了。

姐也离不开你。肖强，咱们就动手干起来吧。

我们就开始交房租，装修，买东西。

我们隔壁，原本就有个美容美发店，面积不大。老板姓金，也是个女的，跟我岁数差不多。但是人家的名字叫起来，听着就比我有钱。叫什么？金镶玉。

为什么隔壁有店了，我还开？两家店扎堆，可以互借人气。附近的人早就知道这儿有店，要理发就往这儿跑。来了以后一看，又新开一家，说不定就进来理一回试试。好了，就留住了，比单门独店自个儿吆喝强。开美容美发店是这个理儿，开饭店也是这个理儿，就连开银行的都扎堆。

既然两家都开店，就有竞争。要留住客人，开局很重要。手艺好不好表面看不出来。店面的装修呀，价格呀，就很重要。装修前，我让肖强假装客人进旁边店看看。我身份是明的，不太方便。

肖强回来了。我问，他们家装修得好吗？

不好，什么玩意儿啊！

我一听不好，加上我们又没多少钱，就按普通的装修了。四白落地，简简单单。

想不到装修的时候，工人一敲墙，金老板就过来了，手里摇着一把日本小纸扇，说你快过去看看，把我家的镜子敲裂了。我就过去了。一看，哎哟，我都傻了。人家装修得特好，完全按照日本家庭式美容美发院装修的，很温馨，很舒适。设备呢，也是一水的日本机器，焗油机，烫头机。

我赔了人家镜子钱，回来跟肖强说，你什么眼神啊，怎么没把客人耳朵给剪掉了？

肖强说，怎么了，他们剪掉客人耳朵了？

我说，得了吧，哪跟哪儿啊。人家装得特有品位，咱们这儿装得跟贫民窟似的。人家的设备全是日本货，咱家的都是从珠市口淘的二手货。

肖强说，没关系，咱们拿技术跟她比试！

后来，我才知道，敢情这位金里镶着玉的，是在日本学的美容，日语说得倍儿溜，店名也很日本，叫樱之花。她老公是白石桥学校的校长，附近的孩子基本都在白石桥上学，家长也都认识这位老板娘。这样一来，孩子剪头去她家，女老师烫头也进樱之花。很多家长也去她那儿消费。明里是消费，暗里巴结她老公。这些猫腻，是我原来想不到的。

怎么办，装修不行，人脉不行，只好打价格战了。

她家剪头二十块。我说，肖强，她家二十，咱就收十块。你贴出去！

开张那天，肖强把价格贴出去，十块！

结果，开业大吉，客人呼呼地进。一是图便宜，二是图新鲜。

晚上下班后，肖强住在店里看门，我赶着去老太太家看孩子。我前脚刚走，回头就看见金镶玉钻进我们店了。我看完孩子，到家给肖强打一个电话。

金老板到咱们店干吗来了？

她说，你们家剪头十块，干吗不五块呢！

我说，好，满足她，马上改。五块！

干吗呀，菊儿姐，她是恶心人来了，咱跟小日本较什么劲啊。

我说，就较这个劲了，五块！你现在就写好，明天一早就贴出去！

好家伙，五块，全市最低价。第二天一贴出去，十里八乡的人都来了，差点儿把门给挤倒了。屋里都站不下了，外面的还自动发号排队呢。

肖强剪一个，我洗一个，就跟洗大萝卜似的，累得我胳膊都抬不起来了。肖强也剪得眼冒五朵金花，说这都是从哪儿钻出来的人啊！

当天晚上，一数钱，好嘛，两千多！尾数都是八十八。

我说，知道这是什么意思吗？八八发！咱们要发呀。

好，好，发，发。

说完，都瘫地上了。

就这样，我俩每天忙得没时间做饭吃，附近也没送盒饭的，我就买了个电饭锅，把鸡翅膀、鸡爪子什么的往里一放，一炖，再买点儿大饼，就着一吃，挺好。店后面是个菜市场，鸡翅膀、鸡爪子到那儿就能买，很方便。嗬，一到中午，屋里炖得特香，等着剪头的客人直咽口水。我就说，拿一个吃吧，尝尝。客人都熟了，也不客气。等到我跟肖强吃的时候，连汤都让人喝干净了。我俩就着屋里的余香，白嘴吃大饼，挺乐。

肖强剪头好，烫头更好。我呢，洗头好，美容更好。终于显示出我们的实力了，客人越来越多。附近科学院的大学生，新东方学校的那些老师，都到我们这儿剪发烫头。一进门儿，先跟我拍手，啪，小日本的店我们不去，我们爱国！我就说，兄弟姐妹们，你们来了我特别开心，有人捧个人场，有钱捧个钱场。没带钱的，姐也不要了，剪完你就走人。话是这样说，可谁剪头不给钱呀，都给！来的人说就喜欢我这性格，愿意跟我聊天，愿意进我的店。

说起来，人这东西真是的，三十年河东，三十年河西。我开了店，就想起当年在乡下一起吃贴饼子的同学，想起当年京纺的好姐妹，我就给她们打电话，让她们到我店里来美容美发，一律大优惠。特别困难的姐妹，就免单。徐半老听说了，也害羞地让别人捎话，说她退休后过得很惨，也想到我店里来烫头。我知道她现在过得很惨，回话说，欢迎欢迎，肯定优惠。她听了特感动。郑老师也让我请来了。她搂着我说，菊儿，看到你活得这么要强，比给我美容美发还高兴！我说，郑老师，您快坐下，肖强给您烫发，我给您美容，把您打扮得漂漂亮亮的，让老公爱您一辈子！

店里的生意一天比一天好了，我就说，肖强，咱们价格回归，剪头十块！

肖强瞪大眼睛，啊？要提价？

我说，对，提价，你贴出去吧。

金镶玉一看我们提价了，她就降价，从二十块一下子降到八块，比我们还便宜两块。

我就说，肖强，她降，咱们还涨！剪头一个十五！

不对吧？

你就涨！

为什么？

你想想，现在不同刚开张，大家都认你的手艺了，找你剪头的多还是烫头的多？

当然是烫头的多。

这就对了。烫一个头，差不多要三百块，我们就下功夫烫好每一个头，吸引更多的人来烫头。剪头的人如果嫌贵了，少来几个也没关系。我们的盈利不会少，只会更多。

果然，我们剪头虽然提价了，盈利却有增无减。而且，有不少慕名前来剪头的，一看价钱多个五块六块的，也不在乎，照样进我们的店。

涨也不行，降也没戏，金镶玉都糊涂了。

我们顺势而为，开始卖卡。包月，包年。于是，钱大把进账。按照事先约定，肖强把我多拿的本钱先还我了。这样，我们双方投资各半，都成了老板，挣了钱就对半分。

肖强高兴得大嘴咧成瓢，姐，我从来没有拿过这么多钱！

39
：

有一天，街道办事处的女主任欧阳来了。

她一进门，我就迎上去，美女，您要做什么？

她说，我想烫头，可你们家店太小了。

我说，您放心，庙小和尚大，绝对给您烫好了，给您伺候舒服了。

她一听就乐了。我又对肖强说，一定要给这位大姐烫好，把你看家的本事全使出来！

肖强就下功夫为她烫发。烫完了，她左照照，右照照，特别满意。

她看到店里还隔了一块板，板后面摆着美容床。她又说，你们这儿还美容哪？

我说，天下没有不美丽的女人，只有不会美丽的女人。把您交给我吧，我会让您的脸蛋儿更配得上这漂亮的头发。如果我做得好，您愿意可以买张美容卡，方便又实惠。

她问，多少钱一张？

我说，八百，做十二次。今天做的这次，就赠送了，免单。

她一听很高兴，当时就同意了。

在那个年代，八百，是个钱，我也特高兴。

躺下后，她问我，你们家剪头多少钱哪？

我说，十五。

她说，我买了你的卡，我小孩儿来剪头，能便宜点儿吗？

我说，行，你小孩儿来了，优惠。十块！

没想到，她马上就掏出手机打了个电话。

一会儿，她儿子来了。我一看，哎哟，一米八！

我说十块的时候，肖强隔着挡板听见了，也默认了。

可是，这大个儿的孩子一进来，问剪头多少钱？

肖强就说，十五！

我在里头说，肖强，你收十块。

肖强不高兴了，为什么？

我说，不为什么，你就收十块吧。

他拿小眼睛直瞪我。

为什么，我剪头就是十五。

我说，你今天剪的这个头就值十块，你听我的。

欧阳说，算了吧，十五就十五。

我说，不，十块就十块。肖强你再说，我就免单，一分钱不收。

欧阳说，哎哟，你们别因为这个吵架呀！

我说，美女，您躺下，我给您美容。

肖强只好收了十块。

欧阳做完美容，二话没说，八百，买了一张卡。

母子俩走了，肖强坐那儿赌气。

我关上门说，肖强，就算咱们现在平起平坐了，都是老板了，也要分个对错。谁对就要听谁的，不能拧着干，拧着干就没法干了。要不，这店我给你，我走；要不，我退你钱，你走。你想想，如果这八百块都是我的，你生气有理，你可以跟我争。可现在不是这么回事，我挣钱也是为你挣钱，八百块里也有你四百。对不？你应该懂得经营之道，应该知道留住什么样的客人。别看就这么一个小店，要想办好，方方面面都有学问。你的品位，你的气质，你的气场，还有你的方式方法。答应人家十块了，噢，来了一看，人家孩子个儿高，就要人家十五。做生意讲的就是诚信！你缺这五块吗？缺，我给你。做人也好，做老板也好，都要以诚相待。你看看咱家门口贴的口号是什么，精做细剪，以诚相待。那是我贴在门上的，我就信奉这个。既然答应人家十块，就别管人家一米八还是一米九，就十块。你说，这条街上美容美发店不只咱一家，客人为什么上这儿来？第一是氛围，一进来，噢，干净，温馨，老板有亲和力，进门就笑脸相迎。哟，您来啦，您请坐，拿衣服，倒水。人家觉得你看得起她。第二呢，价格平民化，人家花得起。第三，才是技术好，活儿漂亮。技术是一眼看不见的，所以排在最后一位，所以你别牛。今天，我为什么要跟你嚷嚷？当时人家还没有掏钱买卡呢，如果因为多收五块钱她生气了，卡就不会买了。她不是没钱，是要个心情。少要五块，她高兴，孩子也高兴。她不但会买卡，往后还会带来客人，你明白吗？

我这一顿说，嘴都说干了。

肖强到底是个好孩子。姐，我错了。今天这四百，我不要了，就当罚款吧。

这可是你说的。

是我说的，我心服口服。

行！

到了晚上，分钱的时候，我还是把四百块给了他。

他不拿。

我说，拿着！

姐……

他差点儿掉了泪。

我要回家时，他又叫住我。我问，你还有什么事？

他说，姐，你的头，你的脸，你的好心情，就是活广告。

哎哟，你全明白啦，你赶明儿可以讲课啦！

这屋里就咱俩，我就给你讲吧。

打这以后，肖强跟我配合得特好，店里生意越来越火。因为服务出色，还被当地工商评为先进个体户。我注意到，当欧阳的儿子又来店里剪头时，肖强主动说，十块！

店里来的客人多了，地方就显得小了。我很想再开一个分店，又苦于找不到好地方。一天，负责市场的老王头找上门来，欧阳主任发话了，给你们扩大面积，把后边山墙打开，再往外接三十米。肖强一听，就冲我举大拇指。

呵，这一扩大可美了，店里的面积由三十米变成六十米，还给安上了暖气。我心想，先这样干着吧，以后有了好地方再开分店。

地方大了，我就开始招员工。一招就是十个，一水儿漂亮的小姑娘，全穿上我自己设计自己缝制的洋红色的工作服。有时候同时来十个洗头的，一人分一个。一排镜子明晃晃地照着，特别气派，特别开心。

金镶玉看见了，很眼馋，也找老王头要求扩大。老王头说，不行。金镶玉问，为什么她能扩大？老王头说，人家是先进个体户，领导特批的。有能耐你也先进一回！气得金镶玉把日本小扇子都摇散了。

有一天下午，她过来找碴儿，老板，我跟你说点儿事。

我说，什么事，你说吧。

她说，你们家新来的员工，跟我们客人说，我家剪头不好，吹头也不好，不让他们到我家来。你让她闭上嘴，她再胡说八道，我就找人收拾她！

我说，金老板，你前半截儿话我接受，两家开店，不能说别人不好，回去我要教育我的员工。后半截儿话你给我收回，哪儿凉快上哪儿凉快去！

金镶玉说，哎，我好好跟你说话，你干吗骂人啊？

我说，我骂你什么了？我带一个脏字了吗？你以为这是在日本哪，想收拾谁就收拾谁。这是在中国，知道吗？我们家员工不对，我跟你说声对不起，我可以教育她。但你要敢找人动她们一根汗毛，我决不饶你！

这时候，她老公过来了，到底是个当校长的，过来先把她拽开，又对我说，大姐，你别生气，都是同行，有话好好说。

我说，对，同行不应该是冤家，应该是朋友。咱们聚一起是缘分，应该互相切磋，取长补短。金老板，你是从日本学回来的，你的店装修很有品位，机器也先进，可你人素质不高，张口就威胁我。我菊儿不是吓大的。我既然敢到这儿开店，就不怕，就敢PK。我凭自己的实力，凭对客人的真诚，把我的小店做好。你天天琢磨我，琢磨别人，你分心了，妹妹！

一席话，说得她点了头。

我说，你没事过来吧，我给你做做美容。

她说，谢谢！

她嘴上说谢谢，心里还是不服气。

这天傍晚，一个胖男人晃悠着来到店里，一进门就说，我要揉肚子。

我说，你好好的，揉什么肚子呀？

胖子说，我想舒服呀。

我说，想舒服回家让你老婆揉去，我们没有这项服务。

胖子说，没有这项服务就挣不了钱！你们隔壁家都有了。

我一看，金镶玉不知道什么时候在窗户上贴了一张纸，上面写着"全身按摩"。

肖强说，怪不得她家半夜三更还有生意呢。

我说，哎哟，金镶玉这么搞，老头儿磨刀，快了！

果然，没过两天，警车开来了，把人带走，把店封了。

我看见永利也跟着在里边忙活，就问怎么了。

永利说，你别打听啊，儿童不宜！

40

⋮

櫻之花从事色情服务被关了张，我们成了独此一家，忙得不亦乐乎。

一天晚上，都快十二点了，我刚说收拾收拾下班了，进来一个老太太。

闺女，她说，给我染染吧，烫烫吧！

我说，哟，阿姨，染染烫烫得两个小时呢，明天行吗？

她说，明天我儿子的对象，要带她家老人到我家看看。我忙着收拾了一天屋子，要睡觉了，才发现这头跟疯子似的。

我一听心就软了，想起我妈。做老人的都这样，一辈子为儿女着想。

我把毛巾往座位上一搭，肖强，咱俩先不下班了。染，烫！

肖强说，没问题，我一看有客人来就兴奋。

老太太又说，我出来的急，我……

我问，是不是没带钱？

是啊，真寒碜。

您快坐下吧！什么钱不钱的，先让您美了。

老太太怪不好意思的，这，这，我明儿就送来……

您快坐下吧！

又染又烫，我们干到快两点了，让老太太换了个人。

她一照镜子，笑成大菊花，哎哟，你们家烫得好，染得也好，服务更好。闺女，我们二街就缺这么一项便民服务。干脆，你到我们那儿开一个店吧，我给你地儿！

啊？她给我地儿！想不到老太太会说出这么惊天动地的话。

原来，老太太是二街居委会的主任，手里有房有地。

我正想再开一个店，真是瞌睡来了碰着枕头。

第二天下午，她风风火火地来了。一进门，先掏昨晚的染烫钱。

肖强抢着说，阿姨，您请我们去开店，昨晚就算请您验收，免单啦。

老太太说，那可不行，没听说过。

肖强说，怎么没听说过，您买瓜子儿还要先尝两个呢。

老太太挺幽默，拍拍自己的脑袋，什么瓜才结这么大的子儿啊！

我跟上一句，傻瓜！

老太太笑得直咳嗽，你说对啦，小时候家里人就叫我大傻妞儿。

说完，就领我去看地儿。她说的地儿，就在二街居委会旁边，是一间五十平方米的房子，已经腾空了。这房子当门脸儿真好，当街这面又高又宽，装上大玻璃别提多美了。

老太太说，这地方原来租给河南人卖防盗门，我早想轰他们走了。我们这条街多美呀，他们两口子老在门口晒裤衩什么的，说了也不听。现在合同到期了，我就轰他们走了。

我说，阿姨，这地儿我要了，一年多少钱？

收你五万，不多吧？

不多，不多！院里老头老太太来剪发，一律优惠。

好，好，我就爱听你这句。

事情就这样商量妥了。我看见门脸儿旁边还盖了一间小屋，里面好像住着人。老太太说，这两口子暂时没找到地方搬，还住在里边，等找到地方他们就腾出来。这小屋白给你用。

哎哟，我高兴极了，当美容室正合适。

我立即跟居委会签了合同交了钱，马上开始装修。想不到，大屋里没水，水龙头在小屋里。没有水，什么也干不成。我跟暂住在里边的两口子商量，让我接个水管子过来。

死说活说，他们不开门，也不让接水。

肖强突然像豹子一样冲上去，用力拽开他们的门，大声叫着，你们讲不讲理？

这两口子不由分说，拿起拖把就捅他。肖强急了，抢上一步，左右开弓，把他们打成熊猫。我真没想到，肖强不但会剪头，还能出拳头。三下五除二，解决战斗。

我看那男的打电话报警了，就对肖强说，你快走，警察来了我支着。

肖强说，人是我打的，有事我担着。

我使劲儿一推他，听姐话，你快走，你在这儿更麻烦！

肖强这才走了。

不一会儿，警察晃悠着来了。我一看，是永利，认识，他常到我们店里剪头。

永利问，大姐，谁打架了？

两个河南人争着说，是她！她叫人打我们！

永利冲我直挤眼，大姐，打人的你认识吗？

我看那男的鼻子哗哗流血，心软了，就说，认识。

永利瞪我一眼，为什么事呀？

我把事说了，永利又瞪河南人一眼，你们凭什么不让人家接水？你们做防盗门还不够，还开自来水厂怎么的？

河南人不出声了。我说，我带他们去医院。

永利说，那就先去医院包包，完了跟我一块儿回派出所。

走到半路，永利小声跟我说，你干吗说认识呀，就说是来理发的打的，打完跑了。不就没你事了吗！

我说，那你早教教我呀。

永利说，你没看见我冲你挤眼呀。

我说，嗨，我还以为你眼里进沙子了呢。

永利说，进虫子好不好？

我说，我看他鼻血哗哗的，就认下来，好带他看去。

永利说，就你好心。没那么简单，看着吧，吃上你了！

果然，从医院回来，到派出所做完笔录，永利问，打算怎么解决啊？

两口子就叫起来，赔钱，赔钱！

赔多少钱？

男的说，少了五万不中！

女的一推他，不给十万她别想开张！

我一听就火了，我给你十万大嘴巴！

永利说，别吵了，你们商量一下。这儿解决不了，还有分局呢。我有事先出去一下。

得，他把我们往屋里一扔，走了。

这一走，天黑都没回来。问谁，谁都说不管这事。

我们三个人窝在屋里，起先大眼瞪小眼，谁也不理谁。后来看派出所人来人往的，没一个人理这事，就开始发慌了。你看我一眼，我看你一眼，都想说话，可谁也不开口。

不一会儿，过来一个警察，你们商量好没有？还没有？我告诉你们啊，这儿不能过夜，我待会儿叫车把你们都拉分局去。到了分局，顺便把你们干过的坏事都抖搂抖搂！

说完，扭头就走，叫都不答应。

河南人一听，害怕了。男的主动说，姐，要不咱们别去分局了。

我呢，想到姜子还关着，当然更不愿意去。嘴上却说，去就去呗，反正我也没干过什么坏事。

女的说，姐，我们错了。我们不要赔了，中不？

我说，真的？

男的说，真的，我们不要了。

我说，你们不让接水不对，我们打人也不对。这样吧，姐拿一千块给你们。

两口子争着说，谢谢你，谢谢你，回去就接上水吧。

我们商量好了，一起往外走。刚到传达室，被警察拦住了。这是干吗？往哪儿走？

两口子赶紧说，我们和好了，没事了，没事了。

话音没落，永利就从里屋走出来，大姐，怎么样，没事了？

这鬼东西真有招！我冲他挤挤眼，他装没看见。

我说，谈好了，我拿一千块赔他们。

永利说，嚯，真不少，赶明儿你也叫人打我一顿吧，给二百就行。

说完，他拿出调解书，让我们双方签了字。

事后，肖强问我怎么解决的。

我说，一分钱没花。那警察还说赶明儿让你也打他一顿呢。

肖强一缩脖儿，我的那个妈耶，吓死谁！

{第七章}

41
⋮

　　就这样，我开了两个店。

　　开了两个店，最少一个店要有一个得力的美发大工。肖强是一个，还要再招一个。

　　贴出招工启事不久，来了一个叫宋新的，南京人，刚刚离婚。老婆把钱全部弄走以后，他只身一人跑到了北京找饭碗。没钱，露宿街头。立交桥下，公园凳子上，逮哪儿睡哪儿。

　　我看他像个吸毒的，又黑又瘦，不想要。

　　他说，姐，我就是生得黑，我不吸毒。我做个头发你看看。

　　我就跟做美容的姑娘关莉说，关莉，让他给你做个头发看看。

　　关莉是从贵州农村来的，本来是个土妹子，来了时间不长就学会打扮了。她管我叫妈。

　　妈，他行吗？理坏了我怎么见人啊。

　　肖强说，没事，有我兜底儿哪，大不了给你剃个秃瓢，直接送庙里。

　　关莉说，行，听妈的，我豁出去了，寒碜就寒碜了。

　　宋新说，别这么说呀，让我这块黑脸往哪儿放。

　　关莉说，你哪儿黑啊，要说从非洲来的，你算白的了。

　　宋新上了手，我一看，手艺真不错。他问，姐你要我吗？

　　我说，你留下吧。你没家了，咱们就相依为命。

　　就这样，肖强负责一个店，宋新负责一个店。我呢，两头跑。这边忙，一个电话，咔，我就过去了。那边忙，咔，我又过来了。忙里偷闲，我还要带着孩子去茶淀看姜子，给他带好吃的，跟他说说开了新店的事，也说说他们家的事。他总是说，我对不起你。我妈和我姐欺负你，你别跟她们较劲儿。我要是在家，你没理也有理。我不在家，你有理也没理。

一天，我去茶淀看姜子，刚回到家，大杨跟着就找来了，还带着一个女孩儿。这女孩儿二十岁上下，西瓜脸儿，樱桃嘴儿，丰满性感。

姐，这就是我妹，大杨跟我说，你就叫她晓红吧。

我赶紧往屋里让，快进屋，快进屋。

大杨说，我想让你帮她找个工作，你还记得吗？

我说，记得，记得。晓红，你想干什么呀？

晓红说，我想当医生。

我一听，哎哟，口音不对啊，长得也不像大杨。

大杨冲我一笑，这是我认的一个小妹。

我明白了。这不是小妹，是小蜜。我最恨的。可是，为了姜子，我得忍。

我赔着笑脸说，大杨，医生可不好当啊，弄不好要出人命。

大杨说，那当然，都知道。

晓红说，我就是喜欢医院的味儿，闻着就不想走。

我说，哎哟，那是消毒水的味儿。赶明儿姐给你弄一瓶来，让你抱着可劲儿闻。

晓红就笑了。

我说，晓红，你这么喜欢消毒水的味儿，我介绍你去医院当护工，行吗？

晓红说，行，行，只要能在医院工作，都行。

我心里一下子踏实了，我的姑奶奶！我的同学刘忆嘉在人民医院当大夫，当初给姜子开病假条，我就是求的她。当然，后来她也成了我店里的客人，享受 VIP 待遇。我知道她们医院常年招护工，有偿伺候病人，钱给的还不少。我现在介绍一个大活人给她，肯定比当年开病假条的成功率高。

大杨说，谢谢姐了。

我说，哎哟，大杨，你那么照顾姜子，我都不知道怎么感谢你呢！

大杨又说，姐，我还有件事求你。

我说，干吗这么客气啊，你说！

大杨尴尬一笑，姐，我今天回不去了，就住你这儿了。行吗？

啊？我听了一愣，得，要把我这儿当团聚房。还问行吗，这不明摆着吗，不行也得行啊。

我说，姐这屋太小了……

大杨说，没关系，又不是外人。晓红跟你睡床上，我睡沙发。

哎哟，他还真不把自己当外人，连铺都安排好了。这叫怎么回事啊！半夜里两个人再大闹天宫，我非疯了不可。

可是，事已至此，别无选择。鼻子大了压住嘴，为了姜子，忍了。

我说，店里还有点儿事，我要过去处理。今晚就睡店里了。明天上午，我带晓红去医院。

大杨说，姐，这多不合适。

我说，没关系，又不是外人。

违心地把家让出来，容忍他们在我和姜子的床上开战。恶心！没辙。

可是，事情并没到此结束。晓红在医院干了三天，就不干了，说端屎接尿受不了，要回来。我只好跟刘忆嘉赔不是。忆嘉说，你哪儿捡来这么个傻东西，还不够别人给她当护工的呢，一口气吃了人家病人十八个苹果，外带仁核桃。

我把晓红接回家，问她还想干什么。她说，我想写诗！

啊？洗什么？

不是洗什么，是写诗。她翻白眼看我，写诗都不懂。

我说，噢，姐耳背。你会写诗？

会呀，她说。

我来了兴趣，你背两句你写的诗，让姐开开眼。

她说行。就背起来，你问我爱你有多深，月亮代表我的心。

哎哟，这是你写的？

对呀，都配成歌啦。姐，我写得怎么样？

我忍住笑，真有敢吃天的。大杨看着也不傻呀，怎么找这么个玩意儿，怪不得让忆嘉嘬牙花子。我心里这样想，嘴上还不能漏。

我假装点头儿说，写得好，写得真好！

她眉飞色舞地说，姐，以后我哪儿也不去了，就在姐家里给杨哥写诗，写好多好多诗。

啊？我一听，傻了。这东西不走了，要在我这儿扎下去啊。这可了不得，哪天她高兴了，再把我家当炮给点了，吓死谁！怎么办？要不，把派出所的永利叫来，假装查户口吓她走？不行，万一吓疯了也麻烦。就算吓走了，出门再遇上拍花子的，把她拐到内蒙古当牲口给卖了，那就更麻烦。回头大杨找我要人，我想再找这么个傻货都难，谁能一口气吃十八个苹果外带仨核桃呀。我想来想去，没办法，只好先当猫养起来。

晓红住在我家，麻烦大了。也不知她从哪儿拿了人家饭馆的菜谱儿，天天就给我念，要吃肉炒蒜苗，要吃鱼香茄子，要吃宫保鸡丁。她念什么，我就给做她什么。吃饱喝足了，就趴在窗台上给大杨写诗。怎么写？把盒装录音带里的歌单儿扯出来，照着，有一句没一句地瞎抄。瞎抄就瞎抄吧，抄一会儿，还抬起头来看看窗外的树啊花啊，寻找灵感。找到了，就写，大杨大杨我爱你，好像白菜炖海米。她写累了，躺床上就睡，后背全都是汗毛儿，跟猪似的。

大杨呢，隔两三天就来我家一次。不是坐火车，就是搭哪个犯人家属的车。从天津过来，跟这女的睡一觉，第二天又回去，就那么大瘾！有时候我回家一看，沙发后头扔的全是避孕套。哎哟，给我恶心的，差点儿没把肠子吐出来。唉，为了大杨能对姜子好点儿，我都忍了。

反过来呢，大杨对姜子还真是好。有段时间，郭子去学习了，上边派了个荤素不吃的主儿临时代队长。这代队长要求很严，不让家属给犯人带烟带肉。姜子馋烟馋肉，我就把烟拆开了，一根一根塞进饮料盒里，把肉切成条儿绑身上。到了圈儿里，代队长让大杨搜身，大杨假模假式地搜搜，喊了一声，搜身完毕，只带了饮料，其他的没有，通过！我这烟啊肉的，就带进去了。有烟就好办，偷着抽呗。肉呢，也是偷着吃。吃不完的藏起来，第二天接着吃。有一次还被猫叼走一条，姜子特心疼，哎，怎么让猫叼走了。

晓红在我家不知不觉就待了两个多月。有一次，我去看姜子，上了车，旁边坐的一个女人干净又漂亮，谈吐不像犯人家属。我跟她一聊，巧了，是大杨的老婆。我一看，大杨这不是有病吗？老婆这么好，他干吗呀。我就动了念头，不行，我得跟大杨谈谈，让他洗心革面重新做人。我要从根儿上对他好，而不是枝儿啊叶儿的。

　　凡事就怕用心。打个不恰当的比喻，不怕贼偷，就怕贼惦着。我就是那贼。终于有一天，让我逮着机会了。我跟大杨说，大杨，你既然把我当姐，我想跟你说说，你们家媳妇多好啊。你在这么个荒郊野外的圈儿里，跟个老农民似的。她跟你不弃不离，跑这么大老远来看你，风是风雨是雨的。来了也没地方住，跟犯人来队家属一样住团聚屋。人家说过一句没有？人家又图你什么？犯人还有个刑期呢，再是孙子，日子到了就出圈儿走了，就当爷。你呢，走不了，弄不好就在这儿人不人鬼不鬼的一辈子。你说你们家媳妇巴心巴肝守着你，图你个什么？我跟她聊了一路，你们俩，从小就两小无猜长大的。多好啊，多难找啊。现在，这样好的女人你哪儿找去？她是你的宝！你们结婚十多年了，人家一点儿也没变，还是两小无猜。你呢？你变了，你让人家猜，人家哪儿猜得着啊！守着这么好的媳妇你不珍惜，弄那么一个傻玩意儿，这叫干吗呢？她到了医院一口气吃人家病人十八个苹果外带仨核桃，没事就趴着给你写情诗，非说邓丽君唱的歌是她写的。人家邓小姐唱这个歌的时候，她还不知道在哪儿转筋呢。姐不是嫌弃她在我们家吃住，你要找，也找个好点儿的。你找这么一个东西，对不起你媳妇不说，早晚得给你坏事！大杨，你就听听姐的，快跟晓红分手吧，姐求你了。

　　一番话，说得大杨的脸儿红一阵白一阵，虎牙都短了半截儿。他说，姐，姐你说得对。我看姐这样实心实意地对姜子，我都感动得流了泪。我这几天也想透了，谁都不行，还是自己的老婆好。我听姐的，跟晓红分手。

　　我说，这件事，早晚瞒不住你媳妇。你想瞒，备不住晓红都会给你捅出去。所以，我劝你，早点儿跟你媳妇亮底儿，求她原谅。否则，等她发现了，或是晓红去闹了，你就罪上一层楼了。弄得不好，连媳妇都丢了。你主动跟媳妇打开窗户说亮话，媳妇会原谅你，晓红想闹也闹不起来了。

　　我跟大杨谈话没两天，就出事了，晓红闹起来，非要让大杨跟他媳妇离婚。还好，大杨提前跟媳妇坦白交代了，媳妇对他也宽大处理了。他媳妇说，大杨，其实我手里早拿住这个傻家伙给你写的情书了，写得狗屁不通！我就是不跟你说，看你！

　　大杨跟媳妇纠缠期间，她媳妇还来找过我。一见面，吃一惊，是你？

　　我说，对，是我。咱俩在车上见过。

　　她说，你不能因为你老公关圈儿里，为了让我老公照顾你老公，你就教我老公学坏吧？我说，你能不能不说绕口令呀？老公来老公去的，都分不清谁老公了。

好，那我就问你，这事你知不知道？

诚实地说，我知道。但是，我宁拆一座庙，不破一门亲。这事我就是知道了，也不可能告诉你。要说，由你老公亲自跟你说。他想通了，会亲自跟你说。我跟你说，那叫什么事呢？你看到这封情书，你觉得它是真实的，它就是真实的。你要是相信你老公不会在外面做这种事，那它就不是真实的。难得糊涂，对双方都好。

你不跟我说就不跟我说吧，为什么要替我老公干这种事？

妹妹，你说错了。不是我替你老公干这种事，我也替不了。我看见了吧，我活生生是一个女人，怎么能替你老公干这种事呢？还是你老公自己要干这种事。对吧？

好，算我没说明白。我是说，你为什么要帮我老公干这个事，收留那个女人？

妹妹，咱们都是女人，换位思考一下，好吗？如果你们家大杨，处在我老公这个位置，在圈儿里边关着。我老公管大杨，他跟你提出这个要求，你能不让住吗？

大杨他媳妇就不说话了。后来，大杨跟她说，还是菊儿姐教育了他，他才悔过的。菊儿姐没错，从头到尾都是个好人。

他媳妇又找到我说，姐，对不起。这事谁也不赖，就赖我们家大杨。

我说，妹妹，你这话说到点儿上了。

他媳妇说，我真想跟大杨离婚。

我说，别！你离了婚，就便宜了那个傻东西，让她小三篡位成功。那对你，对大杨，都不公平。因为，你们俩都是好人。为了这个好，你们已经付出了太多太多。岁月不可重来，经历不可复制，千万千万要珍惜！

终于，一场风波过去，大杨跟晓红分手了。我给了晓红五千块钱，让她回老家去自谋生路，别老写诗了。大杨跟媳妇破镜重圆，手拉手来店里看我。我请他们吃了饭，还为他媳妇美了容美了发。大杨坐在一边看，越看越美，龇起虎牙唱上了，你问我爱你有多深，月亮代表我的心……

我说，那是晓红写的，你别瞎唱！

他立马收起虎牙。

劳改农场真好，是人都能给改造了。

看到大杨跟他媳妇好成了一个人，我想，我跟姜子的好事什么时候才能来呢？

那会儿，去茶淀看姜子，就是我的精神支柱。姜子在那儿等着我呢，再苦再累也要去。无冬历夏，多冷多热，每个月我都去。一年一晃过去了，再一晃又一年过去了。大杨跟郭队就商量着，给姜子报立功减刑。其实，他立什么功了？什么功都没立，就给他报了减刑。

劳改部门批准了减刑报告，姜子要回家了。

我给他买了一件新皮衣，裤子、袜子、裤衩、鞋，全是名牌。我知道他爱美，就到商场去给他挑。我跟郭子说，让姜子把所有的旧衣服从头到尾全扔了，里外三新，回家做新人。

郭子说，好啊！内衣可以带进去让他换上，其他的出来再换。

我抱着新衣服站在门口等他。远远的，看见他挺精神地走出来了。头发也留起来了。

我一下子就哭了。

大杨说，人都出来了，姐你就别哭了。

我说，大杨、郭子，让我拿什么感谢你们啊！

郭子说，姜子往后不再进来了，比什么感谢都强。

掐指算算，姜子在公安局关一年，在茶淀关两年，前后加起来总共三年。

后来，我才感到，我跟姜子分开的这三年是最幸福的。

你心中有我，我心中有你。

42

就在姜子要出来的时候，我们的大恩人金爷出了事。他吸上毒，败了家。

他媳妇都绝望了，说你出去找女人，爱找谁找谁，只要不碰粉就行。

金爷有骨气，下决心戒毒。他对手下人说，你们把我绑到山上去，给我捆起来，帮我戒。他在山上有个沙石场，还有三间房。他要强迫自己离开灯红酒绿，离开吸毒的圈子。手下人谁敢绑呀。金爷就骂起来，你们就想看着我像死人一样发臭吗？我要是戒不了毒，就下耗子药把你们全毒死！几个最贴心的人，虎子啊，小松啊，就狠狠心，把他弄山上去，捆了起来，强行戒毒。拉屎拉裤兜子里都不让他上厕所。他大小便失禁，哥儿几个就给他洗，裤衩上都是大血疙瘩。

在这个节骨眼上，姜子出了茶淀，金爷也顾不上他了。

回家后，姜子好像变了一个人，很自卑，很胆怯。夏利车停了三年也不能开了。姜子天天在家里躺着，抽烟，抽烟，还是抽烟。前后加起来，他被关了三年。虽然只是三年，如同落后了一个时代。我原谅他，可怜他，那么一个天不怕地不怕的人，改造成个闷葫芦。

这时候，为我带孩子的老太太突然无疾而终了。人们都说她修得好，才走得好。老太太走了，小石头没人带了，我每天像提溜菜篮子一样，把他提溜到店里。坐公共汽车吧，太挤，没办法，买了一辆电动自行车，嘟嘟嘟，驮着孩子去上班。车是用电的，一没电就打不着火，蹬起来特别沉。有一回，下班走到半路，车没电了，我就蹬。后来，实在蹬不动了，大半夜的，叫天天不应，叫地地不灵，我就咬牙往回推。推到家，孩子都冻病了。

日子一长，我感到很累，回家看见姜子躺在床上像没事人一样，就开始烦了。

原来看他两条长腿，很美很性感。现在看他两腿一伸，不管不顾，简直是一种罪恶。

我说，姜子，你能出去干点儿事吗？

他不理我，像没听见一样。

我又说，你天天这样躺着，哪天算一站啊？

姜子爬起来说，你看不起了？

我说，我什么时候看不起你了？你想想，咱俩刚认识那会儿，你在车站当装卸工，穿个破棉袄，腰里系个草绳。我在京纺跳舞，会餐时看见大鱼大虾，恨不得把吃剩下的都给你打包回去。我图什么？再说了，你又图我什么？我是离了婚的，带一个孩子，三十多快四十了，你图我什么，是不是因为喜欢我这个人啊？我们最后走到了一起，就图的是你爱我，我爱你。我四十多岁生孩子，三天三夜生不下来，命都搭进去了，我埋怨过你吗？我看不起你吗？你别老亵渎自己。

姜子说，我现在这样儿，你让我干什么呀？

我说，送奶，卖报，刷盘子，干什么不行？要不你当个交通管理员，在车站上举举旗。一个月挣三百五百，也比在家躺着好，起码能让我看到一个男人在奋斗。

我知道你在奋斗我就高兴。我又带孩子，又挣钱，回来还要做饭、洗衣服、收拾屋子，我一个人有多少精力？你要是不想出去，就当家庭妇男，带带孩子做做饭，让我回来有一口热乎的吃。你总得占一头吧！现在可好，锅朝天盆朝地的，我等三年，盼三年，等回来一个横躺竖卧的。你心里可以没有我，你得有孩子呀。你回来快三个月了。我给你时间，让你恢复，可你也得差不多吧！

我说他，他不吭声。抽烟，听着。

终于有一天，我们吵架了。这天，我正在店里干活，员工们就喊，菊儿姐，菊儿姐，你快出来！我出去一看，一个员工抱着小石头正往店里来，小石头满脸是血，哇哇直哭。哎哟！我叫起来，这是怎么了？员工说小石头在门外边玩，不知是谁的自行车倒了，把孩子的脸磕破了。我赶紧给姜子打电话，说你赶紧过来吧，小石头磕了。他说，你他妈怎么给磕的？我急了，我他妈怎么磕的？我他妈愿意磕呀！你他妈在家天天伸着腿，就不想想我带着孩子开店多难啊！你他妈不愿意要这孩子就算了！

我一连几个他妈的，嚷嚷完了，咔的把电话给挂了，抱起小石头就往海军医院跑。

我到了，姜子也到了。他先跑到店里，知道我去了海军医院就赶过来。外科大夫一看，说伤口正在眉毛上，需要缝针。小石头看见那针特别大，就吓着了，乱蹦乱叫，不让缝。

别说小石头了，我看着也害怕。这么漂亮的孩子，一缝就破相了。大夫说我们这儿没有小针，最好带他去儿童医院，那儿有小针，还有羊肠线，缝起来孩子没有痛苦。姜子抱着孩子，我打了车，拼命往儿童医院赶。

儿童医院就是儿童医院，大夫看了看，说宝贝儿别动啊，叔叔给你挠挠痒痒。说完，大白单子一铺，把小石头往上一放，咔咔一裹，连动都动不了。家长出去！把我们推出去。

我在门口贴着一听，大夫正给小石头讲故事呢，从前有一只青蛙……小石头就叫，我不听从前的，我要听古代的。大夫就说，好，好，古代的。在宋朝，有一只青蛙……

时间不长，缝好了。大夫说，我用羊肠线缝的，不用拆线，基本上也没有什么疤。长大以后，他眉毛这块儿会有一个断痕，可以找文眉的给文一下。

我妹妹听说了，赶到医院。她说，我这两天放假，带小石头玩两天吧，孩子整天跟你在店里瞎混，真可怜。就把孩子带走了。

回家后，我跟姜子爆发了，大吵一架。

我说，从现在开始，孩子不能跟我去店里了，你在家看着他。

姜子说，别扯淡了，我一个大男人在家看孩子？

我说，你一个大男人怎么了？整天躺着像个死人！

他瞪起眼睛，你还嫌我不丢人啊！

我火了，姜子，你要吃红烧肉，要抽好烟，要喝可乐，三年哪，我就盼你这么一个畜生回来了！

哼，我是畜生？早知道你这样，我都不要你！

听他这样说，我的心都凉了。我说，你现在不要我也来得及。我把你捞出来了，我该做的都做了。就算分手，我也问心无愧！

我在里头，你在外头，你干了什么谁知道！

姜子，你住嘴，我不许你往我身上喷屎！为了你，我受了多少罪，你知道吗？

话没说完，我泪就出来了。我不愿意让他看到，扭身出了门。

我跑回店里，拼命收拾卫生，又擦又洗，一直干到出汗，一直干到天黑。

回家路上，我又后悔跟姜子吵架。相骂无好言，我不能把他一时说的气话往心里去。我没在监狱里关过，不理解他的心情，整天唠叨他，是谁都会烦。我应该体谅他，他会好起来，会像以前一样。也许，他已经想好下一步要怎么过，就是嘴笨，说不出来。我们共同经历了多少风雨，多不容易。哪怕吃米饭泡咸菜，只要一家人在一起就好。

我这样想着，特意拐到副食店，想买点儿肉馅，买点儿韭菜，给姜子包一顿饺子吃。

来到卖肉馅的摊位，一看，好家伙，人比肉还多。买肉馅的人都不要绞好的，害怕不是好肉，筋头巴脑的，而是自己先选一块中意的肉，让卖肉的去皮，洗净，现绞成馅。这样的馅吃着放心。于是，买的人，七手八脚，挑的挑，选的选，递的递，取的取。除了取走绞好的肉馅，有的还要取走属于他的那块肉皮，回家放点儿配料做肉皮冻吃。卖的人呢，眼观六路，耳听八方，照顾着买卖，同时又把加工好的产品递出来。怕给错了人，就边干边叫，热闹儿大了。举起一块肉，谁的肉？马上就有人响亮地回答，我的肉！谁的皮？我的皮！

我一看这热闹劲儿，得，也别排了，排到猴年马月啊，姜子在家早饿了。我转到卖熟食的摊位，挑了姜子最爱吃的酱猪肘儿，又买了两大瓶他最爱喝的可乐，两手捧着往家赶。

回到家，一推门，喊了声，姜子！

屋里静如死。床上空了。地上空了。姜子不在了。

姜子不辞而别，我四处打听也没打听着。我心里着急加上累，就得了病。

先是小便发黄，越来越黄，最后变深茶叶的颜色。我问店里的女员工，你们的尿黄吗？她们说不黄。那我的尿怎么发黄啊？姐，你可能上火了，吃点儿牛黄解毒片吧。女员工就给我买了牛黄解毒片，我吃完就拉。拉得浑身没劲儿，两腿直哆嗦。我说这哪儿是解毒片啊，是中毒片吧。后来我吃什么吐什么，一口东西都吃不下了，实在支持不住了，就去了医院。

到了医院一化验，大夫说，你赶紧转传染病医院，转氨酶都八百多了，是急性黄疸性肝炎。我当时就吓着了，不为自己，为孩子，也为店里的员工。想起每天跟孩子喝一碗粥，我一口他一口，会不会已经传染了呀。这样一想，我就哭了。

这时候，要住院，姜子不在，孩子怎么办？真急死人了。

我实在没辙了，就把我爸家请的王阿姨喊过来，把小石头接走了。

王阿姨比我爸小七岁，本来是爸的同事介绍来当保姆的。后来妹妹告诉我，说爸跟王阿姨很投脾气，很想跟她一起过。妈走了，老爸一个人很孤单。他床边的衣柜里有我妈和大脚奶奶的灵位，灵位前的灯老亮着。我看着真的很难过。从小，我就没看见过他跟妈吵架，他爱我妈。他现在想有个老伴儿，我很赞成。

人到老年，缺的不是钱，是感情。要不为什么会痴呆，为什么盼儿女回家。

但是，我们做儿女的回去陪是一回事，老伴儿陪是另一回事，不一样。他有个心爱的老伴儿，有个心爱的女人在身边，跟儿女在身边是不一样的。

老爸知道我赞成他跟王阿姨过，非常高兴。他老说他八十多了，活不了几年了，院里谁谁又走了。我说您能活一百岁，他就笑起来。他经常到店里坐坐，家里做了好吃的，就让王阿姨给我送来。王阿姨对我特别好。我有事，她准来帮忙。

王阿姨把小石头接回家，按我教给她的话跟我爸说，我要去上海学美发。之后，她又陪着我去传染病医院。一到医院，医生就收我住院了。

这儿可真吓人，开门都得拿手纸垫着。我嘱咐阿姨别跟我爸说，也别跟店里人说。

住下后，我主动给店里的员工打了电话，说如果你们谁难受，小便发黄或者吃不下东西，就赶紧到医院去看一看。店里员工就问，姐，你怎么了？我说我得肾炎了。我跟所有人都说我得的是肾炎，不要来看我。

过了两天，王阿姨来医院告诉我，说她带小石头检查了，没事。还说店里也没人得病，一切平安无事。我这才放心了。

但是，我的病开始重了。发烧，发烧，一发就是半个月，睡冰袋都不行。

为了对症下药，大夫说要做肝穿，让我老公签字。

我摇摇头，说老公出差去了，你就做吧，死了不怨你。

大夫说不行。我死说活说，才同意了。

做肝穿那天，同屋住的病人把我往手术室推。一边推，我一边流泪。我病成这样了，姜子也不来。姜子，你在哪儿啊？你快回来吧，我再也不唠叨你，再也不跟你吵了。

就在这时，走廊里传来一个熟悉的声音——

姐，我来了！

啊，是姜子吗？

是。

我还以为是做梦。可是，姜子分明就站在我面前了。

一身灰，一脸汗，手里捧着一包钱。

七万！他说，这是给你治病的。

姜子，你去哪儿了？

我泪眼看着他，想伸手拉他，又不敢，怕传染他。

你就别问了。我不会说好听的，也不会认错，但我知道看病没钱不行。

这时候，大夫过来了。姜子说，大夫，你看见没有，这钱是给我媳妇看病的，不够我再拿来。你要给我媳妇用最好的药，把她治好了。治好了怎么都行，治不好我饶不了你们！

大夫都听傻了。

姜子说完就走了。我叫着，姜子，姜子！

他也没回头。

看到枕边的一大撂钱，我忍不住又哭了。

我怎么会有这么多的眼泪啊！

姜子不会说我爱你，他是用心爱的。他能等我十多年，我被欺负了他就跟人家玩命，用武力呵护我。在我住院期间，他再也没来过。他不来吧，却叫了两个小弟兄，每天来医院陪我。他俩往墙边一站，跟门神似的，背着手，瞪着眼，屋里的病人都害怕。他们可不管，今儿买鸡，明儿买鱼。嫂子，想吃什么？嫂子，尿尿吗？俩大老爷们儿的，我怎么尿啊！我真不知道是感谢他们呢，还是恨他们。

一个月后，我烧退了，尿也不黄了，大夫说病好了，让我再住些日子。我住不下去了，一是惦记孩子，二是惦记店里，三是这医院里老死人。半夜里你睡着觉，那边屋里就哭上了，又死一个。这人本来就肝硬化了，又偷着跑回家喝二锅头，回来肝就爆了。他老太太就守着在那儿哭，我听着真受不了。更让我受不了的是，在这里，我看到了艳艳的死！

我不知道艳艳得了肝炎也住在这里。

当我知道的时候，她已经从十三楼病房的窗户跳了下来。

我听到病区突然乱起来，人们恐慌地传递着死亡消息，跳楼了！有人跳楼了！

因为听到和看到太多的死，我已经麻木了。一开始我并没太在意，直到听见护士长不知跟谁在打电话，说十三楼的冯艳艳跳楼了，我才吃了一惊！

啊？冯艳艳？是她吗？是我从前的好朋友艳艳吗？

天明的出国，让我伤心而自卑地断绝了跟这帮干部子弟的来往，其中就包括艳艳。我害怕她那张嘴，又害怕她再把我拉到那群人里去，让我迷失。没有她的消息已经很久很久，突然的吃惊，仿佛让我穿越时空。我赶紧跑了出去，跟着慌乱的人群，跑向事发现场。

我惊呆了，被医护人员抬上担架的正是艳艳！

在血泊中，在恐惧中，她是那么安详，那么凄美。

艳艳！我叫了一声。

她没听见。她听不见。

但是，我清楚地看到，她的眼睛动了一下。

我哭了。为她，也为我。

后来，了解她的一个护士听说我认识她，就跟我讲了艳艳的不幸——

青春浪漫过后，艳艳最终跟大邪虎结了婚。婚后，大邪虎几次外遇，把艳艳气得半死。正在打离婚的时候，惨案发生。其中一位外遇的女方丈夫发现自己被戴了绿帽子，先杀了自己的老婆，又提着刀来找大邪虎，一刀就要了大邪虎的命。艳艳上来拦，被刀破了相。送院救治过程中，输了肝炎血，染上了肝炎。爱美的她无法面对悲剧，最终拒绝了生命的挽留……

亲眼看到艳艳的死，让我悲痛欲绝，又想到姜子下落不明，恐惧时时袭来，让我再也住不下去了。我要出院，我要去找姜子。

我知道，这两个陪我的小弟兄，一定知道姜子在什么地方。

可是，任我怎么问，他们也不说。

再问，他们又神经了，嫂子，想吃什么？嫂子，尿尿吗？

大夫耐不住我磨，同意我出院了。

出院后，我费尽周折，终于，打听到姜子的下落，他上山了。

我早该想到。金爷在山上有个沙石场！

我央求人家带我去找他。

不行，夜里进山会碰上鬼。

我不怕。你不带我去，我自己走着去！

去了你也找不到。

找不到我就不出山。

不出山会饿死。

饿死在山里，我也要找到你姜哥！

就这样，我死缠烂打，人家没辙，就同意带我去了，说豁出去让姜哥揍一顿。

沙石场在门头沟的大山里，汽车摸着黑在山里转。

白天看山里一定很美，山是青的，树是绿的。这里，那里，起起，伏伏。鹰在半天飞，兔在草里跳。山花烂漫，泉水多情。可是，到了夜里，山里可就吓人了。上学的时候，读古诗，山中夜色写得多美，明月松间照，清泉石上流。哪是那么回事啊，半夜进山，阴森森，黑洞洞，山啊树啊，都像假的，像黑纸糊的。走着，走着，猛然间会听到什么惨叫一声，好像杀了人。老百姓说，冤死的人成了鬼，害怕灯火，都跑到山里来，专门拦住走夜路的人，扑上去掐死，然后剥下人皮穿上。鬼穿上人皮就现人形了，不再害怕灯火，大摇大摆地下山，见人就索命。

我是来找姜子的，路上千万别碰上鬼。

车刚进山的时候，我还瞪着两眼看窗外，走着走着，两眼模糊，昏昏欲睡，忽然感到大山里静得可怕。就在这时，车灯闪处，路边的树丛里突然钻出几个人来，大摇大摆地迎着车灯走来，看不清他们穿的什么，也看不清他们的脸。当他们越走越近时，我看到灯影里的人，脸是绿的，嘴是红的。鬼！我尖叫一声，闭上眼睛。咔咔咔！汽车一颠簸，我又睁开了眼。

当我睁开眼的时候，大吃一惊，司机的座位上根本就没人。

啊？开车的人呢？

我是怎么进山的？难道是在做梦吗？

我吓出一身冷汗。就在这时，车下传来人声，到了，下车吧！

原来，车早停了，开车的人已经下车了。

我赶紧下车。一下车，冻得我一哆嗦。山里真冷。

漫山遍野都是沙子，黑不隆冬像进了坟地。不远处，亮着一盏小灯，昏黄模糊。灯下半明半暗，照出一间小屋的轮廓。这大山深处，这残月清辉，小屋孤独，泛着冷光，好像是鬼的冥宅，又像土匪的窝棚。我尾随着姜子的小兄弟，向小屋走去，一脚高，一脚低。

来到小屋前，咔的一声，推开老旧的木门，哎哟，一屋子人，我一眼就看见了姜子！

蓬头垢面，一脸胡子。胡子上都是冰碴儿。

我的心一下子软了，真觉得太对不住他了。

姜子猛然看见我，愣住了，眼神跟第一次在劳改队见到我一样。

你怎么来了，怪冷的。你好了吗？他说。

我说，我给你送棉袄来了，快穿上！

屋里围坐的人就起哄，还是有老婆好，有人疼。

姜子又问，你好了吗？

我说，好了，全好了。

屋里的人七嘴八舌，嫂子，姜子在这儿吃不上，穿不上，特苦。

嫂子，我们白天干活儿挖沙子，晚上还要到处转，有人会偷沙子。

嫂子，姜哥刚从外边转回来，瞧瞧冻的，多可怜！

嫂子，你别跟他闹了。

我说，闹什么啊，心疼死了。说完，就哭了。

姜子说，哭什么，金爷有难，咱得帮他。

是啊，是啊，屋里的人又乱起来。说金爷现在就指着沙石场了，我们不干谁干？

姜子说，再说，也能挣点儿钱。要不，拿什么给你看病？

我一听，哭得更伤心。他那七万块，就是这样从沙子里一点点儿淘出来的。

姜子说，别哭了，山上有这么多弟兄，你就放心吧。

我真想上去抱他，亲他。人多，忍住了。

看见屋子里有火，我抹抹泪问，有白面吗？我给你们烙饼吃。

没有，只有棒子面！

那更好了，我给你们贴饼子！

一屋子人都欢腾起来，叫着闹着，跟没吃没喝的土匪一样。

贴饼子，是我在乡下炼的童子功。咔，贴一个。咔，又贴一个。

贴着饼子，想起朱大妈，想起秀秀，想起秀秀说过的话……

一锅贴饼子，焦黄焦黄冒香味儿了，我起出来，递给弟兄们。没有菜，白嘴吃，捧着贴饼子，个个喊，好吃，好吃！贴完了，吃完了，天也快亮。

后来，我才知道，有个老太太每天上山来给他们做饭。饭吃完了，就没了，晚上看沙子只能饿着。又冷又累，宁肯饿着，也没精力起火做饭。

沙石场是金爷投的资，半明半暗。县里为了生态环保，不让挖沙，因为村长入了股，就偷着干。上边来查的时候就停工，不查的时候又接着干。干干停停，一直维持着生意。吸毒败了家的金爷，眼下就指着这个沙石场挣钱了。

再后来，上边抓得紧了，沙石场不好干了，就卖给了当地农民。

这时，金爷也彻底戒了毒，就像换了一个人，贷款开起宾馆、餐厅，重新火起来。

姜子下了山，金爷把他带在身边，进进出出，风风光光。

43

在这期间，我的家里也发生了不小的变化。老爸跟王阿姨正式结婚了，婚礼简朴，热烈夕阳红。老人有了着落，我们做儿女也就放心了。弟弟移民意大利了，妹妹嫁给了一个新加坡的生意人，也办了移民。她跟我说，姐，小石头跟着你，你累，孩子也受罪。老爸那儿我放心，就是不放心你，不放心小石头，怕你给孩子耽误了。你看，这样行不行，让小石头先跟我走，到新加坡去上学，将来学成了再回来。我已经跟他说过了，他特别高兴，愿意跟我走，就看你和姐夫的了。我说，妹妹你真好，让我跟姜子商量商量。

一商量，姜子也同意。他说，我们两个都忙，照顾不了孩子，别把小石头给耽误了。

就这样，小石头走了。走的那天，姜子跟金爷在广州办事，都没顾得上送。临上飞机前，我抱着他哭，小石头就给我抹泪。边抹边说，妈，你别哭了。等我以后挣了钱，给你和老爸买一辆大奥迪。说着，就亲我，口水流了我一脸。

好几天，我都舍不得洗脸。

小石头走了以后，我更是把心都扑在两个店里。我要玩命挣钱，给妹妹寄去。还是自己挣的钱，花着硬气，花着心安。姜子呢，全心照顾金爷的生意，忙得连家都不回，就住宾馆里。我想，男人有男人的事，女人别瞎掺和。

一天，我突然接到一个电话，嫂子，我是虎子。

噢，虎子，有事吗？

姜哥……

姜哥怎么了？

……出事了。

啊！我脑袋嗡的一声，出什么事了？

他……

你快说，他怎么了？

他，他跟人打架了。

啊，伤着人没有？

……没有，就是打瞎了眼，人家要他赔……

我说，赔，赔！多少钱咱都赔！他在哪儿呢？

……虎子又不说话了。

我听出不对头，急着问，姜子他人呢？他在哪儿？他是打架吗？

虎子被我追得没了退路，这才跟我说实话。

原来，姜子又被抓了。不是打架，是贩毒。因为数量很少，金爷托了人，办案人员让交五万保释金，可以先保出来。金爷已经把钱交了，正办手续。他担心姜子住的地方没收拾干净，让警察再翻出什么来加重罪过，就让虎子跟我一起去收拾收拾，有用的东西拿回家，没用的就扔了。金爷特别嘱咐，要仔细收拾。

我浑身一哆嗦，眼泪刷地下来了。

姜子终于沾上了毒品！

甭问，三年关押，近墨者黑，白纸染了色。我这才想起来，离开茶淀的时候，为什么郭子会说，姜子往后不再进来了比什么感谢都强。郭子真有先见之明。

天啊，姜子又进去了，这可怎么办啊！

嫂子，你别哭了……

好，我不哭。我抹干了泪，虎子，捞人的钱不能让金爷拿，我这就去取。

嫂子，钱不钱的，现在都不重要。我在旺泉宾馆等你，你快过来吧。

好。我放下电话，急忙打上车。

肖强追出来问，姐，你去哪儿？

我摇下车窗说，我去办点儿事，店里你多费心。

姐，我能帮上忙吗？我跟你去！

肖强，谢谢，有你这句话，就全有了。你跟宋新多费心啊！

姐，你放心吧。

我知道金爷先后开了三家宾馆，旺泉是其中一家。姜子不回家的时候，就住在旺泉。

我打车赶到的时候，虎子在宾馆外的台阶上正急得转磨呢。

见我来了，他急忙帮我打开车门，引我下了车，直奔宾馆大厅。

前台服务员认识虎子，所以他一说房号，服务员就现配了一张门卡。

姜子住的是三楼306号，打开房门一看，我头皮都炸了！

电视开着，DVD开着，床上一堆录像带，封面都是光屁股。地上扔着肮脏的卫生纸，一看就是跟女人做那些事的。桌子上摆着吸毒用的东西，瓶子上一边插一根棍儿。三包冰毒，白白的，跟味精一样。我听说过，有女人陪着吸毒的，叫冰妹。边吸，边乱七八糟。

我不相信姜子会变成这样，可眼前的一切又叫我绝望。

虎子，我还收拾什么，我……我不活了！

说完，我朝窗户冲过去，一把推开就要往下跳。

嫂子！虎子大叫一声，扑上来死死拽住我，别，别，嫂子，别。这屋里什么人都进来，这不是我姜哥干的……我姜哥不是那样的人……

一个礼拜后，姜子被放回来了。金爷摆了一桌酒席，为他压惊。我吃不下去。

金爷说，这回是姜子不对，明知道是毒品，还帮人家去送。一小袋也不行！你知道吗？公安在那儿放着钩子呢，谁碰就钩谁。往后，咱们立个规矩，给多少钱也别沾毒。需要用钱，就从我这儿拿。听见没有？

大伙都说，听见了！

金爷又对我说，得啦，菊儿，看我面上，来，喝一个！

我真是喝不下去，也高兴不起来。

来吧，金爷又说。

我说，金爷，姜子住的地方乱七八糟的，您知道吗？

姜子看了我一眼，没说话。

金爷说，我听虎子说啦，那屋子谁都去，不是姜子的事。我今儿立个规矩，从今往后一刀切，谁也别整那些下三烂的事！

说完，特别看了姜子一眼。

姜子你也是，干什么都行，就是不能吸毒。这东西，沾上容易，扒掉难。你看见我了吗？命都差点儿挣脱了。不是弟兄们，今儿个就没有我金爷。我跟你们讲个听来的真事，说有个孩子沾上了毒，戒毒所里几进几出也戒不掉，瘾上来就跟抽了筋似的，八个人都按不住。把他爸活活气死了。他老娘都七十岁的人了，心疼他，拽着他的手，翻山越岭地走，想把他托付给山里的亲戚，心想她儿远离城市，远离毒友，也许就能戒了。结果，跑断了腿也没有哪个亲戚愿意收留。天上下着大雨啊，哗哗啦啦的，娘儿俩走到半山腰，躲没地儿躲是藏没地儿藏。就在这时候，这孩子的毒瘾又上来了，要死要活，翻跟头打滚。他老娘看着实在心疼，就说，儿啊儿，虽说你是娘身上掉下来的肉，娘心疼你，也没办法了。看来，你这毒算是戒不了啦，娘也死心了，让为娘再心疼你最后一回吧，说着就打开手心。那孩子一看，娘的手心里攥的不是别的，正是一小包毒品！那毒品是他娘从他藏毒的地方翻出来的，他娘带着他顶风冒雨爬大山，好几百里路啊，浑身浇个透湿，手里攥的这小包毒品愣是干干的。他娘说，儿啊儿，你拿着吧，娘实在不忍心看你受罪哪！说完，把毒品往儿子手里一塞，转身就从山上跳下去！这孩子连拉都不拉啊，拿起毒品就往嘴里塞。后来，他也没能走下山去，被狼撕成了几段啊！临死前他才明白过来，喊了一声，娘，儿来了……

金爷说到这儿，掉了泪。

姜子说，金爷，我听您的，再也不沾这玩意儿了。

几个兄弟也说，金爷，您别难过了，我们听您的！

金爷说，只要弟兄们说到做到，我就放心了。再有，那些乱七八糟的事是谁在宾馆里干的，我也不问了，以后谁也不许再干。谁要是再干，让我知道了，绝不手软！

说完，又把酒杯端到我面前，菊儿，你是好样的，姜子也是好样的。来，喝！

听金爷这样说，我心想，姜子再坏，不至于坏到那个份上，是我冤枉了他。

我举起酒杯，金爷，您是我们的大恩人，我谢谢您！

说完，我一仰脖儿，干了。

金爷叫了声好，也干了。

大伙都叫好。

我说，金爷，我想跟您提两个要求……

金爷笑了，你说。

一个，捞姜子的五万块我带来了，您一定要收下！谢谢您！

金爷愣了一愣，说，行。

再一个，往后，除非您实在忙不开了，就别让姜子住酒店了，让他跟我回家住。

金爷说，行，我答应。姜子你也说两句。

姜子说，我听金爷的。

说完，他转向我，举起一只手，菊儿阿姨，我要拉粑粑！

一桌子人都笑掉大牙。

姜子是个不爱说话的人，有时候在家待一天，都听不到他说一句话。每句话都跟金子似，让人觉得特别珍贵。连他姐都说，我弟这么不爱说话，跟他搞对象，怎么搞啊？我们京纺的老人儿一起聚餐，她们说，菊儿姐，带你老公来啊。我回家请他，他说我不跟你们那帮老娘们儿吃饭，还不够累的呢。说多了，没准就说错了，你嫌我没文化；说少了，你说我不尊重别人。得，我给你送到，你吃，吃完给我打电话，我去接你。我自己找个没人的小面馆，吃碗面条挺舒服。

这么个不爱说话的人，冷不丁说出一句，又特别幽默，特别惊人。

我知道姜子说他要拉粑粑这话，是对我要求他回家住不高兴，把他当三岁小孩了。

他一个人在外边时间长了，心野了。

不管他高兴不高兴，姜子总算回家住了。

但是，我明显感到，我们之间已激情不再。本来就话少，现在更找不到说的。

特别是做爱，他竟然不行了，以前这种现象从来没有过。他比我小好几岁，身体特棒，活儿也特棒。和谐的性生活是夫妻感情很重要的部分，一个男人能满足自己的女人，这个女人从生理上就特别喜欢这个男人，永远不想离开他。甚至这个男人犯了天大的错误，她都会原谅他。这个体会我以前没有。跟天明时间太短暂，跟田民行房他太粗暴，自打跟了姜子，我觉得性生活真美好。但是，姜子现在忽然不行了，很反常。

我问他，咱俩这么长时间都没有性生活了，你这是怎么了？

他说，圈儿里落下了病。

我说，有病就去看，我陪你去。

他不吭声。

我说，如果你另有渠道，你就去找你的幸福。

我说这些是真心话，宾馆里的那一幕在我心里留下了阴影。尽管我不相信是他干的，但总觉得像吃了苍蝇。别人再解释那不是苍蝇，是蜜蜂，我也不舒服。当然，我说让他去找幸福，也是半开玩笑。夫妻嘛，床上说说悄悄话。

想不到，他突然瞪起眼，别胡说八道了，你找抽哪！

我像被雷打着了，呆呆地看着他，好像不认识他了。

这样在一起的日子，让我受不了。

一个女人对男人的爱，多半是崇拜。以前我崇拜他，从心里佩服他。可是现在，我俩不光是性这方面不行了，其他的也都不行了。想的，做的，方方面面，都不合拍。

姜子他妈是农民出身，老太太没文化。但身体倍儿棒，在自来水公司工作期间，从没进过医院。一天，社区检查妇女病。她也去瞎凑热闹，结果查出了乳腺癌，有枣儿大，让她动手术。我心想，老人从前对我再怎么不好，她也是老人，何不趁这个机会，主动去医院看望她，缓和缓和婆媳关系。更重要的是，姜子是个孝子，以前我跟他说老太太不好，他就不太高兴。他说只许他说他妈不好，不许我说。现在，我主动提出去医院看看老太太，也是为了能让姜子的心情好些，也缓和缓和我俩的关系。

果然，我一提出来，姜子就说好。

老太太做手术当天，姜子开着金爷的奥迪，拉着我到医院。

医院门口，都是卖花的。我说，给你妈买束花儿吧。

姜子说，买什么花儿呀，她也不懂，还不如买点儿吃的。

我说，我在医院住过，你没住过。里面都是哼啊哈啊的病人，要死不活的，什么也吃不下去。咱们买束花儿送去，老太太做完手术，一睁眼看见床前的花儿，准会高兴。

姜子不说话了。

我问卖花的，一把花多少钱？

卖花的看我从奥迪上下来，就说二百。

我问，能便宜点儿吗？

姜子就不高兴了，你丫买得起买不起？买不起就别跟人砍价！

我说，砍价怎么了？很正常。

姜子生气了，一个人先进去了。

我砍掉一百二十，八十块拿下。

我捧着花儿进去了，老太太一看见我，就哭了。

瞅瞅这事儿闹的，一辈子没进过医院。她哭着说，长枣核儿那么大点儿东西，一来到医院，半拉呷儿没了！

她说的呷儿，就是乳房。她不知道自己得了什么病，我们也不能告诉她。

我劝她别哭，说您活得比我们还硬朗呢。劝着劝着，想起我妈来，我也哭了。

出了医院，我说，姜子，你爸在外地办案回不来，老太太需要陪床，咱们全家分分工，换着班来陪。今儿晚上你姐说她来陪床，医院又没多余的床，她没法儿休息，一晚上太累了。咱们去给她买个躺椅，让她躺着舒服一点儿，行吗？

姜子扔过一句话，你别猫哭耗子假慈悲了！

这话太噎人了，我当时杀了他的心都有。

我说，你怎么这样说话啊！你进去的时候，你姐是怎么骂我的，你知道吗？完全是往我头上倒稀屎。想到你，想到没出生的孩子，再难听我都忍了。我现在说给她买个躺椅，是真心实意的，想到她在医院里陪你妈，整夜整夜的不容易。你怎么说我是猫哭耗子呢？我不是猫，我也不会哭耗子。我拿钱把你救出来，你对我就这样！

姜子一瞪眼，谁让你救我来着？

我叫起来，你说的这是人话吗？

你滚！你给我下车！

下车就下车！我怎么做都不合你心。这么过下去还有意义吗？咱俩离婚算了！

说完，我开门就下车了。

姜子从车窗里探出头来，你想离婚，我拿车撞死你！

说完，就开车走了，把我一个人扔在马路上。

我万念俱灰，一路哭着往家走。走到半路，又想起买躺椅的事，就打车来到万通商场。

商场里，琳琅满目，人头攒动。我急匆匆寻找着卖躺椅的摊位，突然，迎面走来的一个人，让我吃了一惊——

哎哟，脸盘白净，浓眉大眼。

这不是天明吗？

可是，这个人太矮了。一头白发，弓腰驼背，手里还拄着一根棍儿。

这怎么可能是天明呢？

我真的老了。糊涂了。

不，是我想天明了。分手二十七年了，想他，想我们曾经在一起的日子。

想这些，又有什么用呢？我不可能再见到他了。就算见到了，又能怎么样呢？

唉，还是回到现实，回到喧闹的商场。

我买了躺椅，打车来到医院。电梯前人山人海，三天也上不完。我又带着躺椅占地方，让人讨厌。没办法，我只好扛上楼。进了病房，老太太看我累得一头汗，就问，姜子呢？我忍住泪，编个瞎话说他有事先走了。老太太生着病，不能惹她生气。

老太太忽然哭起来，说，菊儿，你比我亲闺女都好，妈以前对不起你呀……

我搂着她说，妈，您刚做了手术，您可不能哭。

想不到老太太更伤心了，哎哟哟，我那半拉咂儿哟，我那半拉咂儿跟了我一辈子，说没就没了……这当大夫的，手咋儿那么狠哟……

我说，妈，咂儿没了人还在。等您出了院，我带您到我那店里去做做美容美发，让您比从前活得更滋润！

我的好闺女哟，妈以前对不起你呀……

妈，您别哭了。再哭，回头犯了病，那半拉咂儿也保不住了。

老太太一听，不哭了。

我把老太太安慰得舒坦了，这才离开医院。

一个人走在回家的路上，冷风飕飕的，想起姜子赶我下车，心里真难过。好好的一个姜子，怎么突然变成了畜生！

我不明白。我找不到答案。

后来，终于有一天，我找到了答案。

当我找到答案的时候，仿佛掉进了万丈深渊！

44

.:.

那天，我从医院回到家后，姜子搂着我说好话，说他姐来电话了，感谢我买了躺椅，还说他妈特喜欢那把花儿。我不理他，把他推一边去。

就这样，一直冷了他好几天，他也没发脾气。

一天傍晚，他回到家，酒气冲天。

我说，你怎么喝这么多？

他说，你别叫，我怕你。

我说，你没做亏心事，怕我干什么？

他笑嘻嘻地说，以前你特温柔，特有女人味儿。现在你就跟个狗似的，汪汪汪！

我早想跟他好好谈谈，顺势说，姜子，你坐下来，咱俩好好说说。你想过吗，咱俩在一起都快二十年了，我以前是这样吗？女人味儿是男人宠出来的，男人味儿是被事逼出来的。以前你宠着我，我也宠着你。可是，现在，你逼着我，我说你做了多少事？逼得我没路走。我都跟你过够了。我就想踏踏实实把孩子带大，不想让人家指着我脊梁骨说，她老公怎么怎么样。我不怕别人说我，怕别人笑话我的孩子。他是个男孩儿，我不愿意他像你说的那样，我不愿意放他的马。姜子，你明白吗？我们风风雨雨过来多不容易，往后的路还长着呢，我们能不能像从前一样，相互搀扶着，好好往前走⋯⋯

我只顾说下去，忽然听到姜子的呼噜声。

他睡着了，歪倒在床上。可气，可怜。

我停下来，不说了。看着他睡过去，像个死人一样，我流泪了。

想起他带我去墓地，想起他在墓地说的话——

姐，珍惜生活吧，人到最后都得到这儿来。跟谁都是一辈子，我反正想开了，这辈子就跟你了。我不会甜言蜜语，但是我能拿生命捍卫你。你要是有病了，我能给你捐肝、捐肾，捐什么都可以，只要你好好的！我是个糙人，没文化，但我说的是真话⋯⋯

我的泪，止都止不住。

默默地，我看着熟睡的姜子。

老天爷啊，你为什么要把姜子给我？

姜子的呼噜越打越响。我看他头窝在被子里，很不舒服，就帮他摆平身子，把头枕在枕头上，又打开被子为他盖上。

就在这时，他一翻身，露出了压在腰下的手包。那是金爷送给他的，真皮手包。

我拿起手包，放在一边，为他盖好被子。姜子睡得真香。

我在他的身边坐着，不知为什么，忽然就盯住了他的手包。

我这个人从来不去翻男人的包，也不去看男人的手机。没有这个毛病。我觉得这是人家的私有空间，我干吗要偷看呢？哪怕是自己的丈夫，也一样。

可是，不知为什么，这天晚上，坐在熟睡的姜子身边，寂寞的我，拿起了他的手包。

我漫不经心地打开手包，像一只好奇的猫。

好奇害死猫！

手包里的东西，让我掉进万丈深渊。

两包冰毒，三个避孕套！

我眼前一黑，天旋地转。

好好一个姜子，怎么突然变成了畜生，我一下子全明白了。

我没有哭，也没有叫。

哭没用，叫也没用。

我心里哆嗦，身也哆嗦，却又显现出从没有过的镇定与超然。

像一个熟练的侦探，我打开手机，把眼前的罪恶照了下来，然后又一一装回手包。

三个避孕套，两包冰毒！

我一晚上没睡，像躺在魔鬼身边。

姜子原来是多么阳光的男人啊，就像个太阳。

我愿意找像太阳的人，因为他发光发热。不愿意找像月亮的人，因为他十五跟十六都一样。现在，姜子不但像月亮，而且发生了月食。天狗吞月，一地黑。

怎么办？

怎么办？！

翻来覆去，我就想这三个字。

接下来——

第一天，我没理他。

第二天，我没理他。

第三天，我还没理他。

可是，在这三天里，他对我特别殷勤。你想吃什么？你累不累？

第四天，我下班回家，一进门，姜子就迎上来。吃了吗？我给你做。

我说，姜子，咱俩夫妻一场，这么多年了多不容易。对不对？

他看了我一眼，没说话。

我说，咱俩在一起，你喜欢我，我喜欢你，相依为命一辈子。今天，你能跟我说句实话吗？

他又看我一眼，还是不说话。

姜子，我今天想跟你谈谈。

他说，谈什么？

姜子，你别跟我横，我也不想跟你吵架，不想跟你闹。我今天就有一个要求，你告诉我，你到底吸没吸毒？

谁弄那鸡巴玩意儿啊！他叫起来。

姜子，你别叫，这也没外人，就咱俩。第一次，你因为这个进去的，判五年。你说你就是开车帮人拉拉活儿，挣点儿油钱。我信你的，认为你冤枉。我吃尽千辛万苦，在金爷的帮助下，救你出来了。第二次，你又为这个进去了，金爷花钱把你赎出来，我死活把钱还给了金爷。你知道，我带着孩子风里来雨里去挣点儿钱多不容易！你看我吃的什么，穿的什么？有时候米饭泡水就咸菜就过一天。但是，我无怨无悔，我心甘情愿，我只求一家人平平安安。姜子，你今天跟我说句实话，你到底吸没吸毒？

姜子说，没吸！

我觉得你太可怕了。姜子，你不像我老公。今天就两条路，第一条，你跟我说实话，吸就吸了，错就错了。你能改，咱俩还好好过日子。再一条，如果你不说实话，你非要吸这个东西。那好，你走你的阳关道，我过我的独木桥，咱俩就分手。我不能跟一个吸毒的人生活。我受不了，受不了！

他瞪着眼说，没吸，没吸。

我说，姜子，我不逼你。我重新问你，你就告诉我，你能不能不吸？能不能改？

你今天吃错药了？

我没吃错药。

那你凭什么说我吸毒？

凭证据。

你有什么证据？

你告诉我，你能不能不吸？

我告诉你，我根本就没吸。

我看他这样嘴硬，我实在忍不住了，打开手机照片，往他眼前一亮，这是什么！

他一看，上来就抢手机，你凭什么动我的东西？

我把手机死死攥住，我凭什么？就凭你是我老公！

话出口，我浑身一哆嗦，这不是田民对我说过的话吗？我当时被这话气得要死。想不到今天，我跟姜子会说出同样的话！老天爷，这是为什么啊？

姜子叫起来，我是你老公你也管不着！

我也叫起来，你要不是我老公，我管不着。你吸死，你爱上哪儿上哪儿去，我管不着你。但是，你是我老公，今天我就管定了！要不你走，要不我走，反正我不跟你过了！你知道你几进宫了？你知道我在外面过的什么日子吗？我人不人鬼不鬼的，盼你，等你，救你。图的是一家人能团聚，一起好好过日子。三年啊！你回来了，你骂我，你赶我！冰毒，避孕套，这就是你给我的结果！我说什么你都不听。你妈对我跟冰块儿似的，我都揣在怀里焐化了焐热了，怎么就一点儿打动不了你！你给我滚，滚！这是我的家！要不，你今天就把我杀死，我活够了！

姜子一屁股坐床上，那些东西不是我的，是别人的。

我说，你少来这套。这样吧，我把你姐叫来，省得她再往我头上扔屎盆子。

你叫她干吗？

你管不着。你不让我管你，你也别管我！

我说完，给他姐打了电话，大姐你过来，跟你弟弟聊聊！

他怎么了？

你过来就知道了。

一会儿，姜子他姐来了，我就让她看手机里的照片。

他姐一看都傻了。

我说，以前你们不相信我，你今天看到了吧，你弟弟在干什么？如果有一天又出事了，你们可别责怪我，我已经仁至义尽了。

他姐沉闷了半天，长吁短叹，姜子，妈还生着病，你知道不知道？

姜子说，那些东西不是我的，是别人的，你别听她瞎说。

我站起来就走，大姐，你跟他在这儿说吧，我走了。信他的，还是信我的，随你便。我跟你说，他现在还没成瘾，要改还来得及。

说完，我就出了门。

我永远都不想回这个家了。真的。

我出了门，上了新开通的公交车，直奔店里去。车上人挤人，我一摸兜儿，钱包、月票卡都没带，光顾生气了。女售票员扬着瓦刀脸，可劲儿叫着，上车刷卡，没卡买票！

一块钱难倒英雄汉。我急忙掏兜儿找钱，还好，摸到一块钱。拿出来一看，皱皱巴巴，好像被水洗过，但是没缺角没少边儿。看瓦刀脸正忙着，我把钱放在她面前的售票台上，才放好，就被后面的人挤开。一会儿，只听瓦刀脸叫起来，谁的烂钱？要不要票？叫了好几声，我这才回过神来，一看，她正举着我的那张皱巴钱，扯脖子叫呢，谁的烂钱？谁的烂钱？要不要票？

我说，我的，我不要票。

叫这么半天都不答应，你吃了哑药啦！

你吃了炸药啦！

45

⋮

我一连几天都没回家，就住在店里。

要不是金爷打电话找我，我真的不想理姜子，让他自己冷静冷静。

金爷在电话里问我，菊儿，姜子是带你去医院看他妈了吗？

我说，那是哪天的事了，半个月都有了。

金爷笑了，这小样儿的。

我追着问，金爷，怎么了？

他跟我借车，说要带你去医院。我还跟他说呢，我这车只许菊儿坐，不许别人坐。菊儿不容易，把这车送给她，我都心甘情愿。

谢谢金爷。

没事，菊儿。

放下电话，我越想越气，姜子现在连金爷都敢骗了，真没救了。本来我不想理他了，想不到他连金爷都敢骗了，还是人吗？我气不过，还是拨通他的电话。

姜子，你这几天干吗去了？

我跟金爷在一起呢。

你再说一次！你站在那儿五尺高，敢做就敢当。

怎么了？

你跟金爷借车干吗去了？

你吃饱了撑的，你给金爷打电话了？

我没回答他。咔！把电话挂了。

姜子再这样下去，早晚还会出事，我真担心死了。怎么办？想来想去，想了好几天，没有别的办法，只好跟金爷实话实说，告诉他毒品和避孕套的事，求他拉姜子一把。

我拿定主意，正要给金爷打电话，突然，电话自己响了。

我拿起电话一听，是虎子。

嫂子……

虎子，有事吗？

姜哥……

他怎么了？

他又出事了。

我没说话。

嫂子，你听得见吗？

听得见。

姜哥在果园地铁被抓了，贩毒。一块儿被抓的还有个叫关子的，是在劳改队认识的。他们来往不是一天了……

要是在从前，听到这个消息，我会着急，我会哭。

现在，我不会了。心如死灰，泪已流干。

我说，虎子，我知道早晚会有这天，他吸毒吸得都没人性了。

嫂子，你别急，金爷正想办法呢。

你跟金爷说，别救他了，他已经不可救药。出来了，也没人能管得了他，过几天还会进去。就让法院判了他，让他在监狱里待着吧。爱怎么着怎么着。

说完，我就挂了电话。

虎子跟着又打进来，嫂子，你别说气话。其实我也挺生气的，姜哥真对不起你。金爷也特别生气，说没这么干的，第一次进去了三年，第二次进去花五万捞出来，第三次又弄这事，有完没完了。金爷生气，我也生气。依着我脾气，也快算了，别管他了，让他在里面待几年，把毒戒了再说。嫂子，这么说，你可别埋怨我心狠。

虎子，好兄弟，我不会埋怨你，你说的跟我想的一样。

但是，嫂子，他毕竟是哥啊，不能不管。这回是三进宫了，可能判得重，十年二十年都没准儿，那就太受罪了。金爷说，生气归生气，亲弟兄生死相依，再怎么花钱想办法都要把他捞出来。捞出来以后，让大伙一起管着他。他再出事，全都滚蛋。

虎子，谢谢金爷，谢谢你，你们就别管他了。不管多少年，他自作自受。他进去了，我也不会想他。他进去了，我才能消停。大不了，跟他离婚……

说完，我再次挂了电话。

我跑到一个没人的地方，大哭了一场，直到哭昏过去。

一个捡破烂的，用铁钩子把我钩醒。

你再不睁眼，我就喊人来收尸了。他说。

我说，你干脆把我掐死吧，我真的不想活了。

捡破烂的一听，扔下铁钩子就跑。

真的，我自言自语，我真的不想活了。

眼泪再一次落下来。

远远地，不知谁家的音响开着。忧伤的歌声更让我收不住泪。

……

谁的眼泪在飞

是不是流星的眼泪

昨天的眼泪变成星星

今天的眼泪还在等

……

姜子再次被抓，我说不想，那是假的。

我整天恍恍惚惚，像掉了魂儿。回到家里，到处是姜子的东西姜子的味儿。恨他。想他。可怜他。

我拿起电话，要打给虎子，想问问捞姜子的事，想说花多少钱我都愿意出，砸锅卖铁都行，只要能救他回来。

电话，拿起，放下。

又拿起，又放下。

直到手心儿出了汗，我又把电话拿起。刚要打，电话突然尖叫起来，像被人杀了。

你是陆菊儿吗？

电话里的声音很陌生，好像从地底下发出的。一百年都没人这样叫我了。

我忙说，是。

姜树生是你丈夫吗？

一百年也没人这样叫姜子了。我身上哆嗦起来，头发根儿都竖直了。

是，是，他是我丈夫。您是哪儿啊？

我是公安局的。

哦！……

你丈夫病了。

他病了？

对，他住院了。

啊？他为什么住院啊？他怎么了？

他刚做完手术。

……

我哇的一声哭了。

你先别哭，听我说。

他怎么啦？他为什么做手术啊？……

你来吧，来了就知道了。

我……我……我到哪儿去啊……

海淀急救中心。

啊？

要不要我们去警车接你？

不，不，我自己去。

好，你快来吧！

我不能让警车来。警车都开到家了，往后我还怎么回来啊。

放下电话，我已经起不来了，像泥一样瘫在地上。

姜子是在看守所突发脑溢血的。人说不行就不行了，眼一闭，谁叫都不答应。

后来我才知道，金爷是第一个知道消息的。他二话没说，拿上钱就赶到急救中心。进门一看，一屋子警察，姜子躺在急救床上，两眼闭着，跟死人一样，脚上还戴着铁镣子。

金爷跟警察说，你们先把脚镣子给我兄弟摘了。人都昏迷了，还能跑吗？

警察说，你担保啊？

金爷说，我担保。信不过，摘下来给我戴上！

跟着一起来的看守所戴所长认识金爷。他说，嗨，用不着那费事。姜子在看守所，不言不语，不招灾不惹事。他人不坏，都是毒品害的。犯罪嫌疑人出来戴镣子是看守所的规矩，现在人都这样了，摘就摘了吧。

警察就把脚镣子摘了。

这时，医生过来了，说病人很危险，得马上动手术开颅。谁是病人家属？

金爷说，我是，我签字。你们赶紧着！

说完，签了字，交了钱，姜子被推进手术室。

脑袋剃光了，在上面钻了三个大窟窿，放出瘀血。

当我赶到急救中心的时候，手术已经做完了。我隔着监护室的玻璃，看见姜子直挺挺地躺着，头上缠满纱布，嘴里鼻子里都插着管子。

护士跟我说，手术前他还清醒了一阵儿，还说了话。

我问，他说什么了？

护士说，好像是叫谁……

叫谁？

菊儿，菊儿，叫了两声，就不叫了。

我的眼泪忽地涌了出来。

姜子，姜子，你在叫我，你在叫我。我来了，菊儿来了……

玻璃上像淋了雨，我再也看不清姜子。

但是，模模糊糊中，我仿佛听到他的声音，菊儿，菊儿……

哎，姜子，我来了，我在这儿……

大门外的一阵吵闹声，让我从泪眼恍惚中回到现实。

姜子他姐赶到急救中心，一进门，她就大喊大叫，说姜子是让警察打坏的。

戴所长说，我向你保证，看守所没人打他。别说打了，谁骂人了，都得写检查。

她回嘴说，那进看守所以前呢？在分局打没打？

金爷吼了一声，你叫什么叫！你看见啦？

她看金爷恼了，这才不叫了，嘴里嘟嘟囔囔，没打……怎么成这样了？我们要看录像。

我说，我不看，我不想看。没人会伤害他，全是他自己作践自己才成这样。

主治大夫姓高，他把我和姜子他姐叫到一边，小声说，你们听我说啊，病人来的时候没有外伤，发病是高血压引起的脑血管破裂，颅内瘀血导致昏迷。现在瘀血清除了，病情还是很严重，随时会有意外，你们要有准备。

我说，高大夫，求求你了，救救他！

高大夫说，我们会的。但是我要跟你们说实话，他这个病很重，救活了也会留下后遗症。坏的，是植物人。好一点儿，是半身不遂。

听高大夫这样一说，姜子他姐就哭了。

我说，高大夫，求求你，给他用最好的药，花多少钱都行。不管他成了什么人，我都养着他。宁可让他成植物人，也不让他成毒贩子。他成了植物人躺床上，至少我知道他干吗了，不用再为他担惊受怕。我伺候他一辈子，我认了。谁让我自己找的他呢，谁让我是他媳妇呢？

高大夫说，说起来容易啊，他这样一睡，都不知道什么时候会醒。当然，如果他睡睡，又醒过来了，说不定他的毒瘾意识就没有了，他也就不会再去碰这些东西了。可是，根据我的临床经验，这种情况太少见了，几乎没有可能。我说个不该说的话，一旦他活着而又醒不过来，你这后半辈子可就遭罪了，连孩子也会跟着遭罪。

高大夫，我认命，我想让他活着。只要他活着，遭多少罪我都不怕。求求您，尽最大努力救他吧！

现实就是这么残酷。我必须面对。我别无选择。

打这以后，我每天疯了一样，医院，店里，家里；家里，店里，医院。

治疗需要钱，用药需要钱，住院需要钱，我得拼命工作，拼命挣钱。

姜子躺着不动，我怕他生褥疮，怕他肌肉萎缩，给他翻身、抬腿、擦洗身子。他大小便失禁，拉的尿的，我要拿回家洗。

半个月下来，我累得脱了相。

再臭再脏，再苦再累，只要我赶到医院，把手放在姜子的鼻子前，感受到他的呼吸，我就活过来了。

每次来到他身边，我都会说，姜子，我来啦！

姜子听不见。姜子不回答。

我问高大夫，他会睁开眼睛跟我说句话吗？

高大夫说，他要能睁开眼睛说话，他就活过来了。

有一天，我在报上看到了这样一条消息，有一位妻子用深情的呼唤，唤醒了沉睡三年的植物人丈夫。这消息给了我勇气和希望。

我每天来到床前，都在姜子的耳边轻声呼唤，姜子，我来了！姜子，菊儿来了！

我相信，总有一天，姜子会听见。哪怕三年五年，哪怕八年十年。

因为，他临睡前，喊我，喊菊儿……

但是，希望破灭了。

姜子入院的第二十八天，我接到高大夫的电话，你赶紧过来吧，他不行了。

我正在家洗姜子换下的尿布，听到这个消息，放下电话就往医院跑。等我赶到的时候，人已经没了。姜子，姜子！我叫喊着，扑到他床前，拉他的手，摸他的脸。

他的手冰凉。他的脸上没了热气。两眼紧闭着，眼角淌出了泪。

姜子，姜子，你这是怎么了啊，你这是为什么啊？……

我大声哭着，使劲儿摇晃他。我要让他醒来，我要让他睁眼。

姜子听不见。姜子不睁眼。

高大夫对我说，你别哭了，安排后事要紧。我们这儿没有太平间，我帮你们联系好了玉泉路医院，他们的车已经来接了。

姜子他姐搀扶我起来，说，菊儿，你别哭了，你回家去找衣服，我先跟车去玉泉路。

我昏昏沉沉地回到家，给姜子找了西服，皮鞋，又找了一顶帽子。

姜子很少戴帽子，这顶帽子还是金爷送给他的。我让他戴，他不戴。他说我头发多好啊，让帽子一压就没形了，等以后头发掉了再戴吧。

现在，姜子的头发全剃了，头上还钻了三个大窟窿。我拿着帽子，伤心地说，姜子，现在你该戴帽子了。

我拿着衣服帽子赶到玉泉路医院，姜子已经被推进太平间，关在了冰柜里。

这里是死人的无声世界。白墙。白柜。阴森。冰冷。每个冰柜上都编着号，一层摞一层，像超市里为顾客准备的存物柜，贴墙靠着。冰柜的白门紧闭，像一张没鼻子没嘴的方脸。每一个白门里面，都睡着一个再也不可能醒来的人。他们的魂儿在他们行将断气的瞬间，飞出身躯，飘在半空，追随着他们，不弃不离。此刻，这些看不见的魂儿，又悄无声息地钻进这阴森冰冷的空间，徘徊在冰柜的白门前，寻找着自己的主人。

我就是姜子的魂儿。

我拉开一扇白门，找到了姜子，看到了姜子。

一个多么熟悉的帅哥，一个多么深爱的人。

此刻，他穿着医院的病号服，直挺挺地躺在我的面前，冒着逼人的寒气。仿佛怕冷，他的双肩紧缩着，白净而瘦削的脸上挂着一层霜。头上缠着纱布，纱布上凝着一片紫血，像刚刚被铁棍打伤。我轻轻抚摸那紫血，想不到手一碰，纱布就掉了，白光光的头骨上，猛地露出三个大窟窿，像在石头上钉进三根铁管，黑洞洞的，向外冒着白气儿。

我的心一下子抽到嗓子眼，浑身抖得控制不住。过了好一阵，才回过神来。

我用纱布把头骨上的大窟窿重新盖住，又掏出手绢蒙上他的脸。

这时候，我看到姜子的嘴角露出了笑。他知道我来了，知道在他身边的是我。

姜子的脸色特别好，比活着的时候好。活着的时候，他苦，他累，他熬夜，黑眼圈儿，大眼袋，一脸憔悴。现在，他静静地睡了一个月，脸色转好了。

他不用再苦了，他不用再累了，他也不用再熬夜了。

我开始为他穿衣服。都说人死了，身子僵硬了，衣服就不好穿了。可是，姜子明明冻得像个冰人，当我为他脱下病号服，又穿上带来的衣服时，他很明白，很配合，脱到哪儿哪儿软，穿到哪儿哪儿绵，一点儿也不费劲儿。我知道，姜子心疼我。

我抚摸着他冰冷的身子，想不到，他的生殖器缩成了一小点儿，像一瓣儿蒜。

这曾经是他最骄傲的啊！

我给姜子穿好衣服，推回冰柜。所有的眼泪，都留到回家。

一到家，门还没关上，我就扑倒在床上，哭得天塌地陷。

金爷打来电话，他听见了我的哭声。

他说，菊儿，别哭了。死了，死了，一死都了。我们兄弟会好好送他一程。

当天晚上，金爷叫虎子给我送来十万块钱，让我办后事用。

姜子火化那天，他爸他妈要见他最后一面。在这之前，怕老人受不了，我们谁也没跟两位老人说。但是，要火化了，再不说，万一老人以后知道了怪罪下来，谁都承担不起。后来，我跟他姐商量好了，由他姐去说，不说进公安局这段儿，也不说住院这段儿，就说姜子突然得脑溢血去世了，说得婉转点儿，不让老人太伤心。还好，姜子他妈哭了两个晚上，接受了这个残酷的事实，提出要看儿子最后一面。姜子他爸是个老刑警，现在退下来照样还带着新手办案。按他的话说，他一辈子都没掉过眼泪。得知姜子的噩耗，他不但没掉泪，连话都没说。

这天一大早，我就赶到太平间。我要亲手为姜子美容。

太平间固定有一位化妆师，是个男爷们儿。我跟他说，我要为姜子化妆。我话还没说完，他就说，不行，我们这儿没这个规矩！

他的声音很冷，像跟死人说话。边说，边把我往外推。

你出去，这儿都是我们给化妆。再说，染上病找谁？

我死死扒住门框，师傅，您就让我化妆吧，他是我老公，没关系，我不怕传染。如果传染了，我就跟他一起走，绝不连累您。

他一听，愣住了，噢，他是你老公？可怜！

也不知道他是说谁可怜。

我说，师傅，化妆的钱我照给，您就让我给他化妆吧。

这不合适吧。

没事儿，您拿着。谢谢您了！说着，我就把化妆费塞他手里了。

好吧。化妆师点点头。

他带我走进太平间，把姜子从冰柜里拉出来，推进化妆室，摆上化妆台。

行，你化吧，我不在这儿了，让你们两口子在这儿。

走到门口，他忽然回过头问，你会化妆吗？

会，我就是做美容的。

说完，我的泪就下来了。

化妆师看我伤心了，没再说话，轻轻地带上门，走了。

化妆室里，只剩下我和姜子。

我看着姜子。看了一眼，又看一眼，我哭了。

我说，姜子啊，我做了多少美容，从来也没给你做过。想不到，今天，会在这儿给你美容！你，你！……放着好好的路你不走，你要进太平间，你要进火化场，你这是为什么呀……姜子，你听见没有？以前咱们俩多好啊，又有那么一个漂亮的儿子，谁都羡慕咱们。现在，你丢下我跟儿子，自己走了。你知道小石头上飞机前跟我说的什么吗？他说，他以后挣了钱，就给你买一辆奥迪。他知道你喜欢奥迪，知道你就想要一辆奥迪。姜子，你就这么走了，小石头回来找你，让我怎么对他说？姜子，当初你跟我说，要珍惜生活，要珍惜生活，可你为什么不珍惜？一回又一回，拉都拉不住你。你这是为什么呀，为什么呀，啊？

他听不见。他不回答。

啪！我打了他一个嘴巴。

你啊，你，你真让我恨你，真让我恨你！现在我说什么都晚了，说什么都晚了啊……

我说着，又打了他一巴掌。打完了，我抱住他，紧贴着他的脸，大声哭起来。

姜子听不见。姜子的脸冰凉。

我边哭边说，姜子，原谅我打你，原谅我打你。我恨你，我爱你。我知道你爱美，我今天要把你化得美美的，让你爸妈不难过，让你的兄弟们不难过。我让大家都看看，我的姜子多美！我明白你的心，你好强，不愿意被别人看不起，我要好好打扮你……

我流着泪，给我的姜子脸上抹了底粉儿，又加上红，涂成红脸蛋，红嘴唇。

姜子，你看，我把都你化妆成个姑娘。你别急，我再把眉毛给你描描，你就成个帅哥了，像我当年第一眼见到时一样。姜子，你还记得吗？那天，我带孩子上幼儿园，从楼上一下来，就看见你在擦红摩托车，你一米八的个儿，浓眉大眼，穿的将校呢子大衣，腿特别长，像仙鹤似的，真好看。你问我上哪儿呀，我说送孩子上幼儿园。你说我送你一程吧。姜子，从那天起，你就爱上了我，我也爱上了你。我大你好几岁，还有孩子，可是你不嫌弃我，你等着我，一直等了十几年，谁也做不到，谁也做不到啊……

我边说，边哭，边给姜子打扮。想到他的头剃光了，脑袋上又有大窟窿，我特意给他买了一个假发套，是分头的。我给他戴上了，怎么看也不好看。不像他。

姜子，你头发好，黑黑的，自来卷儿，从来也没戴过假发。你戴上以后，我怎么瞅怎么别扭。姜子，咱们还是不戴假发了，还是听我的，戴帽子吧，行吗？这帽子还是金爷给你的，他是咱们的恩人。他今天来送你，看见你戴着他给你的帽子，他会高兴的。

我跟姜子这样商量，姜子同意了，默许了，我又把假发摘下来，重新给他戴上帽子，小心地把缠在头上的纱布塞进帽子里，接着跟他聊天。

我的姜子啊，说起来你真命苦，你还不到五十岁，再过十天就是你的生日了。你还记得我第一次给你过生日吗？那年你三十岁，我给你买了一个蛋糕，蛋糕上刻了一只小猪儿。你一进家，我就把灯关上了，就给你唱生日歌，Happy birthday to you. Happy birthday to you...

我说着说着，唱起来。

Happy birthday to you. Happy birthday to you...

唱着唱着，我又哭了，边哭边说。

……姜子，你三十岁生日那天，我为你唱生日歌，你听着听着，就掉了眼泪。你说，你长这么大，你家里没给你过过生日。唉，一晃十多年过去了。本来，我想着，又该为你过生日了，不管你在哪儿，不管你是不是还在生我的气，我都要叫你回家来，给你过生日，给你买蛋糕，给你唱生日歌。唉，现在，我的想法落空了，我再也不能为你过生日了。姜子，这辈子，也许你就该走这条路。也许，是我害了你，我不该在你面前出现，我们不该走到一起。我们在一起，高兴过，也快乐过，更多的是痛苦。我唠叨你，让你烦。你烦了，就离开我。离开我，你又出了格，你沾了毒，你变了。你怕我再唠叨，干脆什么也不告诉我。你做了什么事我都不知道，都是迷，连你是怎么死的我也不明白……

说到这儿，我忍不住泪如雨下。我不敢大声哭，害怕惊醒了姜子，也害怕惊醒了躺在太平间的其他人，害怕他们从冰柜里坐起来听我哭。

我把哭声压在心里。

我眼泪不是流出来，是大块大块掉下来的。

……可是，姜子，我们毕竟相爱过，像歌里唱的一样，我们曾经拥有过。拥有过爱，拥有过追求，拥有过坚持，拥有过我们想拥有的。我们最终冲破一切枷锁，走到了一起。我感谢你，感谢你的给予，感谢你的爱。我们可爱的儿子，是我们最完美的爱的见证。你走错了路，我不埋怨你，我相信那不是你真心的，你是被毒品牵着走的，你身不由己。姜子，你跟我说过，谁到最后都要走进坟墓。姜子，你先走一步吧，我送你一程，随后就来。不管你走到哪儿，我都会去找你。在我迷路的时候，在我寻觅的时候，你会意外地出现在我身后，问我，是要租房吗？……姜子，让我们从头开始，好吗？行吗？……

我这样问姜子。

突然，我看见，姜子点头了！

姜子听见了。姜子没有死。

姜子，姜子，姜子！……

{第八章}

46
...

姜子走了。

我跪倒在火化炉前，眼睁睁看着他走了。

化作一缕烟，聚成一朵云。

再也叫不答应。再也哭不回来。

金爷带着弟兄们，一大排地站在我身后，齐声呼喊，姜子走好！姜子走好！

喊完了，这帮老爷们儿抱在一起，号啕大哭。

就在这一片恸哭声中，突然间，送葬的人群中爆发出一声惊天的悲呼——

姜子，是我害了你，是我害了你啊！

紧跟着，发出悲呼的人放声大哭。

那哭声仿佛是从一口老井的最深处发出，又仿佛是黑着脸憋了一个夏天的雨突然间电闪雷鸣倾盆而下，苍老，凄楚，撕心裂肺。

是姜子的老爸，一个从不掉泪的老刑警。

如雨的泪，顺着他被歹徒的霰弹枪打得疤痕累累的脸颊纵横而下。

现场悲痛欲绝，谁也没有理解这位老刑警凄楚悲呼的真正含义。

姜子死后不久，公安局把没收他的零碎东西都还给我了。

我睹物思人，潸然泪下。

姜子的死，是老天爷给我的惩罚。

在此之前，我的所作所为应该得到惩罚。

人活在世上图什么，所有的事情，好事，坏事，都离不开两个字：男和女。就说，打架吧，杀人吧，为什么？为男女。就连买一瓶矿泉水，挖到底，也离不开男女。女的买瓶水，说喝完了身体好，回去照顾我老公。男的卖水果，说挣钱回家养媳妇。所以，人活在世上就图找一个你爱的和爱你的。

　　田民爱我，可是我不爱他，甚至在精神上折磨他。我为人妻，被姜子吸引，跟姜子去玩，田民天天逮我。现在，姜子也是这样，背着我跟别的女人，我也天天着急。我演过的戏，又演回我自己身上。田民受过的罪，我在姜子身上全受了。

　　人做事，天在看。老天是公平的。

　　老天惩罚我，是因为我对不起田民。反过来，老天又看我实在可怜，把植物人姜子收走，给我一个痛苦而解脱的结局，只留下漂亮的儿子凝固往事。我感谢老天，我别无所求。人一闭眼，都装进小盒子。谁记着你，给你烧炷香。记不住你，你就成了孤魂野鬼。

　　在潸然泪下中，我思念着姜子，一样样整理着公安局退还的遗物。零七八碎，有表，有钥匙，还有一千多块钱和真皮手包、手机。

　　我下意识地翻开手机盖，没有显示。一个多月了，手机早已没电。

　　不知为什么，黑黑的手机屏幕，突然像眼睛一样看着我。神秘，莫测。

　　难道，你有什么话要对我说吗？

　　手机眨眨眼。

　　好吧，我让你说。

　　我找出充电器，充上电。

　　随着充电，手机屏幕幽光闪烁，一连串未接电话争先跳了出来。

　　它们来自同一部焦急的手机。

　　没有印象，这是一个陌生的号码。

　　紧跟着，一连串的短信也跳了出来，同样来自那个陌生的号码。

　　姜子已经死了十二天，短信却一个接着一个，没有中断过一天。

　　姜哥，你的电话关机，方便时给我回个电话。

　　你倒是回个话呀，姜哥。这么多天了，我想死你了！

你怎么总不开机呀？联系不上你，真让我着急。

看到我的短信了吗？这几天，我天天等你来电。你不来，也不回个短信，怎么啦？

真想你，姜哥，难道你不想我吗？

姜哥，你的手机是不是丢了？怎么这么多天了，每次打都是关机。

太奇怪了，咱们认识以来，你从没这样过，几天不理我。是不是烦我了？

姜哥，对不起，原谅我，我不该说你。是不是你的手机丢了，想不起我的号码了？

唉，怎么打都是关机，姜哥，我真想去你家找你，不敢，害怕碰上她。

害怕碰上她？谁呀，我呗！

我不想再看了，这肯定是一个女人。姜子勾上了她，或者，她勾上了姜子。

这是我最不想知道的事，是我最担心最吃心最疑心的事。

但是，偏偏让我知道了。赤条条，无遮无拦。

旺泉宾馆 306 房里的乱七八糟，一下子涌到我眼前，那打开的 DVD，那光屁股的录像带，那扔在地上的肮脏的卫生纸……

我受不了，实在受不了！

对姜子最后的爱，刹那间，土崩瓦解，灰飞烟灭！

如果姜子还活着，我就杀了他。然后，自杀。

姜子，你死了，你该死。你忘了吗？我跟你说过，你可以背叛我，但不许欺骗我。我岁数大了，也许不能满足你，能不能跟你白头到老也是个未知数。如果有一天，你后悔了，你嫌弃我了，你觉得我不好了，你就告诉我，说，姐，我跟你结婚后悔了。我再难过，再哭，我也会离开你。我绝对放你，绝对让你走！

姜子，你为什么要欺骗我？我真真实实，不会装，不会口是心非，更不会欺骗。我最恨的，最不能原谅的，就是被欺骗，特别是被自己深爱的人欺骗。姜子，你等了我十几年，你完全可以找一个小姑娘结婚，你偏要等我。我们不顾一切，我们终于结了婚。可是，你又背着我去找别的女人。早知如此，何必当初？

姜子，你已经得到了惩罚，为什么还要留下手机折磨我？

难道，这是老天再次对我的惩罚吗？

不，我不要这样的惩罚！

我举起手机，往地上狠狠摔去。

就在这时，突然，手机响了，像从地狱里发出的惨叫，惊得我浑身发冷。

正是那个陌生的号码！

真痴情啊，从姜子出事到他死去十二天，这个号码一直都在给他打电话、发短信，一天也没停。不弃不离，天天坚持。可恨，又可怜。

手机响了，响得那么突然，我根本没有准备。

我接通了——

喂，姜子！姜子！

手机里传来一个女人的呼叫。

惊喜，兴奋，清脆。一个小姑娘的声音。

我没出声。挂了。

我害怕，不知道该说什么。

我怕什么呀？说不清。连想都没想就挂了。

紧跟着，手机又打进来，一声接一声，声声催得紧。

我没接。一声接一声，声声扎心上。

无人应答，手机自动挂断。

再打进来。不接，又断。还打进来，还不接，再断。又打，又断。

终于，手机不响了。我如释重负。

可是，没等我喘口气，短信又轰炸过来。

姜哥，你为什么不接我电话？你知道我打了多少回吗？心都打碎了！

姜哥，你不接我电话，就回我短信吧，求求你了。

姜哥，你收到我的短信了吗？你为什么不回呀？

是啊，我为什么不回答她呢？

看看她到底是什么人，听听她到底要说什么。这样执着，这样不舍。

于是，我回了短信。我们开始了对话。一个幽灵与一个陌生女人。

我现在不方便回话。

你在哪儿？

在家。

她也在家，是吗？

对。

你干吗这么多天都关机？

有事。

是不是她发现咱俩的事了？

对。

你不会骗她吗？

他妈的！我立刻火了。这个婊子！

姜子的背叛，姜子的谎言，姜子的死，全是因为她。

她害得我家破人亡，她害得我人不人鬼不鬼，我不能饶了她。

发短信骂她！不行。她肯定会马上关机。我解不了恨，还把自己气个半死。

干脆，把她约出来，揍她个半死！

为我，为孩子，也为姜子。

对，就这样，约出来，揍她！

不行，我骗不了她，她很聪明。

那怎么办？

……我编个瞎话，说有事要办，现在就从家里出去找你，咱们见面说。

太好啦！！！姜哥，你说在哪儿见？

听你的。

还在蓝桥酒吧。

好。

打完"好"字，我突然犯了难。好，好什么好啊！蓝桥酒吧在哪儿，我根本不知道！

我后悔说听她的了。干吗要听她的呀，就在我家附近说个地方多好啊。她在短信里已经说很想到我家来找姜子，就说明她对我家的地理位置很熟，随便说个麦当劳就行了。

猪！我敲着自己的脑袋。

这一敲来了主意，敲电脑，人肉搜索！

我急忙打开电脑，上网，上百度，输入北京有蓝桥酒吧吗？

网速很配合，但是没结果。

郁闷！

蓝桥酒吧，蓝桥酒吧……

我抱着脑袋苦想，这是哪位爷哪位奶奶开的店起的名啊，让我魂断蓝桥。

突然，又是突然，我想起来了，在紫院公园门口有个蓝桥酒吧！酒吧旁边有个美容美发店，我当初偷学美容的时候，买过那个店的卡，去过好几次，所以对蓝桥酒吧印象很深。她说的是这家酒吧吗？如果是，那就太巧了。如果不是呢？不是就瞎了。

不行，我要见她，还是得想办法套出她见面的具体位置。怎么套呢？

她说还在蓝桥酒吧，还在，就说明姜子以前跟她在那里见过面，姜子应该很熟。

怎么套她才不露馅儿呢？

正没主意，她又来短信催了——

行吗？

我突然计上心来——

进公园好吗？

这是一个擦边球，很玄！

但是，没说哪个公园，又合情合理。

她会怎样回答呢？

她没回答。

不声不响。沉默难挨。

我心跳咚咚，好像做贼。难道她发觉不对了？

怎么办？……

怕什么！无非鱼死网破，打电话过去臭骂她一顿。

这样一想，我反而踏实了。

就在这时，她回信了——

进紫院？

啊！天助我也。她说的蓝桥酒吧，正是紫院公园门口那家——

对！进紫院。

套出见面的准确地方，我说不清是高兴还是难过。

姜哥，在紫院公园什么地方见？

石桥。

好，不见不散。

不见不散。

紫院公园我太熟了，只有一座石桥，错不了。

我答复后，关了机。又一想，不对，还不能关机，万一她有什么变化，想跟我联系怎么办？我必须保持联络畅通。可是，万一她估计我已经出了家门，冷不丁打个电话进来，我没有理由不接啊。

不行，不能让她随便打电话。

……噢，我手机眼看没电了，只能凑合发短信，路上咱俩就不通话了。

行，姜哥，咱俩就发短信吧。

我这就打的过去。

我也打的。

公园见。

公园见？看我怎么收拾你！

我刚要出门，又站住了。

不行，不能空手去。万一她人高马大，想抽她嘴巴都够不着，就瞎了。弄不好，再叫她给我来个烧鸡大窝脖，可就现眼了。

姜子人高马大的，难说他找个什么棒槌。

我顺手拿起一把削水果的刀，很尖，很快。

雪亮的刀面上映出我扭曲的鬼脸。急了，我就捅她一刀。不过了！

刀一上手，我就知道为什么人要杀人了。

揣好刀，出了门，打的直奔紫院。心里翻腾着骂人话。

有准备的骂人，还是第一次。

进了公园，远远的，看见约好的石桥上站着一个女人。

妈呀，真让我猜着了，人高马大，臂长如猿，像个打篮球的。

真跟她动起手来，我只有挨打的份。

不行！我把手插进怀里，攥住刀把，心里燃起一团火。

既然见到，就不放过！

我正要加快脚步，又一想，可别认错人。万一认错人，可就殃及无辜了。还是先认准了人，再动手不迟。我躲到一棵树后，死盯住这个女人。只见她左顾右盼，心神不定，一会儿看看表，一会儿又掏出手机看。没错，她是在等人。

等谁？是等我吗？

我发个短信试试，投石问路。我问她到了没有，只要她瞬间打开手机看，只要她立即回复我，那就没错！

事情就有这么巧，我还没发短信，短信就进来了。一看号码，正是她！

我抬眼往桥上一看，果然她在摆弄手机。短信无疑是她发来的。

我打开一看——

你到了吗？

我马上回复——

堵车。你呢？

回复后，我立刻抬眼看，只见她又在摆弄手机了。紧跟着，一条短信飞进我的手机——

我到了。

没错，是她，是这个蠢货！

确认无疑，我从树后闪出，向石桥走去。手揣在怀里，攥紧索命刀。

对，我就是来索命的！

你把我害得死过去几回，我只让你死一回！

杀死你，我偿命。杀不死，我坐牢。

坐牢比死还难过，我今天要杀，就一定要杀死你！

我向石桥走去。

我上了桥。

我看清了这个蠢货的嘴脸。

我看准了下刀的地方。

桥上有人三三两两地走过，我一点儿都不怕。我也没什么怕的了，姜子死了，小石头出国了，老爸有王阿姨了，我还怕什么？不就是死吗？！

我走向她。

我做好准备。

我会突然问她，你在等姜子吗？

只要她说是，只要她点头，只要她惊慌失措，我就一刀捅漏她！

我走向她。

我逼近她。

一步，两步，三步……

她丝毫没有察觉。

我的手出汗。

我的心发狠。

我的眼睛死盯住下刀的地方。

你在等姜子吗？

我刚要向她发出死亡的追问，突然，是这样突然——

Darling！Darling！

她冲我大声叫起来。又是英文，又是亲爱的。

我目瞪口呆，惊慌失措。

很快，我就清醒了。她不是冲我叫的，而是冲我身后，在那诗情画意的岸边小路上，急匆匆走来一位美男子。马大人高，金发碧眼。

人家这是中外合资紫竹恋，根本就没我的事。

我假装打个喷嚏，啊嚏！啊嚏！掩住惊慌，撤下石桥，钻进树丛。

真玄，险些伤害无辜。我的心狂跳不止，好像一张嘴能跳出来。冷汗打湿我的全身，好像淋了雨。我在树后躲了半天，这才平静下来。

再回头往石桥上看，两个高人已互把脑壳当篮球，紧紧抱住，咔咔地啃。

就在这时候，就在两个"食人族"大快朵颐的时候，石桥上走来一个姑娘。瘦小单薄，眉清目秀。她停下脚，擦擦汗，掏出手机，手指轻按。马上，我的手机就有了动静——

我已在石桥等你

是她！

一场虚惊过后，我的心已沉下来，身上的冷汗已干透。

看着石桥上瘦小单薄的身形，我忽然不想跟她见面了。

仿佛一切都已过去，仿佛一切都已结束。

这时，她又发来短信。

姜哥，你到哪儿了？

我……我可能去不了了。

为什么？

她有事，叫我回家。

那我们怎么办？

没办法，我只能跟她离婚。

啊？

……我要是离婚了，你能好好对我吗？

能！

我比你大，你会变心吗？

不会。

你可以背叛我，但不许欺骗我。如果有一天，你后悔了，你嫌弃我了，你就告诉我。只要你说出来，我再难过，也会离开你……

不知为什么，我会对她说出这样的话。这是我对姜子说过的话。当年，在墓地。

姜哥，我永远不会后悔，你要相信我。

好，我相信你。

但是，姜哥，你别离婚！

为什么？

因为……

因为什么？

因为你有孩子！

有孩子怎么啦？

你离了婚，孩子多可怜！她……她也可怜！

我的眼泪一下子忍不住了。想不到，她会说出这样的话。这是我对天明说过的话。当年，在公园。

那……不离婚，咱们怎么办？

姜哥，这几天你一直关机，我预感到咱们的事被她发现了。这是早晚的，早晚会有这一天。姜哥，我说了，你可别生气。

你说，我不生气。

咱们……还是分手吧……

啊？

姜哥，我爱你。但是，咱们……分手吧。

……

我不知道该怎么回答她。

我心酸。我心痛。我落泪。

人鬼情未了。我还是跟她说实话吧。

正在这时，突然，她发问了。

姜哥，发短信的是你吗？

……是。

为什么你半天也不说他妈的了？

我……学好了。

不，我爱听你说他妈的。你长得白白净净，像个少爷，但骨子里却有一种匪气，我就喜欢你的匪气！

哎哟，这哪儿是她呀，这不是我吗？她怎么会说出我对姜子说过的话？当年，初识时。

刹那间，姜子活灵活现地出现在我的眼前——

姜子，你挺好的小伙子，怎么说话老带脏字？

他说，我是农民，没文化。

我说，你算哪家的农民啊，我才真正在农村当过农民呢。有时候，我说话急了也带脏字。其实，这真的很不好，还是改改吧。

他一梗脖子，这有什么不好？

……

唉，过去的事我为什么会记得这么清楚啊，我真的老了。

昨天的事，我会忘得干干净净，甚至手上刚才还拿着的钥匙，转眼搁哪儿就忘了。哎哟，我钥匙呢，找啊找。但是，过去的事，特别是跟姜子的事，他怎么说的，说的时候脸上是什么表情，清清楚楚，就在眼前。

可是，姜子，你却走了。你真让我心疼！

姜哥，你怎么不说话了。发短信的真是你吗？

不是我是谁，难道是鬼！

话一发出，我吓自己一跳。

我就是鬼。

姜哥，你别吓我。如果真是你，我就跟你说一件事，我妈要回四川老家，买不到火车票。你不是在铁路上有朋友吗？能不能帮我买两张到成都的票？这几天的都行，我陪她一起回去。先到成都，再坐汽车回乡下。咱们说好了，火车票钱我要给你。你买到票就告诉我，咱们……咱们最后见一面……

啊？

姜哥，我妈想家乡的山水、家乡的饭。她想回去生活一些时间。我爸早不在了，妈把我养大不容易，我要照顾她一辈子。姜哥，我已经跟美容店的老板辞了工作。……这件事，我早就想告诉你，可是你一直关机，一直跟你联系不上。姜哥，你别生气，我走了，你跟菊儿姐好好过日子吧。我会想你的。

……

姜哥，你收到我的短信了吗？

收到了。我心里很乱，很难过。我已经快到家了。你别在公园等我了，你回去吧。对不起！

姜哥，你别难过。

妹，我不难过。车票的事，你等我信儿。

姜哥，再见。我爱你！

可怜的姑娘！她也在美容店打工。

在她的身上，我看到了自己的影子。

我关了手机，真想大哭一场。

我看到，她没有走。她站立在石桥上，面向公园入口，一动不动。

明知不会有人来，仍旧苦苦在等候。

河风吹过，吹乱了她的衣衫，吹散了她的头发。瘦小，单薄。

我突然想走过去，突然想见她，抱住她，告诉她，安慰她，跟她一起哭……

我忍了又忍，忍了又忍，把泪咽进肚子里。咸咸的。

谁抱住我？谁告诉我？谁安慰我？谁又跟我一起哭？

第二天，我打通虎子的电话，虎子，嫂子求你个事。

嫂子，你说！

你能帮买两张到成都的火车票吗？要卧铺。

嫂子你要出门？

不，我是帮……帮个妹妹买。

得，没问题，买好我给你送去。

嫂子谢谢你！这样吧，买好以后，你直接送给她。你记一下她的电话。还有，你千万别要她的钱，她打工不容易。

嫂子你放心！

……如果她问，你就说是姜子让办的。

啊？你说什么？嫂子，你别吓我。

……哦，虎子，你就这样跟我这个妹妹说，你说，姜哥已经走了，劝她别难过。你说，给你发短信的不是姜哥，是姜嫂。姜嫂说你是个好妹妹，她不生你气，原谅你了，也原谅姜哥了。她希望你好好照顾妈妈，有难处就来个电话，就打姜哥的这个电话，这个电话再也不会关机了……虎子，你就这样说，你听明白了吗？

我的那个妈呀，我听不明白。嫂子，你再说三遍吧！

{第九章}

47
...

姜子走了，日子还要过下去。小石头跟着我妹妹在新加坡生活，我要为他挣钱。妹妹和妹夫条件再好，我也要努力。自己辛苦挣的钱，花起来不一样。

我想小石头了，就给他打电话，给他的邮箱写信。我说，小石头，妈妈天天都想你。妈妈特害怕。我怕什么？没人打我，也没人杀我，就怕你学坏。你是妈妈的心，你是妈的肝，哪儿坏了都不成。你好好上学，学成了早点儿回到妈身边。妈需要你。小石头回信说，妈，你别怕，我知道。妈，你告诉老爸了吗？等我学好了，有了工作挣了钱，买一辆大奥迪，送给你和老爸。你不是说老爸最想要一辆奥迪吗？

小石头的信，让我哭了几个晚上。

我给他回信说，孩子，谢谢你。有你这句话，妈就高兴了。你知道妈最自豪的是什么，就是有你。妈在最困难的时候，不低头，不弯腰，就是因为有你。我不求别的，只要你努力了，妈就满意了。妈心里明白，金字塔的那点儿小尖儿，只给一两个人站着，不是所有孩子都能站上去的。我没企盼我儿子能站到金字塔尖儿上去。只要你健康快乐，我这当妈的就没有白费心。今后你能靠两只手，自立自强，像妈这样活着就行了。哪怕你当一个美发大工，哪怕你当一个厨师，靠自己的劳动，剪头做饭，挣一块钱都是光荣的。

小石头回信说，妈，看了你的来信，我都哭了。

好孩子……

我才回了三个字，眼泪就打湿了键盘。

更让我难过的是，在姜子的骨灰安葬当天，他爸爸悲痛欲绝，突发心脏病去世了。临终前，他断断续续地说出了压在心底的话，让在场的亲人知道了一件痛心的事。在侦缉一宗贩毒案的时候，这位恪尽职守的老刑警意外发现贩毒团伙中，有一个人曾经跟姜子一起在茶淀劳改过，相互认识。为了把这个团伙一网打尽，他交给姜子一个秘密任务，恢复跟这个毒犯的联系，设法摸清团伙中的全部成员。姜子出色地完成了老爸的秘密任务，贩毒团伙最终被一网打尽。但是，混在毒犯中的姜子为了不露马脚，也因此吸了毒而不能自拔。

是我害了姜子，我对不起他啊!

老人用力喊出最后一句话，闭上了眼睛。

两行清泪，滚落下来，打湿斑白的鬓发。

斯人已去，覆水难收。留下心中永远的痛，折磨活着的人。

我擦干泪，一头扎进店里，拼命干活。

只有拼命干活，才能忘掉一切!

因为姜子的事，我跑前跑后，根本顾不上店，都是肖强和宋新在打理。这期间，店里发生了不小的变化。靠近学校的那个店，因为扩路要拆，办事处说再给找一个地方，一直没落实，让我等信儿。屋里的东西没地方放，只能先锁上门。这样，眼下只剩下二街居委会这一个店了。原来招的人陆续走了好几个，除了肖强和宋新，只剩下做美容的关莉和刘曼，还有打下手的文利。关莉和刘曼这两个姑娘，是我一手带起来的，她们都管我叫妈。文利是东北人，以前在餐厅当服务员，端盘子送碗。有一次我去吃饭，正赶上他服务，倒水沏茶，嘴甜手快，我看着很喜欢。我问他多大，他说十八。我说你学个技术吧，技术能养你一辈子。他说我能干吗呀? 我说学学美发，你喜欢吗? 他说行。又问学完以后呢? 我说学完了你就到我店里来干，从给大工打下手开始。他说行。这孩子有骨气，第二天就把餐厅的工作辞了，自己报名到美发学校学了一年，毕业后就跟上了我。他剪第一个头，剪了一个小时，剪得特好，客人都睡着了，他出了一身汗。

应该说，想走的人都走了。最后留在店里的这五个人，都是我的心腹。我请大家吃了一顿火锅，说姐现在没牵没挂了，咱们齐心协力重新把这个店干火了，就像这火锅一样! 这个店火了，大家都多挣钱。大家都说好。

我把自己琢磨出来的镇店座右铭，用彩喷喷出来，大大地张贴在店门前——

您给我机会，让我为您服务。您给我时间，我们一定会成为朋友！

店里店外的人看了都伸大拇指说好，让我浑身添了劲儿。

可是，一山容不得二虎。这个店本是宋新当大工，客人都认他。肖强刚过来就没活干。宋新还跟他较劲儿，宁肯让客人排队等他，也不主动向客人介绍肖强。

一个月下来，肖强少拿好多钱。我悄悄对他说，你再忍忍，受点儿委屈，一回生二回熟，凭你的技术没问题，客人慢慢就会认你。说完，我掏腰包把缺的钱给他补上。他说什么也不要我的钱，姐，没事，没事，我都经历过这些了。

想不到，我俩一推一让，被宋新听见了。

第二天一早，文利就给我打电话，姐，宋哥走了。

啊？我一听，头皮都炸了。为什么？

不知道。早上我一起来，他人没了，东西也没了。

我说不出话来，两手直哆嗦。因为宋新是这个店的台柱子，他走了，客人怎么办？肖强刚来，对客人来说是新人新面孔，要接受他还得一段时间。

不行！我就给宋新打电话。

关机！

我更生气了。有什么话你说，凭什么关机啊？

电话不通，没折。我回过头来对文利说，文利，看来你宋哥是不想干了。可能他对我有想法，认为我对你肖哥好。可是，我对他也挺好的，对你同样也好，对不？

姐，没有你，我现在还端盘子看脸呢。

好，这样吧，文利，你能不能跟你肖哥一起，把这个店盯起来？你宋哥走，也是给你一个机会。胜者为王，不光是胜利的胜，还有剩下的剩。

文利笑起来，姐，那我就当这个剩王吧。姐，你放心，有肖哥，有我，没问题！

我也笑了，你当剩王，我就当剩姐。你宋哥想看我笑话，看你笑话，看你肖哥笑话，他看不着！谁走了地球一样转，老烟儿还是东边升西边下，变不了。文利，你好好干，你年轻，凭你的嘴皮子，凭你现有的技术，你再跟肖哥好好学，将来你出息大了！

肖强知道宋新走了，多余的话都没说，就是闷着头干活儿。时间一长，他原有的老客人又来找他了。新客人一看，他手艺真好，也开始认他了。文利跑前跑后，连动手带吆喝，店里的生意渐渐火起来。

就这样，过了三个多月。一天，宋新突然给我打电话，连声叫我，姐，姐。

我说，宋新你别叫我姐，你就是个杂碎！你乘人之危，抬屁股就走。你永远都是这个样子，早上一睁眼就扛着锄头，一亩三分地去刨。你看不见外面的世界，也看不见广阔天地。你还记得你当初是怎么来的吗？住立交桥洞，睡公园板凳。你来了，我那么高抬你，让你做大工，带你到中央电视台给演员大腕儿做头发，还跟他们照相合影。你红了，你说走就走，连个招呼都不打，你真做得出来！

姐，我错了。

错不错，都没意义了。你找我干吗？

姐，你还要我吗？

不可能了！现在店里已经挺好的了，肖强和文利干得很出色。我这庙太小，容不下你！

姐，我错了。我离婚以后，舍不得女儿，她太小了，就把她要回来放我妈家。现在孩子生了病，要动手术……我没办法，我求姐了……

听他这样一说，我就不吭声了。唉——

谁都有难的时候，谁都有犯错的时候。我犯的错还少吗？我难的时候，还不是亏得金爷的帮助才缓过来的吗？得饶人处且饶人，给别人活路自己也心宽。

我又让宋新回来了。他主动向肖强、文利道了歉。肖强还给了他两千块钱救急。

我对宋新说，看看，人家是怎么对你的。要学会做人，因为你是个男人！人字，一撇一捺，好写。但是，真的写好看了也不容易。知道吗？

宋新说，知道了，姐。

宋新的事刚刚落定，一天，做美容的关莉又跟我说，妈，我要结婚了，想回老家去结。

她从贵州农村来店里的第一天，就管我叫妈。带得刘曼也叫我妈。我呢，也把她们当自己的闺女，心疼，呵护。

哦？我说，关莉，妈祝贺你！对象还是在店里认识的那个北京小伙儿吗？

关莉说，是。我爸妈让我找一个北京的，我就找了一个北京的。

我问她，你结婚以后还回店里来吗？

她笑了，回来呀，不回来吃什么呀？

我也笑了，回来就好。店里本来就缺人，你一走就更吃紧了，我真舍不得你走。

我说这话是真心真意的。关莉刚来的时候什么都不会，我看她可怜，又有灵气儿，才收下她，手把手从零开始教她美容，毫无半点儿保留，可以说把心都掏给她了。现在她的美容做得非常好，是店里的台柱子。像她这样出色的美容师，想从社会上招，没戏。

关莉说，妈，我也舍不得你。

我一听，差点儿掉了泪。好了，你去吧，妈给准备你一套嫁妆。

两天后，关莉走了。我盼星星盼月亮，盼她早点儿回来。

想不到，她再也没回来。

关莉一去不返。来店里做美容的客人也一天天见少。我找不出原因，感到很奇怪。

这天下午，文利很神秘地对我说，姐，关莉自己开店了。

我说，不会吧，她不是回家结婚了吗？

哪儿啊，压根就没有这回事，她自己开店去了。

文利，你别拿姐开心了。小关不是那种人，她不会。

文利急了，姐，我都看见了，你还不信。我有她的新手机号，不信你问她。

啊？她在哪儿开的？

就在南三条！她穿着美容师的衣服，里边有好多人做美容呢。

我惊呆了，如晴天霹雳。南三条离我这个店多近啊，仅一街之隔。

文利又说，我听客人说，她给她们群发信息，说跟姐开了一个连锁店，客人就呼啦呼啦都跑她那儿去了。

噢，难怪来店里美容的客人越来越少了，原来是这么回事。关莉在我这儿活儿好，她一走，老客人当然会追着她走。这孩子，怎么会这样干呢？

我跟文利要过手机号，用手机给她打过去。

妈！关莉看出是我的手机号，还叫我妈。

我问，小关，你在哪儿？

我回家了。

你真的回家了吗？

我……我在外面学习呢，我……以后也想开个店……

你不是已经开上了吗？

没有，没有。

我都看见你了，你还说没有。

你在哪儿看见我了？

在哪儿？南三条！

……我，我在这儿学习呢，我帮人家忙呢……

小关，我死不了，咱们总有见面的时候。你想离开我不是你的错，你想当老板也不是你的错。我跟你们都说过，凡是给我打工的，早早晚晚都要当老板。不当老板，你给别人打工，还不如在我这儿接着干，干吗要换地方？但是，小关，人要讲良心。你当老板可以，挖我墙脚不行！做生意要讲原则，也要讲职业道德。你要靠自己的能力，不能用欺骗手段挖别人的客人。你明白吗？

没有，没有，我没挖你的客人，是她们打电话找的我。

打电话找你？连我打电话都找不着你，你早换号了，她们怎么能找到你？

……我不说了，我这儿忙着呢。

说完，关莉就把电话挂了。

我坐在那儿，举着没了声儿的手机，心里哆嗦着，眼泪扑啦啦掉下来。

姐，你别哭，我找她说理去！肖强忽然这样大声说。

我抬起泪眼，这才看到店里的弟妹们都站在我的面前。

妈，你别跟她生气了，刘曼说，你够累的了。

宋新说，文利，你嘴也太快了，看把姐气的。

文利说，关莉也没这样欺负人的！我是实在看不过去了，才跟姐说的。

我说，宋新，文利告诉我没错。要不，我还一个劲儿傻等呢。

宋新说，姐，你要信得过我，我去找关莉说理。

我说，你们谁都别跟我去，我自己去！

宋新还是抢着要跟我去，我想他是要将功补过吧。

我是要去找关莉的，当面跟她讲讲做人。我不能让肖强跟我去，他火气大，再动了手，又弄进派出所去让永利当猴儿耍。宋新要跟去，我看可以。

我说，宋新，你去可不许动手啊，都是出来混饭吃的，谁都不容易，也别太为难她，说说就算了，告诉她做人要有良心。想挣钱没错，别挣昧良心的钱，那样长不了。

说起来容易做到难。我跟宋新来到南三条，一找到关莉开的店，宋新还没怎么着，我先火冒三丈，恨不得上去把房子都给扒了。为什么？远远的，我就看那个店的门脸儿上，贴着醒目的大彩喷，上面写着：您给我机会，让我为您服务。您给我时间，我们一定会成为朋友！

这不是我的镇店座右铭吗？这词儿我想了几个晚上，头发都抓掉一大把。不说全国首创，起码北京是独一份儿。大彩喷就挂在我的店门口，人见人夸。这会儿，成她的了！

进店里一看，里边装修得跟我一模一样，布置得也跟我一模一样。窗帘，紫红的；柜子，乳白的。一屋子挂的都是她跟名演员的合影，跟照相馆一样。细一看，好多都是我给她照的。这些演员到我店里来美容美发，关莉就张罗着跟人家照相，说留个纪念。我还傻帽似的帮着照呢，咔咔！左一张，右一张，照得不清楚的还重照。万万想不到她早安了这份心，收下我帮着数的钱，直接把我装麻袋里扎紧口甩给了人贩子。我的店里从来都不挂这些明星照，一是人家有肖像权，二是我靠实力不靠名人做广告。再说了，明星做广告，狮子大张口，打死我也做不起，那得剪多少个头啊！她倒不跟明星见外，大大方方地挂上了。所以，招蜂惹蝶，店里的生意特别好。这是追星的年代，当不上明星，在明星的亲密注视下剃个头，说不定能沾点儿仙气儿。我再看躺在床上做美容的客人，差不多都是我店的老客人。

我跟宋新推门进去时候，关莉正忙着，都没工夫抬头看我们。

我再一看关莉，哎哟喂，完全变了个人。她穿了一件低胸的漂亮衣裳，烫了一个大波浪的头，小嘴抹得红红的像叼着一块鸡肝。想当初，她从贵州乡下来的时候，手里提溜个破箱子，一脸的农村红，一头的小黄毛，跟小鸡毛似的，穿的衣服扔大街上捡破烂的都不要。真是今非昔比，鸟枪换炮。

宋新看见关莉如此嚣张，也很生气。他黑着脸走过去，鼻子冒火，哼！

关莉闻声抬眼，正碰上怒目金刚。哥，你来了！

你叫谁呢？谁他妈是你哥呀！宋新叫起来。

一屋子的人全吓着了，还以为来了打劫的。

我想不到宋新会发这么大的火，又解气，又从心里感谢他。

关莉吓傻了。看见我随后跟着进来了，脸紧张得像鼓皮似的，妈，你，你别生气，我是靠我自己……

没容我开腔，宋新抢着说，你靠你自己？你刚从农村来的时候谁认识你？姐手把手地教你做美容，三年了，你连声招呼不打就走，还在旁边开店，挖客人！

关莉说，我没挖。

宋新说，谁放屁谁承认？挖没挖你自己心里明白！你不通知客人，客人能知道你在这儿开店吗，能来吗？还是你发信息了，对不对？没有你这样的，你对不起姐。

关莉说，姐对我挺好的，我没有对不起她，她跟我妈似的。

我一直没说话，但关莉这句话给我惹急了，我指着她鼻子说，小关，我从来不骂人，但是我今天真的要骂你。我只要骂你，你就不是人。你不是叫我妈吗？我没给你教育好！你要真是我女儿，我今天就大嘴巴抽你！小关，你跟我三年我骂过你吗？我把你当小祖宗供着。你来时候有什么？狗屁都没有，破衣服破鞋。你从我这儿走的时候，金碧辉煌！脚链、手链、名牌包，跟一富婆似的。对不对？

关莉还说，妈，你别生气……

我说，我不是生气，我是伤心，知道吗？我现在才知道心痛是什么感觉。我说过，我不怕别人背叛我，就怕别人欺骗我。小关，你可以背叛我，可以觉得我不好，你可以另立门户，你可以走。但是，我没有得罪你，你不能欺骗我！三年了，我真把你当女儿一样看，你在我这儿一月挣多少钱？七八千！你自己好好想一想，你这样对我，还有没有点儿德行？

关莉不说话了，低下头。

我说，今天我来两个目的，第一，警告你不许再给我的客人打电话说你跟我开了连锁店。我跟你开了吗？只要再让我知道你骗人家，我就饶不了你。我都五十多了，你刚二十五，比我小一半呢，美好的生活刚开始。你觉得你跟我一个老太太较劲儿值吗？我告诉你，你还有奋斗的机会，还可以当大老板，我已经没了。我开个店投进去几十万不容易。你要另立门户可以，咱们互相帮忙，取长补短，你不要拆我的台。第二，墙上这些照片我要收走，这都是你在我店里照的，都是我的客人，跟你没有一毛钱的关系，你不能随便用来做你的广告。你这样做是要吃官司的，你明白吗？你知道一个明星的广告要多少钱吗？说出来，吓死你！

这时，宋新抢着说，姐，你跟她废什么话，拿走就得了。

说着，脱鞋上床，手里举着一只皮鞋，咔咔咔！用鞋后跟把那些照片一个个全给挑下来了，一大摞。走吧，姐！

我跟宋新走出去了，一屋子的人都愣了。这老女人疯啦？

这时，小关追出来，拉着我的手哭了，妈，妈，我错了……

我说，小关，你没错，这是你的本性。你按你的本性做事没错。在咱俩之间，没有对错之分。只是你有心计，我没有心计，你比我更上一层楼。我谢谢你，你教会了我怎么做人，教会我怎么看人。以前，我总想着如何善待别人，把别人都想得特别好，我没想到世间还有你这样的人！

妈，妈，我错了，你就饶过我这一回吧……

我看小关哭得很伤心，心又软了。我说，小关，你别哭了，你也别趴下。直起腰，靠自己的能力好好干。你会超过我，会当大老板的！

说完，我就走了。我心里其实也挺矛盾，也挺后悔，觉得不该这么闹。三年了，为什么非要这样分手呢？她是个没有多少文化的农村孩子，她要生存，她要挣钱，她要借助我，她也不容易。我不是也有过同样的经历吗？从没有路的地方找到路。

我应该理解她，帮助她，不应该跟她较劲儿。

但是，我较劲儿了，我闹了，出了恶气，又觉得特爽。

唉，这就是人。

为什么人会是这样的呢？

为了关莉的事，我心里难过了好长时间。

后来，我听说，关莉把那个店关了，重新找地方开了店。在哪儿开的，不知道。

来店里美容的客人少了，刘曼很着急。我说没关系，我们重新培养，从头开始。

刘曼说，那多不容易啊。

我说，只要我们用心，我们诚心，就会引来客人，留住客人。

这天，店里进来一个女孩儿，长得很漂亮。一进来就说，我想弄弄头发，洗一洗，做个造型。

我说，好啊，欢迎来到我们家。

她抬头看看我，姐，你真漂亮！

我说，是吗？我都快六十了。

她两个杏核儿眼瞪成核桃大。啊？真的！姐，你是怎么保养的呀？

我说，嗨，我就是心态好，天天劳动。劳动最光荣，劳动让人健康，劳动让人美丽。光在家待着，怨天尤人，就成了一个老太太。

哎哟，至理名言呀。她说。

而且，我告诉你妹妹，年龄就是你的经纪人，岁月就是你的经纪人。岁月在不同的年龄来打造你。经纪人就是打造演员的，对吧，包装演员，炒作演员，打造演员。那么，你的岁月，你的年龄，就在包装你，炒作你，打造你。十八岁有十八岁少女的羞涩、青春、靓丽，天真无邪，跟男的说话都怕他嘴里飞出虫子让你怀了孕；到了二十岁，你可能就疯，就闹，就去找对象，半夜不回家。还有，叛逆，妈妈不让你找，你就非要去找。越不让你干什么，你越要干什么；三十多岁，你当妈了，成了少妇，你要带宝宝，跟你老公相依为命，相亲相爱过日子；过了七年之痒，四十多岁的时候，你可能就想红杏跳墙，觉得老公很烦，天天锅碗瓢盆就这点儿事，没意思，想要跳墙了，觉得墙外的男人会浇花；到了五十多岁的时候，快当奶奶了，你就矜持了，这个吧那个吧，成了千年老古董。所以说，岁月就是你的经纪人，它会在不同年龄包装你，炒作你，打造你。再加上美容美发、漂亮的衣裳，你就美丽起来了。

女孩儿说，姐，我爱听你说话，你说得跟唱戏一样，真好听。

我说，妹妹，你爱听姐说话，姐特高兴。其实，姐说的都是实话，姐就是爱说实话。我们家客人来了老跟我逗，说老板娘真年轻。我要是喜欢听人家夸，不说实话，跟人家说，对呀，我才三十六。人家就会说，啊？您三十六还年轻啊！那让二十六的上幼儿园得了。我要说我才二十八，人家就会说，二十八？那您长得可够着急的，真出老。我要再说大点儿，说我四十六。人家就会说，噢，还行，四十六岁人就应该这样，没什么出彩的。我为什么要跟人说快六十了，因为这是实话。结果，说实话反而露脸了，客人都争着夸我年轻，争着问我保养的秘诀，买我的产品，到我这儿来做美容。所以，我就爱实话实说，不说瞎话。往往你说了瞎话，反而给你带来了很多的麻烦。我教我店里的员工，什么时候都不要说瞎话，说瞎话会很累。一旦有一天别人戳穿你，你还要想尽一切办法来圆这个瞎话，那你就更累了。说了真话，坦坦荡荡地做人，你就轻松，你就快乐，真是那么回事。

女孩儿说，姐，你这些话我在哪儿都没听说过，我要记你的电话，常到你这儿来听。

我说，好啊，好啊，妹妹，你看你长得多美啊。但是，你的头发很干，皮肤也很干。没有不美的女人，只有不会美的女人。其实以前我也很难看，头发很干，皮肤也很干。为什么？因为北京的水碱重。就跟咱妈蒸馒头，碱搁多了，那馒头啥样？裂口，发黄。那搁点儿啥？小苏打。小苏打一上，黄气就下去了。我家代理的美容美发产品，就是专门对付水碱重的，能让你皮肤亮丽，头发滋润。我今天就给你用上，免费！回家后你体会体会，还会再来。

女孩儿说，行，姐姐，你用上吧，不能免费！

我为这女孩从脸到头发好好收拾一番，她特别满意，左照右照，上照下照，照花了眼，这是我吗？

我说，不是你，是仙女下凡。

女孩儿说，姐，让你说对了，我就是仙女下凡。

我听了，直笑，还以为她美得神经了。

女孩儿说，姐，以前我一直用雅诗兰黛，从现在起，我要用你的产品。我相信你，因为你本人就是一个活广告。

说着，就拿出一千块钱，买了一套美容美发产品。

我说，妹妹，这套产品我肯定挣了你的钱，因为我是一个老板，我是一个商人。但是，我跟别的商人不一样，我在挣钱的同时，要为你带来快乐，带来收益，成为你的朋友。有缘你还来，没缘不再来。你相信我，我一定会给你打造美丽。这套产品，你可以用将近一年的时间，你的皮肤、头发都会变好。半个月以后，你再照照镜子，你会觉得自己更美了，更水灵了，那是你真正的肤质露出来了。我再告诉你，有时候洗完澡身上还痒痒，那不是脏，是水里的碱大。那层碱粘在身上，让你感觉干涩瘙痒。姐教给你，你洗澡的时候拿点儿蜂蜜，或者吃剩下的酸奶，抹到身上效果特好，光用洗浴液不行。这是我琢磨出来的，我这样用，也教你试试。

女孩儿说，姐，你真好。如果我皮肤头发都变好了，我会给你带一帮姐妹儿来！

后来，我才知道这个女孩儿是个黄梅戏演员，在《天仙配》里她就是演七仙女的，怪不得她说自己是仙女下凡呢。她记下我的电话，高高兴兴地走了。不到半个月，就领来好几个姐妹儿。

刘曼对我说，妈，我真佩服你！

我说，人心换人心。

渐渐地，店里的生意好了起来。

就在这时，想不到，又出事了。

一天，宋新很着急地跟我说，姐，我孩子生病了。

我说，你快回去看看吧。车票买了吗？身上有钱吗？

他说，车票我这就去买。

我说，这样吧，车票姐给你买，再给你拿上五千块钱。

宋新千恩万谢，说，姐，你别急，我三五天就回来。

我说，你也别急着回来，孩子治病要紧。

我叫文利去超市买了点儿吃的，让宋新在车上吃。想到天冷，怕他冻着，我又去商场给他买了一件羊绒毛衣。宋新一看两千多块钱一件，不敢穿。我说，你快穿上吧，你这辈子就是受穷的命！他这才穿上毛衣走了。

夜里，我发短信问他，车上冷吗？他说，幸亏有姐这件毛衣，不然我就冻死了。

然而，他这一走，再也没音讯。

打电话，关机。

再打，干脆说没有这个号码。

后来，文利跟我说，姐，宋新根本没回家。他跟关莉合伙开了个店，一个美发，一个美容，火得很。

又说，他们俩快要结婚了！

啊？我愣了。这不可能！

文利说，怎么不可能？我都看见了。

我一屁股坐在板凳上。

肖强说，姐，我去找他！

我摇摇头。

我在花店订了一个大花篮，对肖强说，你跟文利代表姐，把这个花篮送过去，就说姐祝他们俩生意兴隆，和和美美。结婚的时候，别忘了请我们大家吃喜糖！

刘曼扑上来抱住我，亲我。

一边亲，一边哭，妈，你就是我亲妈！我觉得老天对你太不公，太不公了……

听刘曼这样说，我也哭了。

48
⋮

街道办事处说话算话，还真给我找了个地方。不大不小，位置也合适。这儿以前也是开美容美发店的，所以用不着大装修，把锁在原来店里的东西搬进去就能营业。

肖强说，姐，现在人手少了，咱们还要这个店吗？

我说，要啊！怎么不要？有了梧桐树，引得凤凰来。人手不够，咱们可以招啊。眼下还有多少人漂在北京没工作？还有多少家庭穷得叮当响？肖强，不瞒你说，别说两个店了，姐的理想是，将来开十个、二十个连锁店！我们要把生意做得大大的，给更多愿意自食其力的人提供就业；把钱挣得多多的，给需要帮助的人提供帮助。

肖强说，姐，你能成。我跟你一辈子！

我笑了，好！心里有目标，手里找活儿干。眼下呢，你跟小曼在店里盯摊儿，我去搬家。

肖强问，你一个人行吗？

我说，怎么不行，人这东西，没有受不了的罪，只有享不了的福。

我拨通搬家公司的电话，说好了，三百块。路很近，又不上楼。

很快汽车就开来了，从车上跳下来三个男的。一下了车他们就冲我叫，哎哟，姐，你们家这么多东西呀！这样吧，您再给加一百。

我说，没有坐地涨价的。

他们说，您这些东西零七八碎的，搬起来挺麻烦。我们出来卖力气不容易，姐，您就再给加一百吧！

我故意说，行，加一百就加一百，不过我得跟你们公司说。

他们一听，连忙作揖，姐，您行行，饶了我们哥儿几个吧，别跟公司说了，让我们买包烟抽。看您今年也就七十来岁，我们祝您活到一百岁！

我说，你们什么眼神啊，我长得有那么着急吗？

他们说，得，给您忙活完了，我们就上医院看眼神去。

我笑了，给他们加了一百。三个大男人，咔咔咔，真快，把大件东西都搬车上了，剩下一堆瓶瓶罐罐的。

姐，您看，车实在装不下了。

我说，行，便宜你们了，你走吧。

我打电话告诉肖强，让他先去接应一下。

搬家公司走了，屋里一片狼藉，跟国民党撤退似的。沙发搬走了，我拿个小墩坐那儿，傻傻地看着这一大堆东西。这些都能用，别浪费了。

正在发愁，忽然大脚丫子响，进来一个男人，脏兮兮，黑乎乎，跟铁塔似的，嘴还结巴，老，老……老板，你，你们家有没有破烂可收？

我一看，是收破烂的。救星来了。我问，你是什么车？

三，三……三轮。

我摆摆手，别说了，再说，九轮都打不住了。是电动的吗？

他不再说话了，一个劲儿点头。

我说，好，你帮我把这些瓶瓶罐罐都拉到桥南，我把剩下的东西就送你了，铁窗户啊，铁门啊，两个破空调，我全送给你了。还有，你看见那个广告牌了吗？那个大铁架子也给你了。你帮我把上面的字抠下来，做灯箱还能用，省点儿是点儿。

得，得……姐，姐……行，行。他边说边挽袖子。

我上了个厕所，回来一看，地上没人了。再一看，广告牌的大铁架子上晃悠着一个大脑袋，这兄弟趴在上面正往下抠字呢。他人粗心细，怕砸着行人，用破三轮车横堵着路。广告牌上的字都抠下来了，就是那个美容的容字，抠了上边，够不着下边了，留着一个口。他还在使劲儿够呢。天多冷啊，脸都冻成紫茄子了。

他看见我，姐，口，口，抠，抠……

我又好笑又心疼，你快下来吧，这个字我不要了，重新做一个。

他这才下来。他干活真利索，拿一个大布单，往地上一铺，把要拉走的瓶瓶罐罐往上一堆，咔咔咔，一系，系了几个大包，分三车全拉过去了。最后一车，连我一起拉到了地方。

我说，你帮我搬家，我请你吃个饭，谢谢你!

他说，大姐，姐，你真好，还没人请我吃过饭。

我给他买了饭菜，还买了猪头肉猪耳朵。他咔咔地吃。吃完了，说，姐，姐，你以后有事我就帮你。你，你，你就是我一大姐，你看得起我!

家，就算搬完了。东西一摆，布置布置就能招工开业。开业之前，还有一件特头疼的事，就是去工商改营业执照。因为经营地址变了，用原来的老照就不行了。

改照为什么头疼？因为办事的老安总跟我动手动脚的，挺烦人，又不能得罪了他。他媳妇是我店里的常客，人比我小，长得也靓。你说这老安! 你说这叫什么事啊?

可是，再头疼，也得去。我就去了。

一进门，老安就像大财迷捡了金条似的，眯起眼睛看着我，菊儿你来啦，菊儿你来啦，你知道你长得特像一个人吗?

我说，像谁呀?

宋祖英。

得，你别忽悠我了，回头我再走不动道儿了。老安，我来改个照。

他不接改照的茬儿，菊儿你知道吗，我特喜欢你，特喜欢你。

我就打岔说，谁都喜欢我，我这人男女老少通吃。

菊儿，你跟我上楼来，上楼来。

干吗?

我这儿有个好东西让你看看，让你看看。

说着，他自己先上二楼了。这东西，一跟我说话就带回音儿，听着不利索，还有点儿吓人，好像是吃蔬菜的僵尸发出的声音。

看老安上楼了，我也只好跟上去。

二楼是他们的职工宿舍，有一大排床。我一进门，他就搂住我要亲嘴。

我说，哎，哎，你不是让我看东西吗?

他伸手就要往自己裤裆里掏，藏着哩，藏着哩。

我说，老安，这有点儿不靠谱吧，你媳妇是我朋友，你别这样。

他说，那么多年了，我第一年见你，我就喜欢你，喜欢你。

我说，可以喜欢，但真的不可以这样。我受不了，也对不起你媳妇。走，赶紧下去吧，万一上来个人，咔嚓一下，你我就上艳照了。

他说，没事，我锁上门了，锁上门了。

我说，哎哟，那更不可以了，锁上门我更害怕了！

说着，我掏出五百块钱给他，去，找个小妹吧。真的，我老了。

他愣了，你这不是骂我吗？骂我吗？

我说，老安，我不是骂你。我理解你们男人，谁都有个需求。自己老婆看惯了，没意思了，总想出去换换新，我都知道。这钱给你出去找个小妹吧。以后缺钱花了，就跟姐说。

我比他大半岁，在他面前就是姐。说完，我就把五百块钱塞他裤兜里了。

他说，行，行，弄得我都没兴趣了，本来我这底下都硬邦邦的，硬邦邦了。

我说，你找小姑娘硬邦邦去吧，别跟我这儿硬邦邦。我老了，更年期都过了。

我一边跟他逗，一边拉着他手往楼下走。

老安，咱们是一张白纸，一个纯洁的友谊多好啊！

他说，行行行，行行行。

我说，别光行行行，我的事你还得帮我。

行行行。他这样说着，就摸我的脸。

我轻轻拨开他的手，嗨，这老脸还值得摸吗？

下了楼，他说，菊儿，你不知道，改地址就等于重新起照了，你得重新走一遍手续。重新，重新。

我一听，哎哟！简直是噩梦。

没辙，出了门，我赶紧打电话联系检测空气。我拿着空气检测合格的报告，又去了卫生防疫站。公安啊，消防啊，各种手续齐备，全套拿到工商，又塞给老安一千块，拿下了新照。他说，祝贺，祝贺，贺贺，贺贺……

我心说，你省省吧，还想喝死啊。

跑了一大圈儿，人虽累个半死，大功总算告成——

新照堂堂正正挂在了新店。

才挂了十天，还没布置好开业，办事处就来人了，说刚刚接到通知，这个房子也要拆。

我一听，就坐地上了。

{第十章}

49
:

办事处的人说，菊儿，你别上火。这说明咱北京拆旧建新要大变啊。办事处为了适应这个快节奏，专门成立了大变快上办公室，简称大变办。你这个事以后就归大变办。

我说，这叫什么办公室啊，大变办！

办事处的人也笑了，这总比它隔壁办公室好听。

我问，它隔壁办公室叫什么？

破邪办！

啊？

破除邪教办公室。

哎哟，回头我要去大变办，可别再走错了门。

菊儿，这儿要拆也是明年的事了，你还可以干半年，到时候要拆会给你补偿。

都到这份上了，还有什么说的，干半年就干半年。有钱不买半年闲，有房不能闲半年。

我把房子一分为二，中间用板子隔起来，一边美发，一边美容。美发那边基本上用不着买什么了，美容这边，床单啦，被子啦，枕头啦，要买的东西挺多，而且必须是全新的。为了花色，为了质量，为了价格，我又开始投入疯狂商场大运会。

想不到，就在我兴高采烈投入布置新店的当口，更大的喜事突然来敲我的门。

什么喜事？宋新跟关莉带着新婚请束来了。不仅他俩来了，还来了二十多个男男女女。我一看，个个眼熟！哎哟，他们曾经都是我的员工。

关莉搂着我说，妈，我们现在都开了自己的小店，感谢你手把手教会我们做人做事。我们有个共同的心愿，就是回到你身边，在你带领下，开品牌连锁店！店名我们都想好了……

一起跟着来的肖强抢着说，叫菊儿美容美发店！

宋新说，对，菊儿美容美发店。姐，你是总经理！我们现在一共是七家，加上姐的两家，就是九家！

话音刚落，有人就喊，不，是十家！

我一看，挤上来的居然是虎子。

虎子对我说，嫂子，第十家是你那个要买火车票的好妹妹开的！她过两天就跟她妈一起从四川老家回来。她让我帮着先找个门脸儿，说好一定要跟你加盟。我哪儿去找门脸儿啊？跟金爷一说，金爷说帮帮她，马上就给找了一个，连租金都给交了！

肖强叫起来，姐，姐，十个连锁店，十个连锁店！你的愿望实现了！

姐，连锁店统一挂牌，上面写：

您给我机会，让我为您服务。您给我时间，我们一定会成为朋友！

……

我已经听不清大家在说什么了，眼泪哗哗哗地流出来。……

做大做强的愿望终于实现了！为了布置"菊儿美容美发连锁店"的开张庆典会场，几天来我到处采购装饰材料。为了要好看，还要便宜。

这天，我来到万通商城，正赶上店庆。人挤人，像到了前门大栅栏。就在这拥挤的人群中，就在这寻觅的目光里，突然——

我看见了他！

脸盘白净，浓眉大眼。

这不是天明吗？

不对，他太矮了，比天明矮两个头。

而且，一头白发，弓腰驼背，手里还拄着一根棍儿。

这怎么可能是天明呢？

可是，这个人长得太像天明了。

这是我与他再次相遇。

半年前，也是在万通商城，我去为姜子他姐买躺椅，在拥挤的人群中，我突然看到他迎面走来，觉得他很像天明，只是太矮太老，手里还拄着棍儿。我行色匆匆，没有也不可能叫他。可是，不知为什么，自打那次之后，我老是做梦，梦见天明，也梦见这个又老又矮的人。很真实，很强烈，刻骨铭心。在梦里，我是那样的孤独，那样的无助，叫天天不应，喊地地不灵，只能为爱一哭。哭完了，醒了。我想，我跟天明的爱情一开始就是个错，错过了好的时间，错过了相爱的人。这一切，都没有合理的解释，只有苦苦等待命运下一次的邂逅吧。也许，我跟天明的爱情永远是梦里反复翻看的书。

万万想不到，我会再次遇到这个像极了天明的人！

一切都像是在梦中。

难道，他真的是天明？

我迎着他走过去，心要跳出来。他并没注意到我，自顾拄棍儿跛行。

我们碰面了。

我们擦肩而过了。

就在我跟他擦肩而过的时候，我叫了一声——

天明！

叫完之后，我若无其事继续向前走了两步，然后才回过头来。

在我回头的刹那间，我看见，他也回头了！

很吃力，很困难，整个人侧转过身子。

他一动不动地盯着我，突然，目光一抖，发出我永远难忘的一声——

菊儿！

我的眼泪夺眶冲出。

二十七年前的往事，一下子全勾了起来。

顾不得身在何处，顾不得人来人往，我扑上前去，抱住他，哥，哥！……你这是怎么了？啊？你这是怎么了……

天明的眼泪也大颗大颗地掉下来。

哥啊，你为什么，为什么变成了这个样？

二十七年前，我们初次相见，你追着我问，同志，能认识一下吗？我瞪你一眼说，你还会说别的吗？你说会会！我说那你说点儿别的。你还是说，同志，能认识一下吗？你把我说乐了。哥啊，那时候的你，一米八九的大个儿，自来卷儿的黑发，浓眉大眼，白净的脸，要多标致有多标致……

可是现在，你怎么变成了这样啊！

我抱着他，哭成了泪人。

……哥，你这是……怎么了呀……

从我俩身边经过的人们，站住了脚，围成一圈儿看热闹。

天明拍拍我的肩膀，菊儿，别哭了，这么多人在看。

我点点头，用手抹着泪。

……哥，你这是……怎么了呀……

我得了……骨癌。

啊！？我的眼泪又冲了出来。

菊儿，别哭了，我这不是挺好吗？

我听不见他说什么，只看见他的嘴在动。我妈住院时，我就听大夫说过，肝癌骨癌都治不好，病人最后都是疼死的。老天爷啊，你为什么让天明得了这个病？

天明劝我别哭了，他拄起棍儿要走。我赶紧搀扶他。他说，菊儿，我行。

我还是搀扶着他。我一搀，才感到他的身子很轻，很轻，好像纸叠的。

哥，你瘦了。

天明笑笑，有钱难买老来瘦。西医能做的，手术啊，放疗啊，化疗啊，在国外都做了几个疗程。我这次回国来看中医。

姐跟你一起回来了吗？

……她，她没回来。工作离不开，孩子也离不开。

忽然，天明转了话题，菊儿，你还是这样儿，你没变。

只能说我的心没变，人老哪儿去了。

不，我一眼就认出了你。

是我先叫的你好不好？

菊儿，你过得怎么样？

我？结婚，离婚，再结婚……

啊，这么复杂呀!

就是这么复杂。

你就是一复杂人。

对，我就是一复杂人。

你现在干什么呢? 说真的，我去京纺找过你，没找到。

哎哟，你还去京纺找我? 那都是清朝的事了。我现在自己开了美容美发店。

你真行啊菊儿，哪天咱俩好好聊聊。

好，我给你留一个电话。

他笑了，我给你打电话行吗? 不怕你老公?

……我没老公了。

啊? 他停下脚步，为什么?

别问为什么。

又离了?

就算是吧，彻底离了。

彻底离了?

他……不在了，脑溢血。

对不起，菊儿。他拉住我的手，轻轻摇着。

他看着我，那眼神多么熟悉，又多么忧伤。

菊儿，我明天就去店里找你。今天约了大夫，现在得跟你分手了。

我们走出商场，他叫了一辆出租车，费力地钻进去。

车开走了。我站在路边哭了。

曾经，他是一个多么帅多么帅的哥啊!

每次约会北海公园，我都晚到。就是到早了也先躲起来，看他急得直转磨，我再出来吓他。那会儿是夏天，我怕热，特爱吃冰棍儿。他知道了，每回都买一大盒儿，早早就站在公园门口傻等。还没等我来，冰棍儿就晒化了。滴答，滴答，直流汤。他扔了，再买一盒儿，两手托着等。一见我来了，嘿嘿嘿，一边傻笑，一边拿出一根冰棍儿，喂进我嘴里。

我说，哥，真凉!

他说，你凉我就凉。菊儿，咱们划船去……

他给我的情书，白纸上画了一头小猪儿，头上长了三根毛儿，站在大太阳底下晒得汗珠乱飞。一只小爪爪举着一盒冰棍儿，另一只爪爪拿着一把扇子，使劲儿扇冰棍儿。旁边写着：

噢，可怜吗？

从这以后，我就爱上了他。我们的第一次，独栋的将军楼。心惊，肉跳，意乱，情迷。他拉着我轻手轻脚上了二楼，走进他的屋子。才关上门，他就一把抱住了我！

我浑身哆嗦着，像一只受伤的小鸟儿。

他疯狂地吻我。

紧跟着，把我抱上了大床……

我们爱得死去活来，直到那可怕的一天，他对我说出一句致命的话，菊儿，我跟你坦白，我已经结婚了。

他说这句话的时候，眼睛没有看我。看哪儿不知道，好像也不是在跟我说。跟谁说呢？不知道。我像是听见了，又像是没听见。模模糊糊的，仿佛梦中。

菊儿，我跟你坦白，我已经结婚了。他又说了一遍。

我全傻了，像个木头人儿，一动不动听他往下说……

就这样，他走了，出国了，扔下可怜的我。但是，万万想不到，当我跟田民婚后有了孩子，挺着肚子在大杂院接水的时候，他提着奶粉和婴儿服走到了我面前，菊儿，我原来想，你要是结婚有了孩子，奶粉就给孩子吃。要是还没结婚，你就自己吃。我到京纺去找你，杜师傅说，你都成家了，要生孩子了。他问我你还去找吗？我说去。这是我临时在王府井给你孩子买的衣服……

哥，我知道你爱我，你心疼我，可是你为什么结了婚啊！

我恨你，我发誓不再见你了。再苦，再难，我都能挺过去。

想不到，我又见到了了。你完全变了样。你真可怜。

我已经够可怜了，你比我还可怜。

我等不到第二天了。

我恨不得马上能见到他。

哥，原谅我。我知道你是有家的人，你有爱人，你有孩子，但我不能控制自己。

我要去找你，哪怕仅仅是看你一眼也好。

我这样念叨着，一分钟也坐不住了。

傍晚的时候，我悄悄摸到了那栋熟悉的将军楼下。

神秘。森严。树木环绕，藤葛纠缠。

二十多年过去了，不知道这里还是不是天明的家。我也只能到这儿来找他。

我在院外的树丛中徘徊，希望能看到他的身影，希望能听到他的声音。

门窗紧闭。阴影忧郁。老屋黑洞洞站立着，像个鬼楼。

我听见自己心跳。我听见自己喘息。

没有动静，怎么办？是走，还是再等等。

正在犹豫，突然，一只蝙蝠尖叫着掠过我的头顶，紧跟着，是谁轻轻一拍我肩头。

我回头一看，惊出一身冷汗——

啊！阴影模糊中，一个瘦小的老女人，单薄地站在我身后，像个幽灵。

你是菊儿，我知道。她说。

我吓得浑身一哆嗦。

这不是别人，正是当年从后门放我跟天明约会的阿姨。

她老了。老得又黄又瘦，像一根风干的枯柴。两个眼睛深陷进眼窝里，看不见眼珠儿。

菊儿，我知道你是来找天明的，他没住家里。他父亲去世十多年了。他母亲还在，只是身体不好了，已经在医院躺了五年了。她离不开我，我就一直陪着她。天明这次回来看病，住在哪儿，他没说，我也没问。我只见他一面。他给老太太留下一笔钱，让我别说他生病的事，什么也别说，怕老太太受不了。

哦，阿姨，谢谢您，谢谢您。阿姨，要是……如果……要是……

我心慌意乱，不知说什么好。

老阿姨说，我知道，我要是看见了天明，就告诉他，你来找过他。

我说，不，阿姨，您千万别说我找过他，千万……

老阿姨点点头，我知道。菊儿，阿姨想问你，你现在跟谁过呢？

阿姨，我……

老阿姨的两个黑眼窝定定地对着我。

阿姨，我现在是单身一人。

噢，我知道了。那你还是给我留个电话吧，万一用得着。

我慌慌张张地写了一个手机号，递给了她。

老阿姨握着我的手说，菊儿，你的手，真凉。

我差点儿掉了泪。阿姨，我……我走了。

老阿姨叫住我，菊儿，你别走，阿姨还有话……

想不到，在暮霭模糊中，在老楼阴影里，瘦小干枯的老阿姨，突然说出一句冰冷的话，让寒气从我内心深处发出，冻透全身。

一恍惚，我觉得，她不是人，而是一个鬼。

50

为了老阿姨的这句冰冷的话，我哭了一整夜。枕巾都湿透了。

第二天下午，我正在新店收拾卫生，天明突然打来电话，说要来看我。

我的心里像跑进一头小鹿，咔咔咔！

我赶紧告诉他地址。他说你等着吧，打车半个小时就能到。我留心看了一下，他打的是一个座机号。这是哪儿的电话呢？不管了，反正是他的电话号。

我换了衣裳，又对着镜子梳理打扮一番，上看下看。忽然想起，他现在个儿矮了，我不能穿着高跟鞋，不能明显比他高。我又赶快换了一双平底鞋。收拾完了，他还没来。我看看表，又看看窗外。坐不住，立不住。

我这一辈子，老是在感情的泥塘里蹚着陷着，老是找到不该找的人，老是见到不该见的人。我已经寂寞很久，没有想过再去找谁，可是，老天偏偏又把天明找回来，送到我面前。有时候我想，如果以前我俩真的结婚了，生活在一起了，也许就锅碗瓢盆地相安无事过日子。但是，偏偏认识后又分手，天各一方，所以造就了很多浪漫，很多悬念，很多思念，很多疼爱，很多舍不得，很多放不下。为了这很多很多，我就总在想，总在念。

现在，他是最需要帮助的时候，也是最需要爱的时候。

我心神不宁。我坐立不安。紧张、激动、兴奋、等待、流泪、开心、孤独、寂寞、回忆……

窗外车响，我跑出去看了好几次，都不是他。

等啊，等，好像等了二十七年，终于，他来了。他下了出租车，拄着棍儿，驼着背，一瘸一拐，让人心疼。我赶紧跑上前去搀扶他。

他说，同志，能认识一下吗？

我笑了，你还会说别的吗？

会，会！

那你说点儿别的。

同志，能认识一下吗？

……

我俩，面对面，站着。我看着他，他看着我。

他眼里含着笑。平静。干净。

看着他的这种眼神，我很悲伤。我欲言又止。

我希望他能把心里的话都说出来，然后，我会说，哥，别难过，有我！

一阵风刮来，吹翻了他的衣领。哥，咱们进屋吧。

一进门，看地上收拾特别干净，他说要换拖鞋。我说不用，这儿没拖鞋。他说那我光脚。他弯不下腰，连鞋带都解不了。我蹲下来帮他解了。他脱了鞋，穿着袜子进了屋。坐沙发的时候，身子沉下去得特别慢，直挺挺的。我急忙拿个枕头给他垫在背后。

他笑了，菊儿，哥的确不能窝着坐，在家都是你姐帮我垫……

我低下头，听他往下说。

他没有往下说，转了话题。菊儿，你这儿有咖啡吗？

我说，哎哟，还没顾上买。我知道你爱喝雀巢的，你等等，我这就去买。

不用了，下回吧。

哥，我明天为你准备好。

菊儿，一转眼，二十七年了。

是啊，真快。

你想我吗？

……不想。

真的吗？哥可是一直想你。哥对不起你。一想起来，就难过。

说着，他就哭了。他一哭，我也哭了。

他的泪，从心里流出。

我的泪，带着血。

我边哭边说，哥，过去，咱俩是在错误的时间，认识了错误的人。可是，现在……

他说，现在，哥连鞋带都解不了。老天是公平的，不可能把所有的好都给我。以前给我的太多了，可是我不珍惜。我做了错事，我害了你，也对不起你姐和孩子。所以，老天就惩罚我，把我变成老怪物。

哥，你不要这么说，你这样说让我难过。老天也在惩罚我啊！

菊儿，你原谅哥。

哥，你没错。我对你，从前是这样，现在还是这样。哥你永远是最棒的！

最棒的那是过去啦，刚到澳大利亚的时候，哥一天打四份工，一个胳膊端六个盘子。后来，我跟你姐开了工厂，买了房子，有了车。我一辆，你姐一辆。可是，想不到……三年多前，我突然得了这个病。

我坐到他身边，轻轻拉起他的手，哥，你会好的。

他摸着我的手，菊儿，有一次，我在海边沙滩上看见一个小孩儿，小手儿跟葱似的，还有一个个小坑儿。我一下就想到了你。我想，菊儿的手就是这样的，肉乎乎的。

我说，那是年轻的时候了。现在，鸡爪子！

他笑了，你还是年轻时那个样儿，还跟古代小美人似的，鼓鼻子鼓脸儿的。我就喜欢你这双眼，总是笑眯眯的。还有，你的小嘴儿。我想当初怎么没把你的小嘴儿挖下来，搁我兜里带着，天天亲呢？

我说，幸亏你没带走。你带走了，我拿什么吃饭啊。

唉，菊儿，你还那么年轻，我成老头儿了。

我说，就是把你放老头儿堆里，你也是一个帅哥，我一眼就能认出来。

真的？

真的。

他睁大眼睛看着我，菊儿……

干什么？

我想亲亲你，行吗？

我的脸腾地热起来。无性，无男人，我已经过了很久，已经没有感觉了。他忽然这样说，又让我想起我们拥抱在一起赤裸而疯狂的日子。那是怎样的疯狂啊，分手就想见，见了就上床。没日没夜，无休无止。汗淋淋，气喘喘，像两头野兽，恨不得我吃了你，你吃了我……

我看着他的眼睛，说，不行。

他看着我的眼睛，说，就亲一口。

一口也不行。你……又想犯错误了？

我不会再犯错误了。就是想，抱抱你，亲亲你。

哥，你忘了姐啦？姐那么疼你，那么爱你。我想象得出来，在你生病的时候，姐怎么伺候你。我老公才病了几天，我都累得脱层皮。这些年，姐是怎么过来的啊……

听我这样说，他又难过了。

菊儿，要不是你姐，我可能早就死了。我想过自杀，想过拒绝治疗。三年前，我被推进手术室的时候，你姐就在外面叫，天明，我等你出来！我等你出来！你不出来，我也不活了！我想，我不能死，说什么也要挺过来……

他一边说，眼泪一边往下淌。

哥，我不该伤你的心。我搂住他，吻他的脸，吻他的泪。他的泪，咸咸的。

他突然抱住了我。我们吻在了一起。深深的，深深的。

找回二十七年前的感觉，但又不是二十七年前。

我们的吻，很长，很长，直到两个人都流了泪。

我说，哥啊哥，如果你现在还是好好的，如果我还是当初的我，我一定要搂着你脖子打秋千，骑在你身上把你当大马。你呢，还会背着我在公园里狂跑，还会买了冰棍儿在北海傻等。我俩还像年轻的时候一样，性爱大于情爱，见面没话说，见面就要干，见面就是为了干。在床上永远疯不完，永远爱不够。现在，哥不行了，我也不行了，我俩都夕阳红了。没了性，只有说不完的话。我说田民，我说姜子，我说小石头，我说什么你都爱听。哥，你是我最忠实的听众。以前，我这些话跟谁说？没人说，没人理解，更得不到安慰。唯一能得到的安慰，就是自己掉眼泪。哥，只有你来了，我跟你说，我跟你哭，我的哥啊，我的哥……

就这样，我俩手拉着手，哭一会儿，说一会儿。二十七年，我的甜酸苦辣，他的澳大利亚。说不完，说不够。

说到最后，他突然问，菊儿，你还结婚吗？

我愣了一下，觉得他可能要讲真格的了。

我说，不结了，我下辈子就跟你了。

啊？他瞪大眼睛，跟我了？

是啊，跟你了。你敢娶我吗？

敢。

那我姐怎么办？

唉，哥这一辈子，就是没有福气娶你。

我说，要不然，咱俩私奔吧。

他笑了，奔哪儿去呀？

你奔哪儿，我就跟你奔哪儿。

唉，他又叹了一口气。

哥，你怎么老叹气啊，这可不像你。

菊儿，我已经错过，对不起你，对不起你姐，我不能再错了。

哥，哥……

菊儿，演出到此结束，我该走了。哥还要再说一句，别老顾着店，多回家去陪陪你老爸，八十多岁的老人了，陪不了多长时间了。

说着，他要站起来。我急忙去搀扶，生怕他闪了腰。

哥，你手机号是多少？上次忘了问你。

他苦笑笑，我回国买了三部手机，两部在医院被偷了，新买的一部大白天的被抢了，是几个学生模样的孩子抢的，我又怎么追呢？正如杜甫诗里所写：南村群童欺我老无力，忍能对面为盗贼。公然抱茅入竹去，唇焦口燥呼不得，归来倚杖自叹息。想不到国内治安如此堪忧。还是我给你打电话吧。噢，你有 E-mail 吗？给我，我会给你写信，每天写一封。

真的？

真的。

我把 E-mail 告诉了他。

走到门口，他再次吻我。

我哭了。哥，你什么时候再来？

他没有回答。轻轻地，轻轻地，为我抹去眼泪。

他走了，连头都没回。还是军人。还是将军的儿子。

我站在路边。站在风里。站在泪里。

老天啊，你为什么要折磨我？哥出国了，田民离婚了，姜子去世了，我已经适应了，已经过来了，完全可以过全新的生活了。可是，你为什么又让我遇到了哥？让我没完没了地流泪？

难道，这就是我的命？

哥，一会儿，我就去给你买拖鞋，买咖啡。买一双情侣拖鞋，我要粉色的，给你棕色的。我把拖鞋摆到门口，等你一进门，我就给你解鞋带，为你穿上。我扶你坐下，为你沏好你爱喝的雀巢咖啡。你低头困难，喝咖啡会往下滴，我就给你围个围嘴儿，像幼儿园的孩子。哥，你们男人永远都是孩子，不管是小小孩儿，大小孩儿，还是老小孩儿，在女人面前永远是孩子。生病的时候，还会撒娇。女人生了病，烧成火炉都能扛着。男人要是生了病，哎哟，天要塌了似的。我要像照顾孩子一样，照顾好你，给你安慰，给你温暖，给你爱。哥啊，现在，你让我除了爱，又加了一份心疼……

我站在路边，自言自语，孤独流泪，直到天上下起蒙蒙细雨，跟我一起哭。

天蒙蒙。地蒙蒙。心蒙蒙。泪蒙蒙。

我不知道在雨中哭了多久，才回到店里。

当我回到店里时，突然看见沙发上有一个信封。我急忙打开，里面装着一张银行卡，还有一封信，上面只写了一句话——

菊儿，你开店不易。这 600 万，你收下。密码是……

我像疯了一样，推门跑出去。

哥！哥！——

我大声叫着。

没有车。没有人。只有风。只有雨。

空旷的路。孤独的我。

可怜的哥，这时候，最需要用钱的是你啊！

我忽然想起那个电话号，急忙打开手机找出来，拨通。

手机里传来温柔而忧伤的歌声——

    ……

    谁的眼泪在飞

    是不是流星的眼泪

    昨天的眼泪变成星星

    今天的眼泪还在等

    ……

跟着这歌声而来的是热情而温馨的话语——

你好，上岛咖啡……

{第十一章}

51

⋮

情侣拖鞋摆在门口，雀巢咖啡放上茶几，垫腰的枕头靠在沙发上。

天天开着手机，没有他的电话。

天天打开 E-mail，没有他的来信。

一连过去五天，犹如过去五年。我失魂落魄。我寝食难安。

就在这时，他突然来信了——

菊儿，原谅我不辞而别。

当你收到这封信时，我已经回到澳大利亚。

医生要求我立即回去，只能听从。

感谢你唤醒了我。自从病倒之后，我已经没有情，没有爱，没有欲望了。

我认为这都是命运加药物的结果，而且是不可改变的。病魔的摧残使我很自卑，我已不是从前的我。没有资格享受情与爱，也不可能有非分的想法与欲望。

想不到，遇到了你！被你唤醒！让我重新回忆起我们曾经的美好。

但是，一切都已过去。不可复制，不能重来。

让我们珍藏心底。

又要住院治疗了，先写到这儿。等我在医院安顿下来，再给你写信。

天明的来信，我连看三遍，边看边掉泪。字里行间都是他，字里行间都有他。一时间，我有多少话要对他说啊！

　　哥，你的信，让我高兴又难过。高兴的是终于有了你的消息，知道你一切平安。难过的是我们刚刚相遇又分手。哥，我受不了。我接受不了，我哭了，店里的人都看见了。我真的控制不了自己。我不明白我为什么这样依赖你，离不开你。太难过了，没人能体会这撕心裂肺的感觉。我们的相遇刚刚开始，一桶冰水就泼过来，这是什么样的刑罚啊！你走了，带走了我的一切。你知道我对着你的背影哭了多久吗？你知道我对着你留下的钱又哭了多久吗？一生的心疼一生的泪！你走了，就像地震一样，我的天塌了。我想努力忘记自己的孤单，在员工面前假装快乐，可是做不到，眼泪太不听话。我每天不是发呆就是想哭，就是想你。想一个人真的是煎熬，就像把心放在火里烧。

　　想想吧，二十七年啊！美好的回忆像天上落下的雨，纯纯真真，缠缠绵绵。那时的你，那么帅，那么儒雅，又那么多情。你是我的梦，你是老天赐给我的美妙。那时，你和我是多么青春靓丽，多么阳光美好。我们手拉手走在街上，当时不觉得，现在回忆起来，真是一道夺目的风景。那时，我们如胶似漆，说不完的话走不完的路。在公园里一坐，就是几个小时，天黑了都忘记回家。告诉你，我晚回家时经常被我妈审，还罚站在门口，我就编瞎话。我现在使劲儿想，使劲儿想，都想不起我们当时哪儿那么多话，都说的是什么；那时，我们经常沉浸在性爱的幸福中，让人热血沸腾的性交情景是你的渴望也是我的祈盼。是你在床上的一声菊儿，把我叫酥了，让我成了女人。那种美妙的感觉让我永远回味。我们手拉手走过多少爱的路，虽然吵过、闹过，可你总是那么疼我爱我，让我至今记忆犹新，一想起来有时自己都会笑出声。就在我俩难舍难分的时候，你突然出国了，带走我的梦。当时，我恨你，也曾想过放弃你。可是放弃不是想想就能做到的，这么多年我一直没忘记你。你在国外的时候，我偷偷去过你家两次，冷冷的小楼告诉我那不再是我该去的地方。我根本就没有资格。现在，梦醒了，你站在我面前，拄着手杖，一头乌黑的发染了白霜。我也变成了六十岁的老太太。在回忆和惦念中，我们都已老去，像两张化了妆的老照片，像两片被风吹落的枯叶。

　　哥，你不要自卑，你年轻时的帅气已深深融化在我的每个细胞里，你永远是我的帅哥。你历经沧桑，更成熟，更坚强。你是奇迹！我知道你还有很多痛苦和忧愁没有对我说，你只想把快乐和思念带给我。我明白。我等待。看到你疲惫的脸，看到你拄着手杖走来，我心都碎了！我只想跟你这样说，也请你原谅我这样说，你是我永远的初恋永远的爱！不管世界发生多大变化，也不管人生有多少不幸，哥，有我跟你在一起，我要在你身上布满爱的吻。你是我眼里流下的泪，你是我心中不熄灭的灯。

哥，分手二十七年，我们相爱依旧，我们激情仍在。我还想跟你撒娇咬咬你，你还想抱我亲亲我。当我们对视时，还是那么痴迷；当我们接吻时，还是那么甜蜜；当我们爱抚时，还是那么舒心；当我们分离时，还是那么不舍。尽管没有从前那样疯狂，但爱得更深沉，更富有责任感，像秋天低头的谷穗，像冬天冻透的冰。其实，我很想把屋子里弄得暖暖的，放着音乐，还原我们的年轻，在床上滚来滚去。我要把最成熟最温柔的一面展现给你，把二十多年的委屈和等待告诉你，吻你，亲你，捶你，打你，找你好好算老账，让你体无完肤。那么多痛快，那么多忘情！可是，现实不允许。我一见到你，只有心疼的份儿。哥，我们即使没有了性爱，但情爱会让我们天长地久。如果为了性，我可以随便。但如果那样，我就不是菊儿了，而成了行尸走肉。菊儿稀罕做高贵的女人，永远为自己保留一块净土。站在上面的，只能是爱我和我爱的男人。

哥，听你说最初你在国外打拼，一天打四份工，一个胳膊端六个盘子，我很心酸。我不是在听故事，而是听心爱的男人在受刑。在你出国的时候，我曾经在电视剧《中国人在纽约》中看到过华人在国外生活的真实写照。在看那个电视剧的时候，我就想到了你。我把姜文演的那个角色，看作是你。你在异国他乡多么孤寂和劳累。酸甜苦辣你都经历了，一直奋斗到成功，而身体却累垮了，得了重病，病痛的折磨常人难以想象。可是，你对生活还是这么乐观，你的心中依然充满了爱。你是个动人的故事。我敬佩你！

哥，二十多年来，我同样经历了常人难以想象的痛苦。从来没有救世主，一切都要靠自己。我最直接的理想就是让爸妈过上好日子，吃上好吃的。因为他们在五七干校的生活太苦了。我做到了！我用双手把幸福捧给了爸妈。在爸妈心中，我是最孝顺的。只是，我的恋爱婚姻与他们的意愿背道而驰。我总觉得这是我个人的事，真的很伤他们的心。我一想起来就难过，感到对不起老人。同时，也感到对不起两个孩子。老大圆圆在我离婚后一直跟他爸过，我想见都见不到，牵挂得一心挂八肠；老二小石头还小，他爸去世后，我妹看我一个人忙里忙外顾不了孩子，就把他带到新加坡去了。我想，我虽然对不起孩子，但我要给孩子做个榜样，努力挣钱，不能让孩子看到不负责任的妈妈。如果不是为了孩子，我早就活够了，真的，这些年我活得很累很累。我经常这样想，尤其是到晚上，一个人夜深人静的时候，特别是下雨的时候，我想，让我死了吧，我活够了，我是个多余的人。

哥，你的突然出现，让我有了快乐和寄托。你我也是个故事，是个感人的爱情故事。人这辈子，真爱只能有一次。我的真爱就是你！在这个无情又陌生的世界里，也许我们真的不该相遇。不想我们的好，也不想我们的坏，这样我们就能忘记对方。可是，我的眼泪和这么多年的苦念、梦念、幻念告诉我，哥是我生命中的男人，我不会忘记你。我们有过年轻，有过浪漫，有过激情，你在我心中的影子一辈子都抹不掉，永远定格在我脑海里。老天跟我们开了个玩笑，把你又还给了我。我真的是苦尽甜来，觉得天都亮了。你是我前世、今生、来世永远的爱人。爱其实很简单。有你在，我踏实，心静。

哥，其实我身边有很多不同的朋友对我很好，他们的笑声却让我更加凄凉和孤寂，心里蔓延着空荡和不甘。因为他们无法知道我和你的感情世界，也无法理解我所爱的实质。哥，你觉得你知道我为什么这样爱你吗？你觉得你读透了我的心吗？

哥，你不要问我为什么，从现在起，我只想跟你在一起，分担你的痛苦和忧愁，伺候你，照顾你，每天看着你。这世界上有多少像我一样如此守爱的老女人？为爱痛了心，伤了神。有时我自己都在问，值不值得这样守候？这样认真？像歌中唱的，我是一个被情伤过的女人，再也不会轻易打开爱的门。我的爱已经用完了，我必须学会守着寂寞和孤独。过去那些不属于自己的缘分，在我眼角和内心添了许多皱纹和伤痕。曾经走过的那些不完美的人生，让我明白我最爱的人是哥哥你，对你的爱让我管不住自己的心。

哥，你想没想过，我一个人坐在电脑前泪如雨下，我给你写信沾着心中的泪。我无所求，只求老天保佑你，让你快快好起来，不要让我在心疼中等到白发苍苍。那……太残酷了。

哥，你要是出门，一定系好鞋带啊。

等你回信。等你。

信发出后，我忐忑不安。

等他的回信，盼他的回信。

夜里，我睡不着。忽然想起，我们的时间是颠倒的。我白天给他写信，他也许正在熟睡。那么，现在，夜深了，是他那里的白天了，他该起床了，他该看我的信了。

哥，你起床了吗？你在看我的信吗？

现在，我们这里已是深夜，四下静悄悄。我睡不着，再看你给我的信，好几遍。又哭。自从见到了你，思念占据了我的全身。我每天最想做的事，就是对你说，哥呀，菊儿好想你。我跟你有说不完的话，好多好多的话，因为你懂我，你理解我，你心疼我。想起以前我在你怀里撒娇，气你，耍你，爱你，吻你，你总是让着我。有时我就爱看把你气得嘴唇哆嗦的样子。你是我的出气筒，你是我的骄傲。那个时候，菊儿真是个傻丫头，不懂男人，不懂爱，就知道哥长得好看，长得高大，长得帅，不懂珍惜我和哥的感情。菊儿一辈子最好听最真心的情话，直到现在才说给哥听。

哥，半年前，我曾在万通商城见过你，我不相信那是你，觉得是认错人了。我问自己，是不是太想你了，才这么神经。在后来的日子里，我就像中了病，眼前总有你的身影闪过，梦里也总是出现你……想不到，半年后我会再次遇到你，而且还是在万通商场。我鼓足勇气喊你的名字，生怕喊错了别人说我神经病。没想到，应声回答的真是你！虽然你白了头发，虽然有太多的谜，太多的生疏和距离，但是，你就是我日夜思念的哥。后来你告诉我，你的确回国半年多了，经常去万通商城吃北京的卤煮火烧、爆肚。你说这些在国外吃不到，医生也不让你吃。你还告诉我，你找过我，找了很多地方，都没找到，你说你不死心。正因为你不死心，所以我们终于见面了。

哥，情侣拖鞋买好了，摆在门口；雀巢咖啡备齐了，放上茶几；垫腰的枕头我试了又试，靠在沙发上。我想象着，你会拄着手杖来看我，进门我帮你换上拖鞋，然后你就坐下喝咖啡，我把枕头给你靠在腰上，然后我们就抱在一起，你吻我，我吻你，我乱七八糟的跟你说很多话，你不错眼珠儿地看着我笑。你的笑会深深印在我心里，睁眼闭眼都是你的笑。我觉得好温馨，好惬意，我就会掉下幸福和伤感的泪……

但是，想不到，你没有来，你不辞而别，你远走天涯。就这么扔下我，从天堂到地狱，从火里到冰里。那天，当你转身离去的时候，我觉得好像是此生最后一次拉你的手。我看着你的背影好心疼你，含泪的眼睛看你都是模糊的。你的身影是长长的，幻觉中你好像拉着出门远走的行李。我真想扑过去跟你最后一次紧紧拥吻，真不甘心就这么放走我最爱的人。眼睁睁望着你离去，我又没有勇气。我们有太多的相爱，太长的分离，太远的路程。思念所爱的人是一种幸福，可更多的是孤独和痛苦。其实，像我这样单身的老女人，可以随便找个人说说话。可是我不会，我就像个老处女，宁可忍受寂寞，绝不浪费感情。哥，我不会忘记马路边的那一声追问，不会忘记北海公园的小船……

哥，我写着，写着，又哭了。真不知道我怎么会有这么多的泪。这是一种美好，还是一种悲哀？这是我的过去，还是我的未来？感情是最神秘最说不清楚的东西，是任何人都束缚不了的。我心里有太多的委屈和孤寂，无人可诉说，只有跟你。哥呀，我本来想好了，在你要回澳大利亚的时候，我去机场送你，我们高高兴兴地分手，谁也不许哭。我们没有悲伤，我们仍然愉快畅谈，就像明天又要见面一样。我会说，哥你保重，我天天为你祈祷，祝你早日恢复健康。我也想听你说，菊儿，你等我回来！可是，想不到，等不到我送你，也等不到说再见，你就走了。

现在，在这夜深人静的时候，沙发上还能摸得出你的体温，我面对电脑，在信上与你相见。仿佛你就坐在我的身边，抚摸着我的头发。一根根，一缕缕，那样认真，那样仔细，那样小心，生怕错过哪一根。我依偎在你的怀里，好幸福，好温暖，忘掉了一切。多么希望时间就这样永远定格。

我的手背抹去泪痕，我的手心体会你留下的余温。

哥，菊儿不在，你要心疼自己。你不在，菊儿也会心疼自己。为你。

希望一切痛苦都早些离你而去，希望我哥是永远不老的传奇！

等你回信。等你。

信发出去了。发送成功。

我等他的回信，一直等到天亮。

没有回信，没有。

我一遍遍刷新邮箱，来信永远显示为零。

他住院没带电脑？

他检查治疗不方便？

他……

一万个设想。

继续给他写信，他总有一天会打开电脑看到。

当他打开电脑的时候，满满的，全是我。让他看不过来，让他开心，让他笑。

哥，来不及等你回信，我又给你写信了。

太多的牵挂，太多的话，太多的失魂落魄。

不知道你现在情况怎么样，住院顺不顺利？治疗开始了吗？

我的眼泪不想让你知道，我只想把快乐传递给你。我还想让你抱着我跳舞，我还想在你脖子上打秋千，我还想让你拉着我转圈圈，我还想让你开车带我远游，我还想让你紧紧地抱着我，我还想在你身上把你当马骑。

一想起这些，我就会心疼你，心疼你所受的一切痛苦！

哥，我觉得你的爱有时像蓝色的大海，让我舒畅。有时像雾气的清晨，让我迷茫。我想你想得好苦。我想，如果没有二十七年前的缠绵，我不会这样迷恋和想念你，总是让我难眠，总是为你挂牵。然而，一切都变了。我们都老了，再也回不到我们的从前。哥，昨晚我做梦了，梦见你压在我的身上，压得我喘不过气。你漂亮的眼睛半睡半醒，我们的喘息声清清楚楚。可是，醒来屋里黑黑的，什么也没有。我抱着枕头，坐在被窝里哭了。不知道为什么，我好害怕，哥，菊儿太孤独了。回忆像毒药，太可怕了！

哥，在这个时候，我们天各一方，我知道你的心情，我知道你的痛苦，我更知道你的孤独。恨不得能飞到你身边陪伴你，恨不得替你得这个病。每次给你写信，写到难过处就会趴在桌上大哭。哭完了，擦干眼泪接着写。

哥，远隔千山万水，真不知道该怎样安慰你，让我在这封信里为你唱一首歌吧，歌的名字叫《陪你一起看草原》。

当我一听到这首歌时，我就想哭，我就想你，我眼前就出现了一幅画：天苍苍，野茫茫，我挽着你在一望无际的草原上。你拄着手杖，向我诉说痛苦与惆怅。

我用亲吻，抚慰你受伤的心房。草原的风吹过，你白发苍苍，我泪流两行。哥啊，
你听——

　　因为我们今生有缘，让我有个心愿：
　　等到草原最美的季节，陪你一起看草原。
　　去看那青青的草、去看那蓝蓝的天，
　　看那白云轻轻地飘，带着我的思念。
　　陪你一起看草原，阳光多灿烂，
　　陪你一起看草原，让爱留心间……

　　哥，你听到了吧？在歌声里，我想象着我们手拉手，相依相偎在大草原。没有
时间，没有打扰，也没有话语，只有我们的心跳和呼吸。如果真有那一天，我们去
看大草原，我们就在草原上手拉着手永远谈恋爱。边走边说，说到天黑；边说边走，
走到天亮……
　　哥，你觉得菊儿好吗，菊儿的爱能暖你的心吗？
　　等你回信。等你。

　　我的信，带着我的歌声，带着我的思念，发出去了。
　　没有回信。
　　仍然没有。
　　一连过了几天，都没有回信。
　　一次次打开邮箱，一次次失望。
　　为什么？
　　我有些着急了。
　　是不是应该跟他说说最应该说的话？因为，总有一天要说的。
　　这话要怎么说才好呢？

　　哥，现在已是北京的凌晨两点。我还没睡。坐在电脑前等你的信。因为，你
说过，你会写信给我，每天写一封。所以我在傻傻地等。等，等，不知不觉地流
了泪。

一连好几天，无数次打开邮箱，也没看到你的只字片语，心里好失落，好担心。

　　哥，原谅我的这封信，原谅我不该说这些话。但是，我心里憋不住。原谅我，在不该说这些话的时候，给你写这封信。

　　哥，说实话，当初我们爱得死去活来的时候，你突然说你有家，有爱人，有孩子，我真如霹雳当头。我恨你！后来，你走了，彻底没了音讯，但你的影子我却怎么也抹不掉，我跟田民结婚就因为他长得太像你。京纺的很多人劝他别娶我，说他驾驭不了我。为了赌气，我就嫁给了他。跟谁赌气？跟这些人，也跟你。但是，因为有跟你的初恋在先，我已没有激情。没有真爱的性生活对谁都是残忍的。而田民真的爱我，往死里爱。现在想起来，我最对不起的是他。跟田民分手后，我跟姜子结合了。他对我很好，他等了我十二年。可是，他让我活得太累。老天收了他，一切都结束了。我准备独守回忆过余生。人这一辈子，有许多难关要过。我经历之后，深情关最难过。我的心死了，爱也到了尽头。可老天爷偏不让我安静，又让我见到了你！

　　爱的路走了一圈儿，又回到原点。

　　哥，我当初恨你成了家，为自己没资格而悲哀。同时，也羡慕嫉妒姐得到了你。

　　你告诉我，当你被病痛折磨的时候，是姐陪伴你照顾你，成为你精神的支柱；当你被推进手术室的时候，是姐在手术室门外的深情呼喊，把你从死神手中夺回。你们共同创造了生命的奇迹。你对姐的感情让我感动，你和姐一定有太多感动天地的故事。

　　哥，我在医院住过，看过那些癌症病人病痛的挣扎，那种凄惨的叫声，让我真的不愿意在那住着，我经常跑回家。那时我就想，我老了最好一下子死掉，千万别这么折磨我。没想到，我深爱的哥也会经历这种磨难。我无法把你和这种痛苦的情景联系在一起，我真的受不了。我敬佩姐。姐是世界上最美最善良的人，她对你的付出，是无法用语言表达的……

　　哥，写到这儿，难过与纠结让我泪流满面，再也写不下去了。这些日子，除了眼泪，还是眼泪。有一次，我一边为客人烫头，一边想哭。客人问我，姐，怎么了？我说，我眼睛不舒服，对不起。说完，我扔下梳子就跑到厕所去哭。店里的员工看我总是流泪，她们说，姐，前段时间看到你天天都在笑，笑得像花开。为什么这些日子老是难过，像被霜打？她们哪里知道，我高兴的日子是因为见到了你，我难过的日子是因为没有你的消息。我魂不守舍！我知道我不能老这样，十个连锁店就要开张了，全体员工都在等我。我必须要像伞一样，在风雨中坚强地撑起来。

现在，我已不再是为小石头奋斗的妈妈了，我的身后有五十多名员工，我要带领他们做大美容美发行业，给更多打工者提供机会，实现自我价值。我还有个更大的决心，把你留给我的所有所有的钱，还有将来我挣到的钱，都捐赠给禁毒事业，成立一个基金，帮助那些为缉毒而牺牲的英烈们的家人，帮助那些被毒品摧毁的家庭！

这些，你可能理解不了。

因为，你不是我。

我在煎熬中，盼你的病快点儿好！

哥，请你原谅我在这封信的最后，说出以下不该说的话——

你不要瞒我了，老阿姨已经把一切都告诉了我。

哥，你不要怕，有我！

等你的信，哪怕一个字。

好，想，吻，你，随便哪个字都行。

如果再得不到你的信，我就要去澳大利亚寻找你！

信发出去了，我更加忐忑不安。

等他的回信，盼他的回信。

可是，打开邮箱，没信。

我都不想再打开邮箱让自己失望了，可还是忍不住。

又打开，还是没有信。

没有。

又是几天过去了，我着急了。

这是为什么？

我不明白。

我心急如焚。

我一天给他发几封信。

哥，你收到我的来信了吗？给我回个信吧。

哥，这么多天，收不到你的信，我想死你了！

哥，联系不上你，真让我着急。

哥，这几天，我天天等你来信，也等不到。你的情况怎么样？

哥，真想你，难道你不想我吗？

哥，你为什么不回我信呢？如果我说错了什么，请你原谅我。

哥，我等你回信，等得心都碎了！给我回信吧，哪怕一个字。求求你了。

哥，你收到我的信了吗？你为什么不回呀？

……

没有回信。
还是没有回信。
我一遍遍刷新邮箱，来信永远显示为零。
我又打开已发送邮件，写给他的信全部发送成功。
我读着写给他的信，一封，又一封。
读到最后几封信，读着，读着，突然，我惊叫一声——
啊！
姜子已经死了，那个女孩儿还不停地往他手机里发短信。
我发给天明的短信，跟女孩儿说的一模一样！

我的手哆嗦起来。

我的腿哆嗦起来。

我的心哆嗦起来。

墙上的挂钟，嘀嗒，嘀嗒。

风扑打窗户，忽哒，忽哒。

我忽然觉得有一股阴风从门缝儿钻进来。紧跟着，我身后就站了一个人。

他一动也不动，就那么站在我身后，冰冷地喘息着，咝——，咝——

姜子，是你回来了吗？

他没有回答。

姜子，你别吓我，是你回来了吗？

……姐！

我听到他说话了。

……姐！你看到这些坟了吗？珍惜生活吧，人到最后都得到这儿来。跟谁都是一辈子，我反正想开了，这辈子就跟你了。哥们儿不会甜言蜜语，你让我说我爱你，我绝对说不出来，别指望我说这个。但是哥们儿能拿生命保卫你，一命抵一命。哥们儿这命就是你的。谁欺负你，我打谁，替你出头。你病了，你换肝，换肾，你要哪儿我都给你，只要你好！……

这是姜子在八宝山墓地里跟我说的话。我做梦也没想到，姜子会带我来到墓地。夕阳西下，墓地悲凉。林立的墓碑笼罩在阴森的暮霭里，仿佛死者在列队打坐。忽然一个死者抬头看了我一眼，苍白的脸，苍白的眼。我惊叫一声，抓住姜子的胳膊，两腿不住打抖……

姜子！

我大叫一声，回过头来。

我要抱他，我要亲他，我要跟他说，姜子，你受委屈了！我错怪了你，我对不起你。你是好样的，你完成了老爸的任务，毒贩被一网打尽。姜子，你是英雄！

可是，回过头来，身后却没有他。

墙上的挂钟，嘀嗒，嘀嗒。

风扑打窗户，忽哒，忽哒。

就在这毛骨悚然的时刻，突然，手机铃声炸响了。

我慌忙拿起手机。

一看，不是我的手机响。

一听，铃声也不对。

再一找，啊？我惊叫一声。

是姜子的手机在响!

52
⋮

我拿起姜子的手机，手抖得不听使唤。

菊儿，电话里传出一个苍老的声音。

我听出来了。我吓得半死。

是天明家的老阿姨。

……阿……姨，你……怎么会打这个电……电话？

你问我吗？

……是，是……

这是你给我留的号码，你忘了吗？

啊？我？……我……给你留的是这个电话？

菊儿，你来，你来。

阿姨，我……我去哪儿？

你来天明家。快来!

好，好! 我马上来!

我不顾一切冲出门去。这才发现，天上下起了雪。鹅毛大雪!

白茫茫，落了个大地真干净。

我不明白，老阿姨有什么急事找我？

我不明白，那天留给她的为什么会是姜子的电话？

我不明白。

我要明白!

当我打的赶到天明家的时候，神秘的将军楼已经披上白色的裹衣。

远远地，我就看见老阿姨瘦小的身形。她没有打伞，站在院门口，已经成了一个雪人。

阿姨！——

我叫了一声，扑过去。

老阿姨张开双臂抱住我。

菊儿，天明他妈死了，火化手续已经办好。我也要离开这个家了。

啊？我吃了一惊，阿姨，天明，天明，要告诉天明啊……

菊儿，我知道。我找你，就是要跟你说。

老阿姨说着，从怀里掏出一封信——

这是国外来的信，寄来三天了。因为忙老太太的后事，没时间找你。医生已经帮着看过了。现在，我把它给你，也应该给你，也只能给你。菊儿，这是天明的死亡通知书……

啊？！

……菊儿，天明是个要强的孩子。他不愿意让你知道，不愿意让你难过。三年前，天明动了手术，他爱人和女儿去医院看他的时候，路上出了车祸一起死了。那天晚上，我为什么要把这个不幸的事情告诉你，因为我知道，天明不会告诉你。他要强，他得了绝症，他不愿意连累你。那天我问你，你在跟谁过？你跟我说，你现在是单身一人。老天终于给了你们机会。我想，如果将来你们能走到一起，你能照顾他，我也就放心了。想不到，他突然就没了……菊儿，你听我说，跟着死亡通知书一道儿来的，还有天明的遗嘱。他在遗嘱里说，他已经没有亲人了，你是她唯一的亲人，他把在国外的几千万遗产都留给你。他说他知道你心有大志，就让你用这些钱去做你想做的大事吧……

老阿姨在自言自语，自言自语。

我昏倒在雪地上，眼前一片白茫茫。

多希望从此不再睁眼，多希望在白茫茫中追天明而去。

惊慌的老阿姨急忙打电话呼叫120，又在我的手机里胡乱翻了一个号打过去。

接电话的恰巧是金爷。

当金爷带着人把我接回家的时候，远远地，我看见门前站着一个雪人。

脸盘白净，浓眉大眼。

啊，这不是天明吗？

他没有死！

他回来了！

他身边的一个老太太，从背后拉出一个大男孩儿。

圆圆，快叫妈！

雪越下越大，像天在哭。那泪不是流出来的，是大块大块掉下来的……

2018 年 6 月 24 日　改于北京西郊